KB104731

언다잉

고통

취약성

필멸성

시간

의학

꿈

예술

데이터

소진

암

언다잉

돌봄

앤 보이어 지음

양미래 옮김

PLAY TIME

설령 내 혀가 열 개고 입이 열 개라 하여도.

『일리아스』

차례

막을 올리며

1972년, 수전 손택은 '죽어 가는 여자들에 관하여'나 '여자의 죽음' 혹은 '여자는 어떻게 죽는가' 등의 제목을 염두에 둔 작업을 구상하고 있었다. '소재'라는 표제를 달아 놓은 일기에는 버지니아 울프의 죽음, 마리 퀴리의 죽음, 잔 다르크의 죽음, 로자 룩셈부르크의 죽음, 앨리스 제임스의 죽음 등 열한 사람의 죽음을 목록으로 정리해 두었다.[1] 앨리스 제임스는 1892년 마흔둘에 유방암으로 사망했다. 그는 일기에 자신의 유방 종양을 "내 가슴 속에 있는 이 불경한 화강암 덩어리"라고 묘사한다.[2] 1974년 마흔하나에 유방암 진단을 받은 손택은 암 치료 후에 저술한 『은유로서의 질병』에 앨리스의 그 일기 내용을 인용한다.[3]

『은유로서의 질병』은 사적인 내용을 배제한 채로 암을 다

1 Susan Sontag and David Rieff, *As Consciousness Is Harnessed to Flesh: Journals and Notebooks, 1964~1980*, New York: Picador, 2013[『의식은 육체의 굴레에 묶여: 수전 손택의 일기와 노트 1964~1980』, 김선형 옮김, 이후, 2018].
2 Alice James and Leon Edel, *The Diary of Alice James*, Boston: Northeastern University Press, 1999.
3 Sontag, *Illness As Metaphor*, New York: Farrar, Straus and Giroux, 1978[『은유로서의 질병』, 이재원 옮김, 이후, 2002].

룬 글이다. 손택은 '나'와 '암'을 같은 문장에 병치하지 않는다. 레이철 카슨은 암의 문화사 분야에서 단연 명저로 손꼽히는 『침묵의 봄』을 집필하던 시기인 1960년 쉰셋의 나이로 유방암 진단을 받는다. 그리고 1964년 사망 때까지 자신의 유방암 투병 사실을 공개하지 않는다.[4] 손택이 유방암 치료 기간에 쓴 일기는 기록이 띄엄띄엄하고 분량도 적다는 점이 유독 눈에 띈다. 분량이 적다는 사실은 유방암으로 인해 치러야 했던 비용, 즉 장기간에 걸쳐 인지 능력에 심각한 영향을 미칠 수 있는 항암 화학 요법 치료의 주된 결과인 사고력 상실을 예증해 준다. 1976년 2월, 항암 화학 요법을 받고 있던 손택은 일기에 이렇게 적는다. "내게는 정신의 체련장이 필요하다." 바로 다음 일기는 그로부터 수개월 후인 1976년 6월의 기록이다. "편지를 쓸 수 있게 되면……"[5]

재클린 수전의 1966년 소설 『인형들의 계곡』에 등장하는 인물 제니퍼는 유방암 진단 이후 유방 절제술을 생각하며 두려움에 떨다가 고의로 약물을 과다 복용해 사망한다.[6] 제니퍼는 이렇게 말한다. "내 평생 암이라는 단어는 죽음과 공포, 온몸이 움츠러들 정도로 끔찍하디끔찍한 무언가

4 Ellen Leopold, *A Darker Ribbon: Breast Cancer, Women, and Their Doctors in the Twentieth Century*, Boston: Beacon Press, 2000.

5 Sontag, *As Consciousness Is Harnessed to Flesh*[『의식은 육체의 굴레에 묶여』, 550쪽].

6 Jacqueline Susann, *Valley of the Dolls: A Novel*, New York: Bantam Books, 1966.

를 의미했다. 그리고 지금 나는 그 암에 걸려 있다. 재미있는 건 암 그 자체는, 혹여 사형 선고나 다름없는 것으로 밝혀질 암이라 한들, 조금도 두렵지 않다는 것이다. 그 암이 내 삶에 무슨 짓을 저지를지가 두려울 따름이다." 1932년에 유방암 진단을 받은 페미니스트 작가 샬럿 퍼킨스 길먼도 스스로 목숨을 끊는다. "암보다는 클로로포름[7]이 낫다."[8] 마흔넷에 유방암 진단을 받은 재클린 수전은 손택이 유방암 진단을 받은 1974년에 유방암으로 사망한다.

1978년에는 시인 오드리 로드가 마흔넷의 나이로 유방암 진단을 받는다. 잘 알려져 있듯 『암 일지』에서 로드는 손택과 달리 '나'와 '암'을 같은 문장에 병치한다. 『암 일지』는 로드가 경험한 유방암 진단 및 치료 과정을 기록하고 있을 뿐 아니라 일종의 결의도 담고 있다. "나는 이 책이 한낱 비애의 기록으로만 남지는 않았으면 한다. 이 책이 한낱 눈물의 기록으로만 남지는 않았으면 한다." 로드에게 유방암이라는 위기는 "전사가 자신에게 남은 최후의 무기를 필사적으로 점검하는 시간"을 의미했다.[9] 로드는 1992년에 유방암으로 사망한다.

1810년에 유방암 진단을 받은 영국 소설가 패니 버니도 로

7 [옮긴이] 마취제로 쓰이는 화합물.
8 Charlotte Perkins Gilman, *The Living of Charlotte Perkins Gilman: An Autobiography*, Salem, N.H.: Ayer, 1987.
9 Audre Lorde, *The Cancer Journals*, San Francisco: Aunt Lute Books, 2006.

드와 마찬가지로 자신의 유방 절제술 경험을 1인칭 시점으로 기록한다.[10] 버니의 유방은 마취제 투여도 없이 제거된다. 그는 의식이 또렷한 상태로 유방 절제술의 전 과정을 겪는다.

> ……며칠도 몇 주도 아닌 자그마치 몇 달 내내, 그 끔찍한 사건을 입 밖에 낼 때마다 꼼짝없이 그 시간을 처음부터 다시 견뎌 내야만 했어! 떠올리기만 해도 밀려드는 고통에 속수무책이었고! 그 병 하나 때문에 아픈 건 물론이고 심신이 다 망가질 정도였어. 더군다나 지금도, 그 일이 있은 후로 9개월이 지난 지금까지도 그 이야기를 꺼낼라치면 두통이 찾아오는 데다가! 이 비참한 이야기……[11]

『은유로서의 질병』에 암에 관한 글을 어떻게 담아낼지 숙고하던 손택은 일기에 "경구적으로 쓸 것"이라고 적는다.[12] 유방암은 어쩌다 "그 끔찍한 사건을 입 밖에 낼"지도 모르는, "이 비참한 이야기"를 털어놓을지도 모르는 '나'라는 존재와 불안하게 공존한다. 이 '나'는 암에 의해 말살될 때도 있지만, 암의 대리인에 의해 선제적으로, 말하자면 자

10 Fanny Burney, Barbara G. Schrank, and David J. Supino, *The Famous Miss Burney: The Diaries and Letters of Fanny Burney*, New York: John Day, 1976.
11 [옮긴이] 패니 버니가 1812년에 언니 에스터 버니에게 보낸 편지 내용 중 일부.
12 Sontag, *As Consciousness Is Harnessed to Flesh*[『의식은 육체의 굴레에 묶여』, 561쪽].

살에 의해 혹은 '나'와 '암'이 하나의 사고 단위 속에 공존하는 것을 용납하지 않는 작가적 완고함에 의해 말살될 때도 있다.

> '2014년, [……]은/는[13] 마흔하나의 나이로 유방암 진단을 받는다.'
> 혹은
> '2014년, 나는 마흔하나의 나이로 [……] 진단을 받는다.'

소설가 캐시 애커는 1996년 마흔아홉에 유방암 진단을 받는다. 애커가 『가디언』에 기고한 「병이 준 선물」은 암에 관한 이야기를 유례없이 솔직하게 풀어 낸 글로, "나는 이 이야기를 내가 아는 그대로 들려줄 것이다"라는 문장으로 시작한다. "지금도 이상한 일처럼 느껴진다. 내가 왜 이 이야기를 하고 있는 건지 나도 도통 모르겠다. 나는 감상적인 쪽과는 거리가 먼 사람이었는데. 그냥 그런 일이 있었다는 말을 하려는 걸까." 애커는 자신이 왜 이야기를 하려는 건지 알지 못하지만 일단 한다. "작년 4월 나는 유방암 진단을 받았다."[14] 그는 유방암 진단을 받은 시점으로부터 18개월도 채 지나기 전인 1997년에 사망한다.

13 [옮긴이] 작가가 의도적으로 삭제한 부분을 말줄임표로 표시한 것.
14 Kathy Acker, "The Gift of Disease", *The Guardian*, January 18, 1997, p.T14.

유방암은 유방 조직을 가진 사람이라면 누구나 걸릴 수 있는 병이지만, 여자들은 유방암이라는 재앙에 직면하면 막대한 무게를 짊어지게 된다. 그런 재앙은 때 이른 사망, 고통스러운 죽음, 심신을 무력하게 만드는 치료, 심신을 무력하게 만드는 치료의 후기 효과,[15] 파트너나 수입 또는 능력의 상실 같은 모습으로 구현되지만, 또한 질병에 관여하는 복잡한 사회적 조건들, 즉 질병의 계급 정치, 젠더에 따라 부과되는 한계, 죽음의 인종 차별적 분배, 혼란스러운 지시를 내렸다가 혹독한 신비화에 빠뜨리기를 반복하는 질병의 계략 따위를 거쳐 찾아오기도 한다.

유방암처럼 여자에게 사실상 재앙에 가까운 질병이 소수에 불과하다면, 유방암만큼 막대한 고통을 야기하는 질병은 그보다도 극소수다. 그런 고통은 유방암이라는 질병 자체가 유발하는 통증만이 아니라, 유방암에 관해 무엇을 쓰고 무엇을 쓰지 말아야 할지, 유방암에 관한 글을 써야 할지 말아야 할지, 쓴다면 어떻게 써야 할지 같은 문제와도 연관되어 있다. 유방암은 형식을 흐트러뜨리는 질문으로 자기 존재를 드러내는 질병이다.

형식에 관한 그런 질문에는 흔히 서로 상충하는 의도적 삭제와 삭제된 부분에 대한 해석 및 정정이 답변으로 제시된다. 흑인 레즈비언 페미니스트 시인인 오드리 로드가 의도

15 [옮긴이] 치료를 마치고 몇 달 혹은 몇 년 동안 나타나지 않다가 뒤늦게 발생하는 부작용으로, 치료 유형과 약물 투여량 등에 따라 다르게 나타난다.

적으로 삭제하는 대상은 암이며, 그에게 질병을 둘러싼 침묵은 정치로 향하는 입구가 된다. "내가 할 일은 지금껏 더불어 살아온 침묵들 속에 존재하면서 그 침묵들이 더없이 눈부신 낮과 더없이 요란한 천둥의 소리를 갖게 될 때까지 나 자신으로 한가득 채우는 것이다."[16] 백인 상류층 출신 문화 평론가인 수전 손택이 의도적으로 삭제하는 대상은 사적인 내용이다. 손택이 추후 『은유로서의 질병』으로 출간한 글의 후보 제목들을 두고 고심하며 쓴 일기에는 이런 문장이 들어 있다. "자기 자신만을 생각하는 것은 죽음을 생각하는 것이다."[17]

손택이 집필을 구상하기는 했으나 끝내 쓰지 못한 글의 네 번째 후보 제목은 '여자와 죽음'이었다. 손택은 "여자들은 다른 여자를 위해 죽지 않는다. '자매의' 죽음 같은 것은 없다"라고 단언한다. 그러나 나는 손택이 틀렸다고 생각한다. 자매의 죽음이란 여자들이 다른 여자를 위해 자기 목숨을 던지는 죽음이 아니라, 서로 유리된 상태에서 나란히 맞이하는 죽음에 가깝다. 자매의 죽음은 여자들이 여자라는 이유로 치르는 죽음이다. 1991년 마흔하나의 나이로 유방암 진단을 받은 퀴어 이론가 이브 코소프스키 세즈윅은 유방암을 둘러싼 문화가 놀라운 방식으로, 때로는 잔인한 방식으로 젠더를 끌어들인다는 사실을 다룬 글을 썼다. 유방암 진단을 받고 세즈윅은 이런 생각이 들었다고 한다.

16 Lorde, *The Cancer Journals*.
17 Sontag, *As Consciousness Is Harnessed to Flesh*[『의식은 육체의 굴레에 묶여』, 567쪽].

"빌어먹을, 이젠 정말 빼도 박도 못하게 여자네."[18] S. 로클랜 제인이 『악성』의 「부치 같은 암」Cancer Butch[19]에서 말하고 있듯이 유방암은 "아주 멋들어지고 하찮은 진단 하나가 당신을 완전히 집어삼켜 버리겠다고, 여성의 몸이 조금씩 나눠 갖고 있는 원형적 죽음 속으로 침잠시켜 버리겠다고 위협하는 무언가다".[20] 세즈윅은 2009년 유방암으로 사망한다.

손택의 말마따나 여자들이 서로를 위해 죽는 것은 아닐 수도 있지만, 유방암으로 인한 죽음에 있어 여자들이 아무런 희생도 치르지 않는다고는 할 수 없다. 적어도 지금 같은 '인식'[21]의 시대, 돈벌이가 되는 핑크 리본 포장이 '치유'를 대체한 시대에 우리는 공공선을 위해 우리의 삶까지는 아니어도 우리 삶의 이야기는 포기해야 한다는 말을 듣고 있다. 과거에 로드는 유방암을 둘러싼 침묵에 맞서 글을 썼지만 이제 그 침묵의 자리는 유방암을 둘러싼 언어가 내는 유례없이 끈질긴 소음이 차지하고 있다. 현시대에 주어진 과제는 침묵을 뚫고 입을 여는 것이 아니라, 툭하면 우리 삶의 이야기를 묵살해 버리는 소음에 맞서 저항하는 법을

18 Eve Kosofsky Sedgwick, *A Dialogue on Love*, Boston: Beacon Press, 2006.

19 [옮긴이] 부치는 보통 '남성적'이라고 간주되는 외모나 행동이 두드러지는 레즈비언을 가리킨다.

20 S. Lochlann Jain, *Malignant: How Cancer Becomes Us*, Berkeley: University of California Press, 2013.

21 [옮긴이] 1985년부터 유방암 '인식' 개선을 위한 캠페인이 시작되어 매년 10월이면 유방암 및 조기 진단에 대해 알리고 캠페인의 상징인 핑크 리본을 배포하는 등의 행사가 열린다.

배우는 것이다. 선뜻 자기 자신과 병을 연관 짓지 않으려 했던 손택과 카슨의 머뭇거림은 이제 늘 그래야만 한다는 의무로, 병을 앓는 여자들을 위해 그래야만 한다는 의무로 대체되었다.

애커가 그랬듯 나 역시 감상적인 쪽과는 거리가 먼 사람이라고 강변해야 할지도 모르겠지만, 다음 문장에는 나 자신과 내 유방암이—감상적인 이야기가 아니라면—적어도 이데올로기적인 이야기의 형식으로 결합되어 있다.

> "2014년 나는 마흔하나의 나이로 유방암 진단을 받았다."

그러고 보면 유방암이 지닌 형식 차원의 문제는 정치적이기도 하다. 모름지기 이데올로기적인 이야기란 왜 말하려는 건지도 모르면서 여하간 하는 이야기다. '나'와 내 '유방암'이 같이 들어 있는 위 문장은 유해할 정도로 어디에나 존재하게 된 '인식'의 영역에 진입한다. S. 로클랜 제인이 설명하듯 침묵은 더 이상 유방암 치료법을 찾지 못하도록 가로막는 최대의 걸림돌이 아니다. "어디에나 존재하는 암은 진창에 빠져 어디에도 존재하지 않게 된다."[22]

유방암에 걸린 이들 가운데 핑크 워시된 인식 지평에 주기적으로 발을 들일 수 있는 유일한 계급은 다름 아닌 유

22 Ibid.

방암 생존자다. 승자들이 향하는 곳에는 서사적 전리품이 뒤따른다. 유방암 투병기라면 응당 신자유주의적 자기 관리를 통해 살아남은 '생존기'여야 한다. 즉 자가 진단과 유방 방사선 촬영을 제대로 이행한 원자화된 개인, 시킨 대로 한 덕분에 치료된 질병, 5킬로미터 마라톤, 유기농 녹색 채소 스무디, 긍정적인 사고 등으로 구성된 서사여야 한다. 엘런 레오폴드가 유방암에 관한 개인사를 담은 『더 어두운 리본』에서 지적하듯이 1990년대에 부상한 신자유주의는 유방암에 관한 서사적 관습에 변화를 불러일으켰다. "외부 세계가 하나의 기정 사실로, 사적인 드라마가 펼쳐지는 무대 배경으로 받아들여지게 된 것이다."[23]

자기 자신만을 다루는 글쓰기가 오로지 죽음만을 다루는 글쓰기인 것은 아니다. 자기 자신만을 다루는 글쓰기는 특정 유형의 죽음을, 혹은 정치나 집단 행동이나 광범위한 역사가 들어설 여지가 없는 죽음에 가까운 상태를 보다 구체적으로 다루기도 한다. 현재 유방암을 다루는 일반적인 문학 형식에는 유방암의 산업적 병인, 의학의 여성 혐오적이고 인종 차별적인 역사와 관행, 믿기 어려울 정도의 수익을 창출하는 자본주의 기계, 유방암이 유발하지만 계급에 따라 불공평하게 분배되는 고통과 죽음이 누락되어 있다. 자기 자신만을 다루는 글쓰기는 죽음에 관한 글쓰기일 수도 있지만, 죽음에 관한 글쓰기는 만인에 관한 글쓰기다. 로드는 이렇게 썼다. "나는 살아남지 못한 여자들의 이

23 Leopold, *A Darker Ribbon*.

름을 내 심장에 문신으로 새기고 다닌다. 그리고 그 심장에는 이름 하나가 더 새겨질 공간이, 내 이름을 위한 공간이 남아 있다."[24]

손택은 유방암 진단을 받은 해인 1974년 일기에 이렇게 기록한다. "지금까지 내 사유의 방식이 지나치게 추상적이면서 동시에 지나치게 구체적이었다는 걸 깨달았다. 지나치게 추상적: 죽음. 지나치게 구체적: 나." 그러면서 "추상적이기도 하고 또한 구체적이기도 한" 중간 조건을 인정한다. 그 조건이란—자기 자신과 자신의 죽음 사이에 위치한, 추상과 구체 사이에 위치한—"여자"다. 손택은 이렇게 덧붙인다. "그러자 완전히 새로운 죽음의 우주가 내 눈앞에 떠올랐다."[25]

24 Lorde, *The Cancer Journals*.
25 Sontag, *As Consciousness Is Harnessed to Flesh*[『의식은 육체의 굴레에 묶여』, 512쪽].

인큐번트

1

의료 기사가 검사실 밖으로 나간다. 나는 화면을 향해 고개를 돌려 거기에 보이는 신생물과 신경망, 내 병리나 내 미래나 내 미래의 최후가 적혀 있을지도 모를 조그마한 글자를 해석한다. 생전 처음 본 종양의 모습은 화면 위에 떠 있는 어둠, 기다랗고 뼈마디가 울퉁불퉁한 손가락 같은 뭔가가 툭 튀어나와 있는 동그란 어둠이었다. 나는 검사대에서 아이폰 카메라로 그 화면을 찍었다. 그 종양은 내 것이었다.

나는 클리닉이라는 공간과 감각이라는 느낌이 서로 만나는 접점에서 내가 병에 걸렸다는 사실을 깨달았다. 늘 입는 녹색 민소매 티셔츠와 짧은 청반바지에 여름마다 신고 다니는 샌들 차림이었다. 그런 내게 돌연 예기치 못한 사건이 찾아오더니, 그다음에는 분위기를 단숨에 뒤바꾸는 단호하면서도 설득력 있는 전문적인 미사여구가, 비운에 감정을 이입하는 회색 유니폼의 진지한 여자가, 극도의 내적 공황과 임상적 조치와 어안이 벙벙한 상태로 친구들과 나눈 지챗Gchat 대화가 뒤따랐다. 머리부터 발끝까지 그야말로 하나의 사회 제도를 표방하는 옷차림을 한 조사관이 내 삶에 들어오더니, 어떤 사람(즉 나)이 이제까지는 느낄 일이 없었겠지만 앞으로 느끼게 될 감각들을 지금부터 샅샅이 파헤쳐 보겠다고 말한다.

하나의 시스템에서 일단의 대상과 활동을 추출한 다음 그것들을 다른 시스템의 구성 요소로 재분류하는 작업은 점술과 유사하다. 점술가가 보기에 북쪽으로 비행하는 새들은 내일의 행복을 단도직입적으로 알려 주며, 찻잎들은 한 쌍의 연인과 그들을 파멸시킬 제3자에 관한 이야기를 들려준다. 이윽고 새들의 비행이 '이주'라는 의미에서 벗어나 앞선 한 쌍의 연인이 맞이하게 될 미래의 최후를 알려주는 이야기로 바뀌면, 그때부터 차는 더 이상 마시고 싶은 생각이 들지 않는 무언가가 되고 만다.

하나의 시스템에서 어떤 것 혹은 어떤 것들을 추출한 다음 그것들을 다른 시스템의 구성 요소로 재분류하는 작업은, 우리 몸에서 정보를 추출한 다음 우리 몸속에서 나온 것을 어느 머나먼 곳에서 고안된 다른 시스템 속에 재배치하는 진단과도 닮아 있다. 내가 가진 덩어리는 본래 나라는 시스템에 속해 있었지만, 방사선 전문의가 '유방 영상 보고 자료 시스템'[1] 범주 5로 분류한 순간 하나의 종양이 되어 종양학이라는 시스템 속에 영원히 둥지를 틀게 되었다. 비

1 유방 영상 보고 자료 시스템Breast Imaging-Reporting and Data System, BI-RADS은 유방 영상을 해독하는 품질 관리 시스템으로 미국 방사선 학회American College of Radiology가 고안했다. BI-RADS 범주 5에 속한다는 것은 악성 종양일 확률이 95퍼센트 이상임을 의미한다.

행에 결부된 의미에서 해방된 새들과 해방된 차처럼, 진단을 받은 사람도 한때 자기 자신이라고 생각했던 것에서 해방된다.

건강하다고 확신하고 있던 와중에 병든 상태임이 확실하다고 판정받는 것은 언어의 무정함에 가격당하는 것과 같다. 이제 내겐 문제를 해결할 방법이 없어, 이제 내겐 둘로 쪼개진 인생을 칭할 구체적인 명칭만 있을 뿐이야, 라고 미리 걱정하면서 마음을 진정시켜 볼 반신반의의 시간마저도 누리지 못한 채로. 이제까지 굳이 나서서 감각에 신호를 보낸 적이 없던 질병이 화면 속에서 생기를 발산한다. 빛이 소리를, 그리고 암호화되고 암호화되지 않고 유통되고 분석되고 평가되고 연구되고 팔린 정보를 담고 있는 터이다. 우리의 건강 상태는 서버 안에서 퇴화하거나 개선된다. 한때 우리는 각자의 몸속에서 아파했다. 허나 이제는 일종의 빛으로 만들어진 몸속에서 아파한다.

MRI, CT, PET 같은 명칭을 부여받은 탐지기들의 세계에 온 것을 환영한다. 이제 소음 방지용 귀마개를 착용하고, 가운을 입고, 가운을 벗고, 양팔 올리고, 양팔 내리고, 숨 들이마시고, 숨 내뱉고, 피 뽑고, 조영제 주입받고, 가느다란 막대기를 몸에 집어넣었다가 올려 두고, 이동하거나 이동될 시간이다. 방사선과는 감정과 살로 빚어진 인간을 빛과 그림자로 빚어진 환자로 바꾸어 놓는다. 방사선과에는 과

묵한 의료 기사, 시끄럽게 달가닥거리는 소리, 온기가 감도는 담요, 영화에서 들을 법한 삐 소리가 있다.

클리닉에서 이미지는 이미지가 아니다. 이미징imaging[2]이다. 움직였다 멈췄다 하는 초음파의 파장, 빛의 장난[3]과 노출, 체내 주입이 가능한 눈부신 조영제를 통해 환자가 된 우리는, '몸을 갖는다'는 보편 법칙이 부여한 능력 덕분에 이제 이미질링imageling[4]이라 불린다. "소변이 가득 찬 방광을 데리고 들어오세요." 흥미를 돋우는 몸속을 들여다보고자 하는 의료 기사가 수화기 너머의 이미질링에게 말한다. 인간의 포궁 안에서 새로운 생명을 발견할 수 있는 초음파는 똑같은 곳에서 배아의 죽음 또한 발견할 수 있다.

우리는 병에 걸리고, 우리의 병은 과학의 가혹한 손아귀에 붙들려 자신만만한 현미경 아래의 슬라이드 위로 떨어지며, 예쁘장한 거짓말에, 연민과 홍보에, 브라우저에 띄워진 새 페이지와 선반 위에 놓인 책에 걸려든다. 그러고 나면 이 몸(그러니까 내 몸)은 불확실성에 무감해지고, 하나의 삶은 생경한 종양학 용어를 열어젖히고 그 용어의 빈틈을 비집고 들어간 다음, 이내 스러진다.

2 [옮긴이] 이미지를 생성하는 일련의 처리 과정.
3 [옮긴이] 빛의 굴절에 의해 사물이 다르게 보이는 현상.
4 [옮긴이] 이미지image라는 단어에 접미사 '링'ling을 결합한 표현. 졸개underling나 새끼 오리duckling 같은 단어에서처럼 '링'은 단어 뒤에 붙여 경멸스러운 어감을 주거나 자그마한 것을 지칭할 때 사용된다.

몸에서 불편함을 느껴도 아무 대응 않는 사람이 있는가 하면, 몸에서 불편함을 느끼면 자기 증상을 검색창에 입력해 본 다음 그냥 거기서 멈추는 사람이 있다. 그리고 전문가들을 찾아다니며 자신의 아픔을 널리 퍼뜨릴 여유를 가진 사람도 있는데, 이 경우 전문가들은 입찰에 참여하듯 경쟁적으로 진단을 내놓는다. 이 부류의 사람은 일련의 증상을 매개로 어떤 낌새를 감지할 수 있기를 고대하고, 이런저런 검사를 요구하고, 답변에 재차 질문을 던지며, 무엇이 잘못된 건지 간파할 수 있을지도 모를 전문가들을 찾아 먼 거리도 마다하지 않고 이동한다.

증상들이 충분히 오랫동안 퍼져 나가면, 일단의 불편함은 질환이든 신드롬이든 과민성이든 검색어든 나름의 명칭을 부여받는 은총을 맛보게 될 수도 있다. 때로는 이 자체가 충분한 치료가 된다. 그저 기분이 나아지려고 항소를 제기하기도 하는 것처럼 말이다. 어떤 사람이 느끼고 있는 고통에 이름을 붙이는 것이 유일한 치료법일 때도 있다.

온갖 사람이 심한 불쾌감을 호소하는 세상에는 보통 겉으로 드러나지도 않고 뭐라 규정하기도 어려운 아픔을 호소하는 사람도 존재하는데, 그렇더라도 그런 불분명한 아픔을 공유하는 공동체에 소속되는 기회는 얻는 셈이다. 질환이라는 범주로 묶을 수는 없으나 진단을 필요로 하는 불편함은 아리송한 고통과 갑작스러운 신체 반응을 재료로 하나의 '감정 풍경'을 형성한다. 아무 이름도 없는 이런 질병은 애타게 때를 기다리고 있거나, 너무 흔하디흔하거나, 정신 의학의 변두리로 질질 끌려가는 종류의 질병이다.

불가사의한 불편함에 시달리는 몸은 그런 통증에 응답하기 위한 어휘를 찾기를 고대하며 스스로를 의학에 내맡긴다. 통증을 충분히 표현해 주는 언어를 찾지 못하면 그 통증을 견디고 있는 당사자들이 힘을 합쳐 언어를 발명해야 한다. 예부터 그렇게 아픈 상태임에도 진단은 받지 못한 사람들은 무명의 질병에 관한 문학을, 무명의 질병에 관한 시를, 해답을 찾아 떠나는 서사를 구축해 왔다. 이들은 의학의 실패에 대응해 정교하게 식단을 짜고, 시험 삼아 생활 양식에 이런저런 제한을 가하며, 건강하든 건강하지 않든 철저한 음식물 섭취와 여러 교정 조치와 곳곳에서의 전문적인 정밀 검사를 전부 동원하는 식으로 의학의 영역 안팎을 넘나들며 떠돌고, 질병과 치료 모두에 저항한다.

한편 암이라는 질병은 속성상 예고 없이 불쑥 모습을 드러내는 일이 몹시 드물다. 암은 전문가와 전문 기술의 파도를 타고 찾아온다. 암은 정기 건강 검진과 전문가의 선고를 거쳐 당도한다. 우리의 감각은 우리의 질병에 관해 거의 아무것도 말해 주지 않지만, 의사들은 우리가 보거나 느낄 수 없는 것이 우리를 죽일 수도 있다면서 자기 말을 믿으라고 충고하며, 우리는 그 말을 믿는다.

"의사들이 그러더라고요." 항암 화학 약물 투여실에서 어느 나이 지긋한 남자가 내게 말했다. "내가 암에 걸렸다고. 그런데", 그가 속삭였다, "난 좀 미심쩍어요."

그러나 우리는 뭔가가 잘못되었음을, 세상이 (참담하리만큼) 잘못되었음을, 우리가 (참담하리만큼) 잘못되었음을, 뭔가가 (무엇이든) 온 사방에서 참담하리만큼 잘못되었음을 알고 있었다.

우리는 토털 헬스[5]의 허울 안에서는 병든 존재였고, 구역질 나는 세상에서는 완전히 건강한 존재였다.

우리는 외로웠지만 그 외로움에 종지부를 찍는 데 필요한 유대를 형성할 수 없었다.

우리는 과로했지만 그런 과로에 도취해 있었다.

나는 내가 (어떤 의미로) 병들었다고, (정신적으로) 편치 않은 상태가 되었다고, 악마의 거래가 성사되는 세상에서 파우스트처럼 발작적인 불만을 터뜨리며 무너지는 중이라고 생각했다.

5 [옮긴이] 모든 사람이 신체적·정신적·사회적 차원에서 완전한 웰빙을 누리는 상태.

2

네로 황제 통치기에 태어난 그리스 웅변가 아일리우스 아리스티데스는 아스클레피오스 신의 신성한 영토에서 잠자리에 든 다음 꿈속의 명령을 따르는 방식으로 자신의 병을 치유하려 했다. 스물여섯에 병에 걸린 아리스티데스는 페르가몬에 위치한 아스클레피오스의 신전에서 다른 인큐번트[6]들과 함께 수년간 머물렀다. 그곳의 인큐번트들은 자는 동안 꿈속에서 아스클레피오스의 신성한 처방이 내려지기를 기다렸고, 잠에서 깨면 그 처방을 따랐다. 오늘날 우리는 더 이상 기억나지 않는 신들의 관할 구역 속에서, 신비주의의 이면이라 할 수 있는 통계 자료들 속에서 잠을 청한다.

우리의 세기는 악몽을 생산하는 데는 탁월하고 꿈을 해석하는 데는 형편없다. 꿈에서 나는 내 옷차림을 칭찬한 종양 전문의와 함께 오클랜드 메리트호 인근의 홀 푸드 마켓

6 [옮긴이] 의술의 신인 아스클레피오스의 신전에서 치유가 이루어진 치료실은 '아바톤'Abaton이었고, 병자가 아바톤에 들어가 자면서 꿈을 매개로 치유받은 과정은 '인큐베이션'Incubation, 즉 '몽중신유'夢中神癒로 불렸다. 인큐번트Incubant는 아스클레피오스의 신전을 찾은 병든 순례자이자 환자를 가리킨다.

을 턴다. 혹은 내가 강의하는 수업 중 두 과목의 강의실에 마돈나가 유방을 훤히 드러낸 채로 등장한다. 이유는 알 수 없지만 내가 어느 시골 마을에 있을 때도 있는데, 지고 가야 할 장비는 산더미 같고, 그 마을에는 내가 기억하지도 못하는 유명인들이 있다. 나는 온 세상과 온 천국에 관한 토론에 참가하고, 나와 논쟁을 벌인 한 남자가 내게 이런 메시지를 보낸다. "나는 당신이 어느 센터 출신인지 파악하는 중이에요."

진단을 받자마자 인터넷에 접속하는 사람은 정보를 좇는 인큐번트다. 데이터는 일종의 부신副神처럼 왕진을 온다. 잠에서 깬 우리는 화면의 심연을 뚫어져라 쳐다보고, 수치들이 온몸을 조이는 기분을 느끼고, 막대 그래프 사이사이에서 숨을 고르는 법을 배우면서, 표본 크기며 생존율 곡선이 가득 들어찬 머리와 침침해진 두 눈과 수학에 경외를 표하는 몸을 이끌고 하루를 보낸다.

새로 삽입한 케모 포트[7] 쪽에서 통증이 느껴진다. 젊을수록 더 아프기 마련이라고 간호사들은 말한다. 암과 관련된 모든 것이 젊을수록 더 아픈 법이라고. 나는 목욕과 치장을 거부하고, 아무 데나 마음대로 돌아다니는 것도 그만둔다. 다른 신체 부위들에 대해서는, 그 부위들이 여전히 할 수 있는 일이 무엇인지에 대해서는 아예 생각하지도 않

7 [옮긴이] 항암제를 주기적으로 안전하게 투여하기 위해 보통 쇄골 아래쪽 피부밑에 삽입하는 약물 주입용 관.

는다. 한 부위에서 느껴지는 통증으로 인해 다른 부위들이 서서히 의식에서 멀어지고 있는 탓이다. 누군가가 보내 준 링크를 타고 들어가 보니 베이킹 소다를 이용한 암 치료법이 나온다. 예전에 내 강의를 들은 한 학생이 보낸 이메일은 항암 주스를 들어 본 적이 있느냐고 묻고 있다.

아일리우스 아리스티데스는 발병 후 몇 년이 지난 시점이자 마르쿠스 아우렐리우스 황제가 통치하던 불안정한 시기인 170년대 초반, 아스클레피오스 신이 내려 준 꿈들에 관한 책 『성스러운 이야기』*Hieroi Logoi*를 집필한다.[8] 아스클레피오스는 여성 인간과 아폴론 남신 사이에서 태어난 아들로 켄타우로스 손에 자라면서 의술을 배웠다고 알려져 있다. 아스클레피오스에 관한 어떤 이야기에 따르면 그가 어찌나 유능한 의사였던지 지하 세계가 텅 비어 버릴까 봐 두려워한 하데스의 계략으로 죽었다고 한다. 『성스러운 이야기』는 꿈 처방을 모아 둔 기록이기만 한 것이 아니라, 구체적인 시간과 장소에서 몸을 가진다는 것이 어떤 의미인지를 설명하는 자서전적 기록이기도 하다. 꿈꾸는 성스러운 자들은 인큐베이션이 진행될 치료실에 들어갈 때 파피루스를 챙겼다. 로마인들은 꿈에 순서가 있어 기록이 가능하다고 생각했던 듯하다. 아리스티데스는 『성스러운 이야기』의 원자료가 되어 준 꿈 일기의 분량이 30만 행 이상이었다고 주장한다. 후에 학자들은 그 일기를, 우리로

8 Aelius Aristides and Charles A. Behr, *Aelius Aristides and the Sacred Tales*, Amsterdam: Hakkert, 1969.

서는 읽어 볼 기회조차 없을 그 일기를 "거부당한 방식의" 스토리텔링이라 불렀다.[9]

『티베트 사자의 서』도 꿈을 일종의 예후를 알려 주는 메시지로 해석하는 법을 제시한다. 이 책의 저자들은 까마귀나 번민에 찬 영혼 들에 둘러싸이는 꿈, 사자使者 무리에게 질질 끌려가는 꿈, 나체 상태로 머리칼이 싹둑 잘려 나가는 꿈을 통해 죽음을 예언한다. 이에 따르면 내가 암 치료를 받고 있다는 사실은 꿈속에서 번번이 반나체 상태로 머리칼이 싹둑 잘리는 경험을 하고 있음을 의미한다. 나는 내가 앞으로 얼마나 살게 될지 알려 줄 단서를 찾으려 『티베트 사자의 서』 대신 펍메드PubMed를 읽는데, 거기 실린 글을 읽을수록 고가에 극악무도하기까지 한 치료들이 줄줄이 이어진 길 어딘가에서 죽을지도 모른다는 두려움은 더 증폭되며, 그러다 보면 통계도 봤다가 온라인 쇼핑몰에 들어가 가발 구매 후기도 읽었다가를 몇 시간 동안 반복하다 못마땅한 심정이 되고 만다. 나는 내 몸에 걸치게 될 천 가지 모조품과 내 몸속에 자리 잡을 천 가지 모조품을, 특허 출원 중인 천 가지 모조품과 제조 중인 천 가지 모조품과 시장에서 철수 중인 또 다른 천 가지 모조품을 떠올린다.

고대 그리스 의사 갈레노스는 아리스티데스가 육체는 약하나 영혼은 강인한 드문 유형의 인간이었다고 기록했

9 Lee T. Pearcy, "Theme, Dream, and Narrative: Reading the Sacred Tales of Aelius Aristides", *Transactions of the American Philological Association(1974~)*, vol.118, 1988.

다.[10] 아리스티데스는 "온몸이 쇠약해지는" 와중에도 계속 해서 쓰고, 가르치고, 말했다. 구글에 내 병을 검색해 본 나는 그 결과가 너무나 방대한 나머지 초현실적인 외로움을 느낀다. 내 영혼이 얼마나 강인한지는 통 모르겠지만, 나는 흔한 유형의 인간인지라 먹고 살자면 일을 해야만 하고, 그래서 아픈 와중에도 아리스티데스처럼 계속해서 쓰고, 가르치고, 말하고 있다. 해야 할 일들을 처리하다가도 내가 계속 살게 될 거라고 말해 주는 연구 결과를 절실히 바라며 틈틈이 죽음을 검색한다. 죽음에 관한 꿈도 꾸기 시작했지만 밤의 명령에 따르지 말아야 한다는 것쯤은 알고 있다. 그런 꿈에서 깨면 내 몸의 필멸성에 반하는 예외를 검색한다. 라이프매스LifeMath[11]에서 예후 계산기 결과를 확인하고 다시 잠들면, 생존율 곡선과 사망률 곡선으로 표현되는 죽음에 관한 꿈을 꾼다.

10 Michael T. Compton, "The Union of Religion and Health in Ancient Asklepieia", *Journal of Religion and Health*, vol. 37, no. 4, 1998.

11 매사추세츠 종합 병원 계량 외학 연구소의 암 수학Cancer Math 그룹이 만들었다. 라이프매스가 제공하는 유방암 관련 자료에는 조건부 생존, 유두 침윤, 결절 상태, 치료 결과를 확인하는 계산기 등이 있다. 계산기에 각종 변수를 입력하면 사망률 곡선, 생존율 곡선, 픽토그램, 막대 그래프, 원 그래프 등 드롭 다운 메뉴에서 택한 형태로 결과가 도출된다.

그것을 발견한 날, 나는 내가 늘 쓰고 있던 이야기를, 그러니까 그 사람과 내가 어떻게 재결합하게 됐는지, 어째서 우리는 재결합하면 안 되는지, 머지않아 우리가 결국 더는 함께하지 않게 되기를 내가 얼마나 바라는지에 관한 이야기를 썼다. 우리는 행복하지 않았다. 우리는 잠자리를 하지 않고서는 절대 함께할 수 없었다. 우리는 잠자리를 하는 한 절대 행복할 수 없었다. 우리는 함께하지 않는 한 절대 행복할 수 없었고, 그래서 늘 함께했다. 슬퍼하면서. 침대에서. 그렇게 수년간 서로에 대한 앎을 쌓아 온 우리의 관계는 우리 이래선 안 돼, 라고 말하는 질긴 거미줄의 모습으로 구현되었고, 그 거미줄 사이사이에는 우리가 각자 자기 자신에게 가한 고통의 화려한 형상들이 붙잡혀 있었다.

처음에는 섹스가, 그다음에는 발견이, 그다음에는 영화표를 수령할 매표소로 향하는 에스컬레이터가 있었고, 그 뒤에 나는 병원에 연락해 예약을 잡았으며, 그런 다음에는 서로가 지구상에 존재한다는 사실로 인해 비참해질 일이 없도록 우리 사이가 아예 더 가까워지면 좋겠다는 소망을 일기에 적었다. 내 유방 안에 있는 것의 존재를 우리가 알게 되었다는 사실이나 침대에서 빠져나와 보러 간 액션 영화의 제목은 적지 않았다.

내 두려움의 원천은 당시만 해도 거의 아는 것이 없던 암 그 자체가 아니었다. 내 두려움은 검색 엔진에서 싹텄다. 구글 검색창에 '유방 멍울'을 입력했을 때 띄워진 결과 때문에 두려웠고, 블로그와 토론 게시판에 퍼져 있는 질병의 문화가 두려웠고, 사람들이 새로운 필명, 특징, 고뇌, 신조어, 격려의 말 등으로 무장한 채 온라인에서 활동하는 환자로 변해 가는 방식이 두려웠다. 메츠. 푸브. 네드.[12] 진단을 받은 첫날 나는 내가 이런 용어들을 쓰게 될까 봐 두려웠다.

그때 일어난 모든 일에 관해 나는 철저히 핵심을 비껴가는 세부 정보 위주로 일기에 적었고, 사람들이 불안한 마음이 들지만 그 이유가 뭔지 파고들고 싶지는 않을 때 하는 자질구레한 몸짓들을, 가령 빨래를 어떻게 했고 마룻바닥은 어떻게 쓸었고 침대는 어떻게 정돈했는지를 기록했으며, 골치 아픈 사랑일랑 말끔히 정리해 버리자 다짐했고, 나 자신을 독자 삼아 이야기 하나를 들려주면서 그걸 핑계로 다른 이야기는 묻어 두었다.

12 메츠Mets는 전이 유방암Metastatic breast cancer, 푸브Foobs는 가짜 가슴fake boobs, 네드NED는 질병의 증거가 없는 상태No Evidence of Disease를 가리킨다.

사람들은 암이 맞서 싸워야 할 침입자라든가 우리 존재가 가진 어떤 엇나간 측면이라든가 야심이 과한 세포라든가 자본주의에 대한 비유라든가 더불어 살아야 할 자연 현상이라든가 일종의 죽음의 대리인이라고 말한다. 암이 우리의 DNA 안에 있다거나, 이 세상 속에 있다거나, 유전자와 환경이 뒤섞인 복잡한 혼합물 안에 자리 잡고 있어 누구도 정확한 위치를 찾아낼 수 없거나 찾아내고 싶어 하지 않는다고들 한다. 암의 원인이 우리 내부에 있을 수도 있다는 한쪽의 시끌벅적한 추정만 들리고, 암의 근원이 우리가 공유하는 이 세상 곳곳에 퍼져 있을 수도 있다는 다른 한쪽의 조용한 추정은 결코 들리지 않는다. 우리 유전자는 검사 대상이 되지만 우리가 마시는 물은 그렇지 않다. 우리 몸은 스캔되지만 공기는 그렇지 않다. 사람들은 암이란 인간 감정의 오류로 인한 것이라거나 육체를 가진 인간에게 불가피한 것이라고 말한다. 병든 상태와 건강한 상태, 급성과 만성, 사는 것과 죽는 것에는 차이가 있다고도 한다. 암에 관한 뉴스는 선거 관련 뉴스와 동일한 화면을 통해, 링크드인에 초대 요청이 들어오는 바로 그 순간에 이메일을 통해 우리에게 전달된다. 방사선 전문의가 쓰는 해시 표시[13]는 드론 조종사가 쓰는 해시 표시와 동일하다. 모든 글로벌 테러와 비현실적인 사건의 일대기가 화면에 중계되듯, 암의 일대기도 화면에 펼쳐진다.

암은 현실처럼 느껴지지 않는다. 암은 산업 자본주의의 근대성이 직면하기를 두려워했던 외계 생명체처럼 느껴진다. 우주 공간 한가운데에 있고 감각 기능은 절반만 갖춘, 머리부터 발끝까지 끔찍한 존재. 암 치료는 반수면 상태에서 꾸는, 그리하여 반수면이 꿈에 관한 책의 한 장章을 차지한다는 사실을 알게 되는 꿈과 같고, 깨기와 자기를, 온갖 기쁨과 모든 고통을, 참을 수 없는 무의미한 헛소리와 그로부터 쏟아져 나온 모든 의미를 담는 기록이자 그릇으로서의 꿈과 같다. 그런 꿈을 이루는 모든 순간은 잊을 수 없을 만큼 실로 엄청나지만 꿈에 대한 모든 기억은 상실되고 만다.

13 [옮긴이] 세로로 직선을 네 번 긋고, 그 위에 가로로 다섯 번째 선을 긋는 방식으로 횟수(5회)를 표시하는 방법. 바를 정正을 적어 횟수를 세는 방식과 유사하다.

유방 외과 의사는 유방암의 최대 위험 인자가 유방을 갖고 있는 상태라고 했다. 의사는 첫 조직 검사 결과가 나왔음에도 내가 누구든 데려오기 전까지는 결과를 알려 주지 않으려 했다. 내 친구 카라는 시급제 노동자라 일과 중에 시간을 내려면 생활비를 손해 봐야만 했다. 그래서 카라는 점심 시간을 할애해 차를 몰고 교외의 진료소로 와 주었고 그 덕분에 나는 진단 결과를 들을 수 있었다. 미국에서는 당신이 누군가의 자녀 혹은 부모나 배우자가 아닌 이상 타인을 돌보는 데 필요한 외출 시간을 법으로 보장받지 못한다.[14] 미국 법은 가족이라는 울타리 밖에서 사랑받는 사람에게는, 그 사람이 얼마나 깊이 사랑받고 있든, 신경 쓰지 않는다. 이 세상의 모든 비공식적 사랑이 당신을 감싸고 있더라도, 다른 사람의 돌봄이 필요하면 잘게 쪼개진 타인의 시간 일부를 빼앗아야 한다. 채광창을 통해 빛이 들어오는 베이지 톤의 상담실에 앉아 의사를 기다리고 있을

14 미국 노동부 산하 임금 및 근로 시간국Wage and Hour Division에 따르면 가족 의료 휴가 법Family and Medical Leave Act에서 전일제 노동자에게 보장해 주는 12주의 (무급) 휴가는 "근로자의 배우자, 자녀, 부모의 건강 상태가 심각한 경우"에만 적용된다.

때 카라는 지갑에 넣어 가져온 휴대용 칼을 내게 건네주었다. 내가 의사 몰래 손에 쥐고 있을 만한 물건을 가져온 것이었다. 기본적으로 알려 주어야 할 모든 정보를 연극적인 말투로 전해 준 다음에야 의사가 한 말은 카라와 내가 이미 알고 있던 것이었다. 내 왼쪽 유방 안에 암 종양이 최소 하나가 있고 크기는 3.8센티미터라는 것. 나는 땀으로 축축해진 칼을 카라에게 돌려주었다. 그러고 나서 카라는 일터로 돌아갔다.

병리 보고서의 나머지 내용은 그 외과 의사를 통해 종양 전문의를 만나 전해 들었다. 암의 '전기'를 담은 책인 싯다르타 무케르지의 『암: 만병의 황제의 역사』에서 유방암 환자의 표상으로 그려지는 인물은 기원전 550년을 기점으로 암 치료법을 찾아 시간 여행을 하는 페르시아 왕비 아토사다. 이 귀족 환자를 데리고 이런저런 치료법을 거쳐 종양 전문의의 진료실에 처음 당도한—항암 화학 요법을 받는 환자들이 대기실에 가득한 그곳은 암에 걸리고 내가 처음 방문한 곳이기도 했는데 그중 귀족은 한 명도 없었다—무케르지의 사고 실험은 암 문화를 구성하는 신화들을 생동감 있게 담은 하나의 상징이다. 암은 발전하는 기술 진보의 궤적을 따라 이동하는 것이지, 몰역사적인 몸속에서 영속하는 고정불변의 무언가가 아니다.[15] 그 어떤 환자도 자기 암의 주권자가 될 수 없다. 암 치료를 받는 사람이라는

15 Siddhartha Mukherjee, *The Emperor of All Maladies*, London: HarperCollins, 2017[『암: 만병의 황제의 역사』, 이한음 옮김, 까치, 2011, 509~520쪽].

표식을 지녔건 암 환자를 돌보며 판에 박힌 일상을 사는 사람이라는 표식을 지녔건 고통받는 모든 사람은 우리의 역사적 특수성들을 고통의 표식으로 지니며, 일련의 사회적·경제적 관계를 중심으로 군집한다.

질병의 역사는 의학의 역사가 아니며—세상의 역사다—몸을 가진다는 것의 의미를 다룬 역사는 소수의 이익을 위해 우리 다수에게 어떤 짓들이 자행되는지를 보여 주는 역사일지도 모른다.

그룹Cherub 천사[16]와 똑 닮은 모습에 나와 친구들이 나중에는 닥터 베이비라고 부른 종양 전문의가 누런 종이 쪽지에 어린 아이 서체로 '호르몬 수용체 양성 유방암'이라고 적었고, 이 암은 표적 치료가 가능하다고 설명하더니 쓴 내용을 이내 찍찍 그어 지워 버렸다. 그다음에는 'HER2 유방암 양성'이라고 적고서 이 암도 표적 치료가 가능하다고 설명하더니 또 찍찍 그어 지워 버렸다. 그런 다음 '삼중 음성 유방암'이라고 적고는 이 암에 대한 표적 치료는 존재하지 않는다고 설명했다. 전체 유방암의 10~20퍼센트를 차지하고, 여러 유방암 중에서 선택할 수 있는 치료법이 가장 적은 데다가 예후도 상당히 좋지 않아 사망률이 유난히 높은 암이었다. 종양 전문의는 그게 내가 걸린 암이라고 말했다. 내 종양은 괴사성이라고, 말하자면 아무리 영양을 공급해도 따라잡지 못할 만큼 성장 속도가 빠른 종양

16 [옮긴이] 날개 달린 통통한 남자 아이 모습을 한 호위 천사.

이라고 했다. 그는 종양의 성장률이 "85퍼센트"라고 적었다. 그게 무슨 의미냐고 물었더니 Ki-67 표지 지수가 "20퍼센트 이상인 모든 종양"은 매우 공격적이라고 그가 대답했다.[17] 그러면서 '선행 보조 화학 요법'이라는 말을, '당장'이라는 의미를 갖는 그 말을 덧붙였다.[18] 나는 림프절을 절제하거나 의사들이 종양이 있을지도 모른다고 우려하는 다른 부위들을 조직 검사해 보는 것에는 동의하지 않았다. 이 확실한 종양 하나만으로도 내게는 충분히 비보였고, 치료 역시 굉장히 공격적일 터이니 고통을 자초해 가며 내 몸에 또 뭐가 있는지 알아낸다 한들 의미 없는 일이라고 생각했다.

무케르지의 책이 제대로 간파한 사실은, 페르시아 왕비 아토사가 항암 화학 요법에 저항성을 가진 삼중 음성 유방암을 진단받을 경우 "[어느 시대에든] 생존 가능성은 거의 변하지 않을 것"이라고 추측한 것이다.[19] 항암 화학 요법을 받지 않겠다는 말은 죽겠다는 말이라고 닥터 베이비는 에

17 Ki-67은 세포 증식과 관련된 핵 내 단백질nuclear protein이며, Ki-67의 과발현이 암 환자의 생존에 악영향을 미친다는 상관 관계가 확인된 바 있다.
18 선행 보조 화학 요법은 유방암 수술 전에 실시하는 화학 요법인데, 암이 공격적이거나 종양의 크기가 크지 않은 이상 유방암 치료에서 흔하게 활용되지는 않는다. 삼중 음성 유방암 환자에게 선행 보조 화학 요법을 실시할 때 장점은 해당 종양 부위를 모니터링함으로써 '병리학적 완전 반응'pathological complete response 여부, 즉 암과 관련된 모든 징후가 화학 요법을 통해 제거되었는지 확인할 수 있다는 것이다.
19 Mukherjee, *The Emperor of All Maladies*[『암』, 513쪽].

둘러 표현했다. 내가 생각하기에 항암 화학 요법을 받는다는 것은 느낌상으로는 죽을 것 같지만 잘하면 살 수도 있고, 주요 질병 자체보다도 부차적인 효과 때문에 죽게 되거나, 결국 시답잖기는 해도 얼추 회복한 상태로 살게 되는 것이었다. 차를 타고 집으로 돌아오는 동안 나로서는 정답을 알 수 없는 질문이 라디오에서 흘러나왔다. 나는 머물러야 하는 걸까, 떠나야 하는 걸까? 하지만 다이얼을 이리저리 돌려 봐도 정답을 말해 주는 곡은 찾을 수가 없었다. 머무느냐 떠나느냐라는 질문은 이생에 머물러야 할지 이생을 떠나야 할지를 묻는 질문이었다. 나는 살아야 하는 걸까, 죽어야 하는 걸까? 실은 그렇게 묻는 질문이었다. 하지만 그렇게까지 솔직한 질문을 들은 적은 한 번도 없었다. 진찰대에 몸을 누이는 순간 환자는 한정된 답안만 제시되는 침대 위에 자신의 삶까지 내려놓게 되지만, 충분히 명확한 질문이 제시되는 경우는 결코 없다.

이 질병이 초래할 결과는 무엇일까? 이는 형사, 미술품 수집가, 필적학자를 비롯해 불분명하고 부수적인 세부 정보를 이야기의 핵심으로 끌고 오는 이들이 던지는 질문과 닮아 있다.[20] 매혹enchantment은 무언가가 어떤 쓸모 때문이 아니라 그 자체로 존재할 때 지속된다. 일단의 세포를 통해 다가올 6월의 고통을 예상할 수 있다고 믿는 순간 매혹이 옅어지기 시작하는 것도 바로 이 때문이다. 의심을 거두지 않은 채로 해석을 해야 하는 상황에서는 그 무엇도 다시는 매혹처럼, 이를테면 머리에서 빠진 머리카락이 곧 지퍼 백에 보관될 범죄의 증거가 아니라 그 머리의 아름다움을 보

20 카를로 긴즈부르그의 에세이 「징후들: 실마리 찾기의 뿌리」Spie: Radici di un paradigma indiziario는 진단 과정이 실제 경험에 불러일으킬 수 있는 효과에 관한 내 생각에 상당히 큰 영향을 미쳤다. 이 에세이에서 긴즈부르그는 19세기 미술사가 조반니 모렐리가 개발한 '모렐리 방법'을 설명한다. 이는 귓불과 손톱 등 지엽적인 세부 사항을 철저히 연구해 그림의 진위를 판단하는 방법이다. 긴즈부르그는 모렐리 방법을 셜록 홈스와 지그문트 프로이트의 접근법과 연결한다. 긴즈부르그가 제시하는 모든 방법과 암 진단의 공통점은 언뜻 중요해 보이지 않는 세부를 가장 면밀하게 검토한다는 것이다. 그 결과 단순히 존재 자체일 뿐이었던 것이 머지않아 '증거'가, 암 진단이나 범죄 수사와 관련된 상황에서는 한 사람의 삶을 파멸로 몰고 갈 수도 있는 종류의 증거가 된다.

여 주는 증거였던 시절의 매혹처럼 완벽할 수 없다.

암 진단 후에도 다시 그 자체로 존재할 수 있는 것은 극소수에 불과하다. 간호사가 내게 바인더 하나를 건넨다. 반질거리는 겉면에는 만면에 미소를 머금은 은발 여인의 사진이 붙어 있다. 제목은 『종양과 떠나는 여정』*Your Oncology Journey*인데, 나는 그 여정이 내 것이 될 수는 없다고 확신한다. 그 여정의 모든 발걸음은 온갖 예언이 북적이는 델포이로 향하며, 모든 운세에는 이제 불행 중 다행이라는 저주와 최악보다 더한 최악의 상황이 따라다닌다. 델포이로 가는 내내 점쟁이들은 쉼 없이 운세를 내놓고 그런 운세를 뒷받침하거나 뒤집는 이색적인 약속이나 어설픈 이유도 쉼 없이 내놓는데, 이는 거짓말 위에 더 많은 거짓말을 쌓아만 가다가 '아무것도 모르는데 시도해서 뭐 해'라는 불쾌하고 파국적인 진실에 도달하는 과정과 비슷하다.

한편, 한 걸음 한 걸음 내디딜 때마다 느껴지는 감각은 범죄 현장을 연상시킬 만큼 스펙터클하다. 돋보기를 대 봐야만 증거로 삼을 수 있을 정도로 사소한 디테일은 없으며, 모든 디테일은 이 세상의 모든 것이 잘못되었음을 입증한다. 짜릿한 감각을 불러일으키는 모든 범죄 현장은 곧 미래에 발생할 혹은 동시다발로 발생하고 있는 무수한 여타 범죄의 현장이다. 그런 범죄 중 일부는 해결책이라는 미명하에, 일부는 세상은 원래 그렇다는 미명하에 행해지지만 어떤 범죄든 전부 수사 과정 중에 벌어지며, 하나같이 상처 위에 상처를, 운 위에 운을, 거짓말 위에 거짓말을 겹겹이 쌓으면서 더 짜릿한 감각을 불러일으키고 이에 더해 또 다른 스펙터클과 대학살과 해석 기회를 창조한다.

지금 당장 암 진단을 받는다고 해서 『종양과 떠나는 여정』에 제시된 경로를 밟아 가며 살게 되는 건 아니다. '종양과 떠나는 여정'은 거짓말이다. 존 케이지는 이렇게 썼다. "한 폭의 회화는 누가 어떤 말을 했고 어떤 대답을 했는지를 담은 기록이 아니라, 벌거벗은 채로 자신을 은폐하는 역사의 몸이 별안간 발하는 충만한 현존을 담은 기록이다."[21] 지금 당장 암 환자가 된다는 것은 몸들의 자기 은폐적이고 벌거벗은 역사가 별안간 발하는 충만한 현존을 안고 살아가게 되는 것과 같다.

21 John Cage, *A Year from Monday: New Lectures and Writings*, Middletown, Conn.: Wesleyan University Press, 1969.

3

아일리우스 아리스티데스는 아스클레피오스의 신전에서 인큐번트로 살았던 시절을 카테드라Cathedra[22]라고 칭했다. 그 신전은 죽어 가는 기색이 역력한 자와 임신 사실이 또렷이 드러나는 자의 출입을 일체 금했다. 출생과 죽음은 신전 인근에 지어진 건물에서 눈에 띄지 않는 방식으로 처리되었다. 독실한 병자들은 목욕을 하고, 번제 제물을 준비하고, 잠자고, 잠에서 깨고, 다른 병자들과 꿈 이야기를 나누며 시간을 보냈다. 그런 다음에는 꿈이 내려 준 처방을 이행했다. 인큐번트들이 꾼 꿈은 흔히 두 유형으로 나뉘었다. 첫째 유형은 단식, 식단 변경, 약물 복용, 사혈瀉血, 하제下劑 등 로마 의술의 영역에 속한 지시가 내려지는 꿈이었고, 둘째 유형은 페르가몬의 의사들이 듣자마자 몸서리를 쳤다는 말이 있을 정도로 너무나 무모한 처방이 내려지는 꿈이었다.

유익한 충고와 허황한 이데올로기[23]를 구별할 수 있었던 내 능력이 암 진단으로 인해 감퇴하고 말았다. 암에 이렇

22 [옮긴이] 아무것도 하지 않고 앉아 있는 상태나 무활동, 권좌나 주교좌, 권위 있는 가르침 등을 뜻하는 라틴어 표현.

게 저렇게 대응해 보라는 모든 조언은 처음에는 다름 아닌 이 병든 세상의 증상처럼 들린다. 나는 일기에 "기계와 친밀해진 몸"이라 쓰고서 토론 게시판을 둘러보다가, 머리를 짧게 잘라 두면 나중에 겪게 될 상실을 그나마 수월하게 감당할 수 있을 것이라 말하는 글을 읽는다. 그리고 그 말을 믿어 보기로 한다. 보통 나는 머리를 직접 자르지만 이번에는—벨 에포크라는—미용실에 예약하고, 금발의 낯선 미용사가 짙고 기다란 내 머리칼을 어깨 위로 싹둑 잘라 내는 동안 아무 말 없이 높은 의자에 가만히 앉아 있는다. 머리카락이 바닥에 수북이 쌓이면 쥐꼬리만 한 보수를 받으며 일하는 조수가 와서 손잡이가 긴 빗자루로 쓸어 담고, 그제야 나는 그동안 전혀 알지 못했던 사실, 즉 내 삶에도 아름답다고 할 만한 시절이 적어도 몇 년은 있었지만 이제 더는 없으리라는 사실을 깨닫는다. 그리고 살아 있어서 가장 좋은 점은 머리카락이 자란다는 것이라고, 머리카락이 자란다는 건 영원히 그대로인 것은 없음을 보여 주는

23 내가 이 책에서 사용한 '이데올로기'라는 용어는 역사적 상황에서 기인한 일종의 공유된 현실을 의미한다. 이데올로기는 우리에게 너무나 자연스럽거나 진실처럼 느껴지는 경우가 많아 일상 생활에서 특별히 부각되지 않으며, 우리는 이데올로기의 허위가 밝혀지는 고통스러운 상황을 직면하기 전까지는 그것을 실제 진실로 간주한다. 내 경험에 비추어 보면 유방암 같은 위기는 이데올로기적인 것의 과잉 생산을 부추기는 경향이 있으며, 그런 과정에서 너무나 많은 모순과 불화를 초래하다가 결국 일반적으로 받아들여지기는 하나 진실은 아닌 것의 정체를 순식간에 폭로하게 되지만, 다른 어떤 진실도—적어도 공유된 종류의 진실은—곧바로 그 자리를 차지하지는 못한다.

단순한 증거며 그러므로 세상이 변할 가능성을 입증해 준다고 고집스레 우겼던 시절을 떠올린다. 이제는 단지 머리카락만 빠지는 것이 아니라 모낭도 죽어 갈 것이다. 또 가슴 아픈 일이지만 내가 계속 살아간다 해도 한때 성장했던 것들은 성장을 멈출 것이며, 한때 내가 이 세상에 대해 확신했던 모든 것은 반대 사실을 입증해 주는 증거가 될 것이다.

"변덕스럽고 그렇기에 비참한 인간의 조건이란!" 이는 영국 시인 존 던이 1624년 병상에서 탄생시킨 명작이자, 자신이 치명적인 질병이라고 생각한 것에 관해 23일 동안 총 23부로 집필한 산문 『다가오는 시간에 부치는 기도』에 쓴 말이다. "조금 전까지만 해도 괜찮았던 내가, 지금 이 순간에는, 병들어 있다."[24]

24 John Donne and Izaak Walton, *Devotions upon Emergent Occasions: And, Death's Duel*, New York: Vintage Books, 1999[『인간은 섬이 아니다: 병의 단계마다 드리는 기도』, 김명복 옮김, 나남, 2009, 15쪽].

암에 걸렸다는 말을 듣기 전에 그 사실을 알 수 있는 사람은 없다. 나는 존 던의 첫 번째 기도를 화면 캡처한 다음 페이스북에 게시한다. "우리는 건강에 주의를 기울이고 고기, 음료, 공기, 운동에 대해 숙고하며, 건강이라는 건물을 짓는 데 필요한 모든 돌을 자르고 연마한다. 우리의 건강은 그렇게 장기간에 걸친 꾸준한 노력의 결실이다. 그런데 일순간 대포알 하나가 날아와 모든 것을 때려 부순다."[25]

이 글에 '좋아요'가 많이 눌린다. 그러면 나는 인터넷에서 찾은 다른 지시 사항들을 이행한다. 엄마에게 말하고, 딸에게 말하고, 부엌을 대청소하고, 고용주와 협상하고, 고양이 돌봐 줄 사람을 찾고, 중고품 할인 매장에 가 머잖아 내 몸에 삽입될 케모 포트와 잘 어우러질 옷을 찾고, 친구들에게 전화 걸어 나를 돌봐 줄 사람이 아무도 없다는 걱정을 늘어놓는 것이다. 의사들이 결국 내 몸에서 유방을 떼어 내 소각로에 버리리라는 건 엉겁결에 기정 사실이 되어 버리고, 그래서 나는 내 유방이 원래부터 없었던 것처럼 살아가는 연습을 시작한다.

25 Ibid[같은 책, 15쪽].

공격적인 암에 걸린 사람은 좀처럼 누군가의 기도나 마법이나 돈을 거부할 수 없는 처지가 된다. 친구들은 온라인으로 모금 운동을 벌이기 시작한다. 지인들은 내게 크리스털을 건넨다.[26] 나는 누군가의 조언을 받들어 전생으로 돌아가 본다. 다른 사람들의 전생의 화신은 전부 왕족인 듯한데, 내 전생의 화신은 이생의 나보다 더 아파하고 서글퍼하면서 구걸하는, 나병에 걸린 늙은 남자다. 또 다른 전생에서는 간신히 살아 있기는 하나 숨이 간당간당한 어린아이다. 이들 중 어떤 전생도 믿지는 않지만, 아무래도 나는 어떤 생에서든 가장 보잘것없는 유형의 사람이었던 것 같다.

치유를 목적으로 한 고대 신전들은 샘과 동굴 옆에 자리한 계곡에 세워졌다. 병자들은 아스클레피오스 신에게 치유를 구하면서 다리와 팔과 안구 등 병든 신체 부위를 본뜬 조각품을 봉헌했다. 소문에 따르면 아스클레피오스는 메두사의 피로 죽은 자를 소생시킬 수 있을 만큼 능력이 대

26 [옮긴이] 크리스털이 질병과 정서적 상처를 치유해 준다고 믿어 암 환자에게 선물하는 경우가 있다.

단했다고 한다. 혹자는 아스클레피오스 신전 중에서도 가장 웅장한 신전 아래에는 뱀 수천 마리가 도사린 구덩이가 있었다고 말한다. 때로는 뱀들이 풀려나 인큐번트들 사이를 자유롭게 돌아다니기도 했는데, 뱀이 자기 발가락 위로 스르르 미끄러지듯 지나가면 병이 나을 수 있다고 믿은 인큐번트들은 그런 뱀의 접촉을 언제든 기꺼워했다고 전해진다.

현대 종양학에서 사용하는 이미지들은 대체로 사람 얼굴 형태를 띠고 있으며, 모든 얼굴이 여러 인종과 연령을 아우르는 행복으로 환히 빛난다. 암 교육용 자료에서 활짝 웃고 있는 얼굴들은 (대머리, 암 종류별로 색깔이 다른 리본 등) 사회적 관습을 모방하는 방식으로 암을 표현하고 있지만, 그 안에서 암은 물론이고 노동, 인종 차별, 가슴앓이, 가난, 학대, 낙담 등으로 인한 고통의 흔적은 조금도 찾아볼 수 없다. 현대의 신전은 역사가 소거된 미소들이 모인 장소며, 우리의 질병을 찍은 모든 사진은 번지르르하고 수상쩍은 행복을 담은 봉헌물인 셈이다.

내가 아리스티데스 시대의 인큐번트라면, 내 죽음이 불가피하다고 다정히 말해 주는 생경한 수학을 봉헌물로 바쳐야 할 것이다. 나는 아픔을 느끼지 못했었다. 하지만 병들지 않았던 거라고 말하기는 어렵다. 종양을 발견하고 나서 항암 화학 요법을 시작하기 전까지 몇 주 동안 종양은 서서히 통증을 유발하더니 도통 진정할 줄을 몰랐고, 자기 살자고 내 삶에 소란을 피웠다. 종양이 자라고 있어 이런 거냐고, 굉장히 공격적인 암이라 이런 거냐고 외과 의사에게 물으니 의사는 이렇게 대답했다. 네, 이런 경우라면, 아마도 그럴 거예요. 내가 병든 상태였음을 진작에 알았더라면. 아스클레피오스를 찾아가 내 왼쪽 유방을 봉헌물로 바쳤더라면.

나는 성 아가타가 자기 몸에서 잘려 나간 두 유방 덩어리가 놓인 접시를 들고 있는 이미지를 모으기 시작한다. 성 아가타는 유방암, 불, 화산 폭발, 비혼[27] 여성, 고문 피해자, 강간 피해자의 수호 성인이다. 또한 지진의 수호 성인이기도 하다. 고문관들이 아가타의 유방을 절제했을 때, 땅이 복수심에 불타 흔들리기 시작했으니까.

27 [옮긴이] 원문의 single을 이 책에서는 '비혼'으로 옮겼다. '싱글'이라는 표현이 결혼한 적 있는지 여부를 드러내지 않는 반면 우리말 '비혼'은 '미혼'의 대안으로 사용되면서 '결혼한 적 없는 상태'를 지시하곤 하기 때문에 싱글과 비혼이 온전히 대응하지 않는 면이 있지만, 본 번역서에서는 '비혼'을 문자 그대로 '현재 혼인 상태가 아님'을 뜻하는 표현으로 삼았다.

4

매혹은 신비화mystification와 동일하지 않다. 매혹은 자기의 존재 자체를 위해 존재하는 모든 것이 부리는 평범한 마법인 데 반해, 신비화는 음험한 사기다. 신비화는 우리가 공유하는 세상의 단순한 사실들을 모호하게 만들어 그 세상을 바꿀 수 없게 만든다. 암 때문에 환멸을 느끼기 시작하면 신비화가 들어설 공간이 생겨난다. 유방암에 걸리기 전까지 그에 대해 별로 생각해 본 적이 없었던 나는 진단을 받고 나서 처음에는 단순하게 생각했다. 유방암이 더는 치명적인 질병이 아니고 치료도 수월해졌으니 삶에 조금 지장이 생기기는 하겠지만 극복하게 될 거라고 믿었다. 다른 암에 걸렸다면 정말 그랬을지도 모르지만, 내 유방암을 치료하는 데 있어서는 뭐 하나 쉬운 게 없었고 특히 진실을 찾는 일이 고되었다. 유방암에 관한 모든 정보가 나를 혼란스럽게 만들려고 작정한 듯했다.

단순한 사실 하나 혹은 한 뭉텅이 정도는 얻을 수 있어야 했지만 내 면전에 띄워진 화면에서는 진실을 확인할 수 없었고, 나는 내가 계속 살 수 있음을 보장해 주는 근거를 컴퓨터 속 어디에서든 발견해 내고야 말겠다는 듯이 열의를 쏟았다.

내 종양은 화면 위에서 시작되었고, 나는 그 종양을 화면 위로 돌려보냈다. 나는 픽토그래프 형태로 미래를 보여 준다고 약속하는 예후 계산기에 내 종양 정보를 한 치의 오차도 없이 입력했다. 그러자 찌푸린 표정에 진분홍빛 안색을 띤 죽은 여자의 얼굴 마흔여덟 개와 웃는 표정에 초록빛 안색을 띤 살아 있는 여자의 얼굴 쉰두 개가 나타났다. 죄다 나와 똑같은 종류의 암을 가진 마흔한 살의 얼굴이었지만, 그 얼굴 가운데 어느 하나도, 살아 있는 얼굴이건 죽은 얼굴이건, 누가, 언제, 어째서 그렇게 되었는지는 말해 주지 않았다.

암에 걸린다는 것에 대해서는 아는 게 하나도 없었지만, 스토리텔링을 피하는 법에 대해서는 조금 알고 있었다. 그 전날 밤 꿈에는 변호사들에 관한 텔레비전 시리즈의 배경으로 등장할 법한 도시의 어느 유리 외벽 건물 안에, 푸른 빛을 발하는 또 다른 종류의 시설이 자리해 있는 장면이 나왔다.

아픔에 관한 모든 것은 먼저 우리 몸 안에 새겨지며, 때로는 나중에 공책에 적히기도 한다. 암에 에로틱한 요소들이 허용되는 경우는 드물고 또 이 글이 소설은 아니겠지만, 나는 이왕이면 마르그리트 뒤라스처럼 사랑 또는 사랑이 불러일으킨 실망에 관한 글을 써 보려 한다. 치료가 시작되면 그 즉시 내 에로틱한 갈망은 보조 기구로 향한다. 휠체어와 그걸 밀어 주는 누군가, 환자용 좌변기와 그걸 비워 주는 누군가로. 그다음에 내 갈망은 몸을 움직여야 할 때마다 '움직이는' 행동에 대해 한 시간 동안 숙고하는 행위로 향한다. 이는 움직인다는 사건을 머릿속에서 시연해 보면서 움직여야 할 각 신체 부위를 다른 부위들과의 관계를 감안해 준비시킨 다음, 실제로 몸을 움직여 보고 나서야 이 모든 마음의 준비가 움직이는 일의 고단함에는 아무 영향도 미치지 못했다는 사실을 깨닫는 것이다. 튼튼한 사람이었던 내가 병에 걸리기가 무섭게 어찌나 허약해졌던지, 가령 침대에서 침실 문까지 채 2미터도 되지 않는 짧은 거리를 걷기만 해도 숨이 가쁘게 차올랐다. 처음에는 삶 전체에 구미가 당겼으나 머지않아 음식을 먹거나 섹스를 할 수 없는 상태가 되더니 그런 것을 원하지도 않게 되었고, 버둥거리며 애쓰지 않는 한 식재료를 사거나 음식을 준비할 수도, 손을 들어 내 침실에 있는 아무 사람이나 다정하게 어루만질 수도 없게 된 마당이라 식사니 섹스니 하는 것들은 딱히 중요하지도 않은 일이 되어 버렸으며, 그런 다음에는 도저히 풀 수 없을 정도로 맹렬한 피로가 몰려와 기진맥진해진 바람에 잠을 잘 수도 없게 되었고, 그런 시간을 보내는 내내 다발성 통증까지 느꼈는데, 나중에 자세히 적겠지만 그 통증이란 클라리시 리스펙토르의 말을 빌려 달리 표현하면 향수의 향을 사진으로 포착하는 것에 견줄 만한 극도의 피로감과 유사했다.

리스펙토르는 『살아 있는 물』이 "기차의 차창 너머로 덧없이 사라지는 선로처럼 날렵하게 달아나는 순간들의 이야기"라고 설명한다.[28] 아리스티데스는 투병 경험에 관한 글쓰기의 어려움을 『성스러운 이야기』의 도입부에 여실히 담아낸다.

28 Clarice Lispector, Stefan Tobler, and Benjamin Moser, *Água Viva*, London: Penguin Classics, 2014.

이런 것들에 대해 말해 보거나 써 보는 것이 어떻겠냐며 묻고 권유한 친구들의 말은 결코 나를 설득하지 못했고, 그래서 나는 불가능에 직면하지 않았다. 그건 수영으로 모든 바다를 건너 본 다음에 내가 얼마나 많은 파도를 만났는지, 파도를 만날 때마다 바다에 대해 어떤 생각이 들었는지, 나를 구한 것은 무엇이었는지 설명해 보라고 강요받는 것과 진배없는 일이었다.[29]

29 Aristides, *Sacred Tales*.

어떤 진리를 서술했다고 자부하고 있을 때도, 실은 탄식을 쓴 것이 아닌가 하고 걱정이 앞선다.

스탕달, 『연애론』, 1821

파빌리온의 탄생

〈어느 자본가 이름을 딴 암 파빌리온[1]의
준교외 지역 간이 진료소에서 내놓는 성명서〉

사회성이 강요되어 심적으로 괴로운 장소에서 당신의 머리카락을 몇 움큼씩 뽑으십시오. 세포라 매장, 가정 법원, 뱅크 오브 아메리카도 상관없고, 당신이 유급 노동을 하는 곳이라면 어디든 무관하며, 건물주와 대화를 나누는 상황에서도, 레번워스 교도소에서도, 남자들의 시선일랑 무시하고 머리카락을 뭉텅이로 뽑으십시오. 지금 당신에게 필요한 것이 무엇이든 이제 그 어느 때보다도 더 절실히 필요해질 테니 협상해 얻어 내십시오. 협상이 수포로 돌아간다면, 당신의 요청을 거부한 사람 앞에서 당신의 머리채를 홱 잡아 뜯은 다음 그 머리카락 뭉텅이를 숲속에, 대초원에, 퀵트립[2] 주차장에, 관습적인 여성성에 부합하는 외모 덕에 친구들과 함께 지역 맥주를 몇 피처씩 얻어 마셨던 모든 바 앞에 남겨 두십시오.

1 [옮긴이] 파빌리온은 병원의 분관이나 별동을 비롯해, 공공 행사나 전시를 위해 임시로 세운 건물, 공원이나 정원에 마련된 정자 형태의 건축물 등을 가리킨다.
2 [옮긴이] 주유소를 갖춘 미국의 대형 편의점.

자동차 창문 밖으로 머리를 내밀고 머리카락이 바람에 휘날리도록 내버려 두십시오. 친구들이 당신 머리카락 뭉텅이들을 거두어들인 다음 다른 친구들에게 전달해 사회성이 강요되는 심적으로 괴로운 장소에 남겨 두도록, 이를테면 항구에, 국립 유적지에, 평범한 사람으로 하여금 초라하고 멍청해진 기분을 느끼게 만드는 건축물 안에 그 뭉텅이들을 흩뿌리고 길거리에서 행패를 부리는 자들을 향해 던져 버리도록 하십시오.

음모를 뿌리째 뭉텅이로 뽑은 다음 아무것도 적지 않은 봉투에 넣어 기술 관료들에게 보내십시오. 당신이 한때 살았던 곳 인근의 슈퍼 펀드[3] 지역에는 겨드랑이 털을 두고, 떠나지 말라며 당신을 막아 세우는 인사 담당자에게는 코털을 주고 떠나십시오.

속눈썹이 저절로 빠지면, 당신이 병에 걸렸다는 사실을 알고는 사라져 버린 모든 사람에게 역소원[4]을 비는 의미로 보내십시오. 당신의 머리카락은 당신이 가까이 다가가는 모든 표면에 새로운 알파벳과 새로운 단어의 형태로 떨어질 것입니다. 그 말들을 읽으면서 당신이 걸린 병의 원인을 찾아보십시오. 운이 좋으면 '병은 당신을 무기로 변모

3 [옮긴이] 미국에서 각종 유해 물질로 오염된 지역을 조사하고 정화하고자 1980년 종합 환경 대응 배상 책임법CERCLA을 제정하면서 지정한 오염 지역.
4 [옮긴이] 자신이 당한 일을 남도 똑같이 당하기를 바라며 비는 소원.

시킨다'라는 의미를 가진 말을 읽게 될 것입니다. 머리카락이 빠져 휑한 두피를 들여다보면, 죽어 가는 세포들을 무기로 변모시켜 당신이 혐오하는 것과 당신을 혐오하는 것에 맞서는 방법을 읽게 될 것입니다.

떨어지는 머리칼에서 무기를 발견하게 된다면, 쓰러지는 당신의 몸도, 쓰러지지 않는 당신의 몸도 무기임을 알게 될 것입니다. 병자가 되는 것에 관한 이 새로운 이론에 따라 당신의 친구는 당신을 돌보는 일이 이제는 무기를 돌보는 일이라고 말할 것입니다. 당신은 당신의 방을 무기고로 변모시켰습니다. 당신에게 물이나 음식을 가져다주는 사람도 이제 전부 총을 장전하고 있습니다.

1

암 파빌리온은 잔인한 방식으로 외모를 민주화한다. 똑같은 대머리, 똑같이 피폐한 안색, 스테로이드 탓에 똑같이 부은 얼굴, 피부 아래에 난 혹처럼 보이는 똑같은 플라스틱 케모 포트까지. 노인들은 어린 아이 같아 보이고, 젊은 이들은 노인처럼 행동하며, 중년층은 자신이 가진 중년의 모든 특성이 사라져 가고 있음을 알게 된다.

몸의 경계들이 허물어진다. 몸 안에 있어야 할 모든 것이 이제 전부 밖으로 빠져나가는 듯이 느껴질 정도다. 항암 화학 요법의 영향으로 코에서 흐르는 피가 침대 시트, 서류, CVS[5] 영수증, 도서관에서 빌린 책 위로 똑똑 떨어진다. 우리는 눈물을 그치질 못한다. 우리는 악취를 풍긴다. 우리는 구토한다.

우리 몸에는 독성을 지닌 질과 독이 든 정자가 있다. 우리가 보는 소변은 독성이 강해 화장실 안내문에는 물을 두 번 내리라는 지시 사항이 적혀 있다. 우리는 그냥 사람처럼 보이지 않는다. 우리는 암을 가진 사람처럼 보인다. 우

5 [옮긴이] 미국의 대형 약국 체인.

리는 우리 자신으로 보이기 전에 일단 하나의 질병으로 보인다.

언어는 더 이상 본래의 사회적 기능을 수행하지 못한다. 우리가 구사하는 언어는 잘못 조준된 폭탄 같다. 누군가가 날씨에 대해 이런저런 말을 하면 우리는 환영幻影 속 대화에서나 나올 법한 어긋난 문장으로 대답한다. “우리는 우리가 원하는 걸 받아들이는 법을 배워야 해.” 문장들은 통사론에 저항한다. 어휘들은 한때 우리가 알았던 단어 혹은 결코 알게 될 일 없는 새로운 단어를 어색하게 번역한 어휘로 재구성된다. 한때 자신의 어머니에게서 말하는 법을 배웠던 아이들은, 이제 ‘텔레비전’이나 ‘컵’을 가리키는 단어를 떠올리지 못해 말을 배우는 아이마냥 몸짓하는 병든 어머니를 빤히 쳐다본다.

대기실은 돌봄 노동과 데이터 노동이 만나는 장소다. 부인들은 남편의 서류를 대신 작성한다. 어머니들은 아이의 서류를 대신 작성한다. 병든 여자들은 자기 서류를 직접 작성한다.

나는 병든 여자다. 나는 내 이름을 직접 기재한다. 병원에 가면 매번 종합 데이터베이스에서 출력된 인쇄물을 건네받고 거기에 적힌 내용을 정정하거나 승인한다. 우리가 없으면 그 데이터베이스는 텅 비어 버리고 말 것이다.

접수처 직원들은 서류를 나누어 주고, 프린터로 손목 밴드를 출력해 준다. 그 손목 밴드에는 손에 스캐너를 쥐고 다니는 다른 여자 직원들이 정보를 읽어 들일 때 필요한 바코드가 새겨져 있다. 출입구에 서 있는 간호 조무사들은 좀처럼 그 공간에서 벗어나지 않는다. 이들은 자기 몸으로 문을 받치면서 환자 이름을 부른다. 문턱을 지키는 진료 보조 인력인 이 여자들은 전자 체중계로 환자들의 체중을 재고 클리닉 한구석에 마련된 대기 구역에서 활력 징후를 측정한다. 그런 다음에는 환자(나)를 진료실로 안내하고 시스템에 로그인한다. 내가 기계에 몸을 맡기면 그때 생성되는 숫자들을 시스템에 입력한다. 내 몸이 얼마나 뜨겁거나 차가운지, 심장 박동 수는 어떤지를 보여 주는 숫자들을. 그러고 나서는 내게 이렇게 묻는다. 환자분이 느끼는 통증에 1점부터 10점 사이의 점수를 매긴다면 몇 점인가요? 나는 어떤 대답이든 해 보려 하지만, 정확한 대답은 늘 숫자를 비껴간다. 감각은 정량화의 적이다. 신경계가 감각 정보를 내보내면 그것을 충분히 서술적인 측정 결과로 변환해 주는 기계 같은 건 없다.

현대 의학은 몸에서 제멋대로 벌어지는 사건인 질병을 데이터로 변형함으로써 과過대응한다. 환자들은 각자의 몸에서 나오거나 몸을 관통하는 온갖 것의 정량화를 통해 정보가 되며, 이에 더해 전체 인구의 몸과 감각은 치료의 근거를 제시하는 가능성(병에 걸릴 가능성, 건강을 유지할 가능성, 살거나 죽을 가능성, 치유되거나 고통받을 가능성 등)의 수학이 된다. 모든 인간의 몸은 이렇게 계산 결과에 종속되지만, 불분명하고 측정 불가능한 질병을 기술적인 의료 수학으로 재구성하는 과업의 사전 작업은 누구보다 자주, 여자가 수행한다.

성함이랑 생년월일은요? 암 환자의 이름 및 보관 장소와 성분을 반드시 확인해야 할 온갖 물질—채혈한 혈액이 담긴 용기, 몸에 주입될 화학 약물 등—은 손목 밴드에 새겨진 바코드를 통해 이미 입력된 정보다. 신원 확인용 손목 밴드를 스캔하고도 이름을 부러 대답하게끔 하는 것은 의료 정보의 허점을 메우기 위한 방책이다. 이로써 내 몸속으로 혹은 몸 밖으로 뭔가가 전달될 때 푼크툼[6]이 일어난다. 가끔은 내가 누구인지 기억해 낼 수 있을 것이다. 그러나 반복은 탈감각화를 유도하는 하나의 방법이다. 나 자신에게 1점에서 10점 사이의 점수를 매긴다면 몇 점일까? 의학이 암을 추상화한 세계에서 나는 가까스로, 몸의 감각과 의학 정보 시스템에 밀린 세 번째 존재가 되었다.

입고 있던 옷을 가운으로 갈아입고 나면 검사실에서 간호사들을 만난다. 그들은 시스템에 로그인한다. 채혈 후에 만날 때면 내 혈액 성분들이 출력된 종이를 보여 주기도 한다. 매주 내 혈액 속에 흐르는 세포나 물질은 전주에 비해 한 가지 정도 더 늘어나거나 줄어든다. 그런 물질들의 증감이 치료에 대한 추후 판단과 치료의 지속 기간을 결정짓는다. 간호사들은 내가 내 몸에서 받은 느낌을 확인하고자 질문을 던진다. 그러고는 내가 묘사하는 감각들을 컴퓨터에 입력하면서, 오래전에 고유의 범주와 명칭과 보험 코드를 부여받은 증상들을 클릭한다.

'돌봄'이라는 단어가 데이터를 입력하는 키보드를 연상시키는 경우는 흔치 않다. 예의 무임금 또는 박봉으로 행해지는 (매일매일 먹이고, 씻기고, 보살피는 등 자신과 타인을 살아 있는 육체로 재생산한다는 점에서 '재생산 노동'이라

6 [옮긴이] 사진 등의 작품을 보고 누구나 보편적으로 공유하는 느낌을 받는 현상인 스투디움studium과 달리, 푼크툼punctum은 작가가 의도한 바에 얽매이지 않고 자신의 경험에 비추어 개인적인 감상에 집중하는 것을 의미한다.

고도 불리는) 돌봄 노동은 대체로 기술적인 것과는 거리가 멀고 정서적이고 본능적인 것과 밀착해 있다고 간주된다. '돌봄'이 감정을 알아차리고 가까이에서 보살피는 하나의 방식으로, 일종의 사랑으로 이해되는 경우도 빈번하다. 돌봄을 받는 사람들이 느끼는 무력감이나 통증에 대한 감각이 통계라는 영역과는 동떨어진 것처럼 보이듯, 돌봄도 정량화와는 무관해 보인다. 나는 당신을 돌보고 있어요라는 말이 암시하는 것은 (병리적 사실인) 종양 세포 분열률의 측정보다는 (감정을) 추상화하는 또 다른 방식이다. 그런데 중병이 진행되는 동안에는 이상한 역전 현상이 벌어진다. 더 정확히 말하면 역전처럼 보이는 현상이 명료해진다. 한때 건실하고, 예측 불가능하고, 감각을 느끼고, 몹시 지저분하고도 동물적이었던 우리의 몸이—불완전하게, 그러나 철저하게—추상화라는 의학의 조건에 굴복하는 것이다. 이와 동시에 돌봄은 생동감 있고 물질적인 것이 된다.

접수처 직원, 간호 조무사, 의료 기사, 간호사에게 요구되는 업무는 내 몸의 정보를 데이터베이스에 입력하는 것에 그치지 않으며, 이들은 그런 일을 수행하는 와중에도 나를 돌보아야 한다. 병원에서 내 소변량을 측정하고 차트에 기록하는 사람은 내게 대화를 걸며 안심시켜 주는 사람과 동일 인물이다. 이는 고통스러운 절차가 덜 고통스러워지도록 해 주는 조치다. 내 이름을 두 차례 부르는 노동자와 내가 차고 있는 의료용 손목 밴드를 스캔하는 노동자와 내 가슴에 삽입된 케모 포트에 항암 화학 약물을 주입하기에 앞서 정확성 강화를 위해 교대로 투여량을 확인하는 두 노동자는 내 낯빛에 두려움의 기색이 역력할 때 팔을 부드럽게 어루만져 주는 노동자들과 동일 인물이다. 채혈 담당 노동자는 농담을 던지는 일도 한다. 돌봄 노동과 데이터 노동은 모종의 역설적인 동시성 속에 공존한다. 즉 두 노동은 대부분 여자가 수행한다는, 그리고 역사 속에서 여자의 일로 간주된 다른 모든 노동과 마찬가지로 전혀 눈에 띄지 않고 간과되곤 한다는 공통점을 지닌다. 이 노동은 보통 부재할 때야 존재감을 얻는다. 깨끗한 집보다 지저분한 집이 더 눈길을 끄는 것처럼 말이다. 별다른 노력이 투입되지 않은 것처럼 보이는 배경은 어마어마한 노력을 기울여야만 비로소 눈에 들어온다. 돌봄 노동과 데이터 노동은 요란하지 않고, 일상적이고, 끈질기며, 절대 완수되지 않는다. 환자 정보가 들어 있는 파일은, 마치 사람이 살고 있는 집처럼, 부단히 인간 존재를 유지시켜 주는 노동 현장이다.

내가 암 치료를 받는 동안 만난 그런 노동자—접수처 직원, 진료 보조 인력, 간호사—는 대부분 여자였다. 여자일 때도, 남자일 때도 있는 의사들은 내 몸의 정량화가 정점에 다다르는 시점에야 나를 만난다. 의사들도 시스템에 로그인하지만, 그들이 입력하는 내용은 양적으로 적거나 가끔은 아예 없다. 내 몸과 관련된 범주와 수치가 업데이트된 화면을 의사들이 두 눈으로 훑을 때, 나는 다시 존 딘을 떠올린다. "의사들은 나를 보고 내 말을 듣더니 옴짝달싹 못 하는 내게 이것저것 꼬치꼬치 캐묻고는 증거물을 수집했다. 나는 나 자신을 '해부'하고 분석했으며, 그들은 나에 대한 증거물을 판독하러 떠나 버렸다."[7]

몸을 데이터로 변환하는 사람이 여자라면, 그 데이터를 해석하는 사람은 의사다. 그 밖에 다른 노동자는 내게서 뭔가를 추출하고 분류 기준에 따라 나를 규정한다. 그로써 나는 나 자신의 감각을 정보화한다. 나를 판독하는 사람, 아니 정확하게는 정보로 이루어져 있으며 여자들의 노동으로 생산된 환자인 나를 판독하는 사람은 의사들이다.

7 Donne, *Devotions upon Emergent Occasions*[『인간은 섬이 아니다』, 94쪽].

60시간 정도가 지나면, 경정맥과 연결된 내 가슴 속 플라스틱 케모 포트를 통해 두 번째 아드리아마이신이 주입될 것이다. 아드리아마이신이라는 명칭은 그것이 발견된 장소 인근에 위치한 아드리아해에서 유래했다. '루비'처럼 선명하고 감각적인 붉은빛을 띠고 있어 독소루비신이라는 속명도 갖고 있다. 나는 이 독약이 한 번도 가 본 적은 없으나 가 보고 싶은 아드리아해의 루비라고 생각하고 싶지만, 독소루비신이 '붉은 악마'라고도 불리고 '붉은 죽음'이라고 불릴 때도 있음을 감안하면 베네치아 해안에서 반짝이는 악마 같은 필멸성의 보석이라고 불러야 할지도 모르겠다.

종양 전문 간호사는 약물을 주입하기에 앞서 동료 간호사와 처방을 확인하고 정교하게 제작된 보호복으로 갈아입는 필수 절차를 거치며, 그런 다음에야 천천히, 혼자서, 내 가슴에 삽입된 포트로 아드리아마이신을 밀어 넣는다. 아드리아마이신이 정맥 밖으로 새면 조직이 괴사한다. 그래서 점적 주입 방식이 모두에게, 모든 것에 매우 위험하다고 여겨질 때도 있다. 아드리아마이신이 진료실 바닥에 쏟아지면 리놀륨이 녹아내린다는 소문도 돈다. 아드리아마이신을 투여받고 나면 며칠간 내 체액은 다른 사람에게 독이 되고 내 신체 조직들을 부식시킬 것이다. 아드리아마이신은 심장에 치명적인 영향을 미칠 때도 있어 전 생애 동안 투여받을 수 있는 양이 제한되어 있는데, 내 경우 이 치료가 다 끝나면 최대 투여량의 절반을 채우게 된다.

미국에서 아드리아마이신 투여가 대대적으로 허가된 때는 내가 태어난 다음 해인 1974년이었으니, 임상 시험 기간까지 포함하면 아드리아마이신이 암 환자에게 투여된 세월은 내 나이보다 오래된 셈이다. 수전 손택이 『은유로서의 질병』을, 내가 병을 진단받자 일찍이 누군가가 우편으로 보내 준 책 중 하나였던 그 책을 집필하기 전에 받은 치료도 아드리아마이신 투여였을 것이다. 아드리아마이신을 견디고 있으면 많은 암 환자가 각자의 필요와 무관하게 하나의 의례적 행위로 받아들여야 했던 수십 년 역사의 오래된 의식을 치르는 것만 같다. 아드리아마이신은 고전적인 방식으로—머리가 벗겨지게 만들고 구토를 유발하는 등—세포들을 완전히 말살해 버린다는 점에서 종양이 야기하는 최종적인 결과를 보여 주는 듯하다. 암에 걸려도 외모에는 거의 흔적이 남지 않는 사람도 많지만, 아드리아마이신을 투여하는 항암 화학 요법을 받는 사람은—영화적인 의미에서—암 희생자cancer victim가 된다. 아닌 게 아니라 내 항암 치료가 아드리아마이신 투여로 시작되었다는 사실은 그동안 이 유방암 치료에 진척이 없었음을 극명하게 보여 주는 하나의 징표다.

아드리아마이신을 투여하는 방식의 치료는 백혈병, 심 부전, 장기 부전을 초래할 수 있거니와, 내 몸에서는 불임과 감염을 야기하리라는 것이 거의 불변의 기정 사실이다. 여타 항암 화학 약물과 마찬가지로 아드리아마이신도 부위를 가리지 않고 파괴적인 결과를 낳기 때문에 중추 신경계에도 유해하며, 투여 후 세 시간이 지나면 미토콘드리아 반응이 시작될 것이다. 미토콘드리아 반응은 최대 27시간 지속되지만 그로 인한 손상은 치료 가능한 수준을 넘어서며 보통 수년간 이어진다. 투여실 의자에 앉아 있는 동안 내 뇌의 백질과 회백질은 점점 줄어들 것이다. 이것이 내게 어떤 변화를 불러일으킬지 알아낼 특별한 방법은 없다. 다시 말해 항암 화학 요법으로 인한 뇌 손상은 누적되며 예측 불가능하다. 아드리아마이신이 사용된 지 반세기가 넘었음에도 의사들은 아드리아마이신이 혈액 뇌 장벽[8]을 통과하지 않는다는 이유로 그것이 환자의 인지 능력에 미치는 영향을 믿지 않기도 했고, 환자들이 그와 관련된 고통을 호소해도 암 때문에 느끼는 불행감에 불과하다고 과소 평가하기도 했다.

항암 화학 요법을 위해 아드리아마이신을 투여받은 유방암 환자들의 MRI를 보면 시각 피질에 손상이 가해졌고, "왼중간 등쪽 가쪽 전전두엽 피질과 전운동 피질의 활성화가 급격히 감소"했으며 "왼꼬리 가쪽 전전두엽 피질의 활성화도 상당히 감소했고, 보속 오류[9]는 증가했으며 처

8 [옮긴이] 혈액과 뇌 조직 사이에 있는 장벽으로, 혈액 속의 화학 물질이 뇌로 들어가지 못하도록 막는 역할을 한다.

리 속도는 감소"했음을 확인할 수 있다.[10] 이 환자들은 글을 읽고, 단어를 기억해 내고, 유창하게 말하고, 결정을 내리고, 기억하는 능력을 잃어버렸다고 보고한다. 어떤 환자는 단기 기억 능력에 손상을 입을 뿐 아니라 삽화적 기억episodic memory[11]을 상실하기도 한다. 즉 자기 삶의 기억을 잃는 것이다.

첫 항암 화학 약물 투여 때 닥터 베이비가 나를 투여실로 안내하면서 무심코 알려 준 바에 따르면 그런 영향들은 불가피하다고 한다. 『종양과 떠나는 여정』은 내가 할 수 있는 일이 아무것도 없다고, 뇌가 손상되는 삶을 "유쾌함"으로 견뎌 내는 수밖에 없다고 말한다. 약물이 미치는 영향은 치료 기간 내내 혹은 1년 동안 지속할 수 있고, 어쩌면 치료 후 수년간, 아니 10년이나 그 이상의 세월에 걸쳐 악화할 수도 있다.[12]

9 [옮긴이] 뇌 손상이 있을 때 자극이 바뀌어도 같은 반응을 되풀이하는 정신 병리.

10 Fran Lowry, "'Chemo Brain': MRI Shows Brain Changes After Chemotherapy", *Medscape*, Nov. 16, 2011, www.medscape.com/viewarticle/753663.

11 [옮긴이] 개인적으로 경험한 사건에 대한 기억.

12 Tim Newman, "How Long Does 'Chemo Brain' Last?", Medical News Today, *MediLexicon International*, Aug. 19, 2016, www.medicalnewstoday.com/articles/312436.php.

병든 사람들이 대기실에 앉아 있다. 앉아 있을 시간이 얼마 되지 않아도 의자에 등을 기대고, 몸을 제대로 가누지 못할 만큼 쇠약해도 고개를 힘없이 떨군 채 기어이 앉아 있다. 암 파빌리온에서 치료받는 사람들은 아무리 아파도 대부분의 시간을 그곳에서 보내지는 않는다. 그들은 일터에서 아파하고 집에서 아파하며, 학교에서 아파하거나 식료품점에서 아파하거나 차량 관리국에서 아파하거나 자신의 자동차 또는 버스 안에서 아파한다. 일부는 딸이나 아들, 파트너, 자원 봉사자, 친구가 밀어 주는 휠체어를 타고 파빌리온에 들어갔다가 다시 휠체어를 타고 밖으로 나와 아파트나 주택 등 집으로 돌아가는 차에 올라타는데, 이 모든 것은 암 치료와 마찬가지로 비용을 수반한다.

'클리닉'은 '병상의 또는 병상과 관련된 것'이라는 의미의 클리니쿠스clīnicus에서 유래했다. 반면 '파빌리온'은 완전히 다른 구조물을 가리키며, 격렬한 경합과 전장을 연상시킨다. 파빌리온은 장군과 왕을 위한 장소이자 대체로 권력자가 염두에 둔 목적을 위해 설립된 호화로운 임시 공간으로, 다른 무언가에 인접해 있다. 암 파빌리온의 경우엔 우리가 삶이라 부르는 것을 제외한 모든 것에 인접해 있다.

철학자 미셸 푸코가 질병의 공간적 배치를 다룬 명저 『클리닉의 탄생』*Naissance de la clinique*은 있어도, 『파빌리온의 탄생』이라는 책은 찾아볼 수 없다. 암 파빌리온이 계보를 갖는다는 것은 불가능한 일인 듯하다. 내가 암 치료를 받는 거대하고 번잡한 공간에서도 병상을 본 적은 한 번도 없다.

파빌리온 안에서 벌어지는 활동은 일시적이고, 무성의하고, 덧없으며, 어긋나 있다. 병든 사람들 그리고 그들을 돌보는 파트너와 딸과 아들, 부모, 친구, 자원 봉사자는 이 층에서 저 층으로, 이 의자에서 저 의자로 쳇바퀴 돌듯 돌아다닌다. 의사들은 진료실과 간이 진료소를 오가며 순환 근무를 하며, 담당 의사의 근무지가 어디인지 확인하려면 매번 미리 전화해 보아야 한다.

암 치료는—환자가 아닌—다른 누군가의 최대 이익을 위해 체계화된 것처럼 보인다. 암 환자들이 최대 속도로, 최다 횟수로 이곳저곳을 뱅뱅 돌아다니지 않는가. 푸코는 이렇게 썼다. "클리닉은 하나의 방향만을 향해야 했다. 위에서 아래로, 구성된 지식에서 무지로."[13] 이와 달리 파빌리온에서는 온갖 방향이 뒤죽박죽 엉킨다. 지식이나 무지가 아니라 돈과 신비화가 기본 방위가 된다.

13 Michel Foucault, *The Birth of the Clinic*, 3rd ed, London: Routledge, 2017[『임상 의학의 탄생』, 홍성민 옮김, 이매진, 2006, 114쪽].

과학자들이 붉은 악마로 알려진 약물을 발견한 장소는 신성 로마 제국 황제 프리드리히 2세가 1240년대 이탈리아에 세운 카스텔 델 몬테 인근이었다. 카스텔 델 몬테는 해자도 도개교도 없는 성인 터라 그곳이 요새 역할을 했으리라고 믿는 사람은 거의 없다. 완전한 형태를 갖춘 적도 없어서 임시 주거지로만 사용되었으리라고 생각하는 사람도 있다. 보기 드문 팔각형 건물인 카스텔 델 몬테는 후일 감옥이 되었고, 전염병이 창궐한 기간에는 피난처로 쓰였다. 그렇게 시간이 흐른 뒤 부르봉 왕가는 카스텔 델 몬테의 대리석을 뜯어내 반출했다. 그 후에는 과학자들이 흙을 채취했다. 그 흙을 밀라노로 가져간 그들은 내 유방암 치료에 사용된 치료제의 붉은 균주인 스트렙토미세스 페우세티우스Streptomyces peucetius를 발견했다. 아드리아마이신은 안트라사이클린[14] 계열로, 국소 이성화 효소 II라 불리는 효소의 작용을 저해한다. 아드리아마이신 같은 약물은 이 효소의 작용을 저해함으로써 우리가 필요로 하는 상당수 세포가, 이상적인 경우라면 우리에게 필요 없는 세포

14 [옮긴이] DNA 합성 과정에서 중요한 역할을 하는 DNA 회전 효소의 작용을 저해함으로써 DNA가 합성되는 것을 막고 암 세포 증식을 억제하는 항암제.

들도 급속히 증식하지 못하도록 억제한다.[15]

용량 집중 AC[16]라고 불리는 흔한 병용 화학 요법이 진행되는 동안, 나는 1959년에 사용 허가된 약물 시클로포스파미드도 아드리아마이신과 함께 처방받았다. 시클로포스파미드는 이미 바이엘사에서 로스트LOST라는 명칭으로 개발한 바 있는 화학 무기를 의약품화한 결과물이다. 로스트는 머스터드 가스로도 알려져 있으며, 줄곧 살상제보다는 행동 불능 화학제로서 가장 잔인한 효과를 발휘해 왔지만 살상 또한 가능하다. 제1차 세계 대전 기간에 참호들을 엄청난 노란 연무로 가득 메운 것도 로스트였다.[17] 암 치료 기간에 로스트는 비닐 주머니에 담겨 운반되는데, 파빌리온 사람 누구도 그게 무엇인지 솔직하게 이야기하지 않는다. 이 일종의 느린 살상제는 1925년에 불법 무기로 지정된 후 항암 화학 요법을 통해서만 연명하면서 감염, 불임, 암, 인지 능력 상실 같은 피해를 낳고 있다. 전시 상황에서와 마

15 G. Cassinelli, "The Roots of Modern Oncology: From Discovery of New Antitumor Anthracyclines to Their Clinical Use", *Advances in Pediatrics*, U.S. National Library of Medicine, June 2, 2016, www.ncbi.nlm.nih.gov/pubmed/27103205.
16 [옮긴이] A는 아드리아마이신, C는 시클로포스파미드를 가리킨다.
17 Sarah Hazell, "Mustard Gas—from the Great War to Frontline Chemotherapy", *Cancer Research UK—Science Blog*, Aug. 24, 2014, scienceblog.cancerresearchuk.org/2014/08/27/mustard-gas-from-the-great-war-to-frontline-chemotherapy/.

찬가지로 항암 화학 요법을 받느라 시클로포스파미드에 노출되는 동안에는 손을 꼭 붙잡아 줄 누군가를 곁에 두는 편이 바람직하다.

구식 약물들로 용량 집중 치료를 네 차례 진행한 결과 나를 구성하는 많은 부분이 효과적으로 제거되었고 일부는 반쯤 죽은 상태가 되었지만, 그중 어떤 약물도 내 종양의 크기를 현저하게 줄이지는 못한 듯했다. 그 모든 세포 소멸 과정이 완료된 후에 나라는 존재는 명백히 반쯤 소멸해 버렸음에도 종양만큼은 온전한 모습으로 남아 있었다. 화면의 광채 속에서, 온전한 형태의 그림자로.

환자는 하나의 시스템 내장 객체로, 다른 시스템 내장 객체들로 가득 찬 일련의 연동 시스템 내부에 존재한다. 하나의 객체로서 환자는 기능(순응)하거나 위반(비순응)할 수 있다. 이때 '비순응'은 '잠재적인 주체성을 드러내는 행위', 예컨대 과하게 많은 질문을 던지거나, 상충하는 연구 결과를 제시하거나, 의료 처치를 거부하거나, 꾸준히 최소 15분 늦게 대기실에 도착하는 행위를 의미할 수 있다.

내가 이 암으로 죽으면 내 시체를 토막 내서 오른쪽 허벅지는 카길[18]에, 왼손은 애플에, 양쪽 발목은 프록터 앤드 갬블에, 팔뚝은 구글에 보내 줘, 라고 나는 친구들에게 말한다.[19]

어떤 암 환자는 치료에 비순응하는 행위가 그동안 환자를 대상화해 온 의료 시스템에 대한 저항이라고 말할 수도 있

18 [옮긴이] 1865년에 설립된 세계적인 농산물 생산 및 유통 기업.

19 예술가이자 활동가 데이비드 보이너로비츠가 1988년에 입은 청재킷 뒷면에는 이런 문구가 새겨져 있었다. "내가 에이즈로 죽으면—매장 따윈 집어치우고—그냥 시체를 FDA 건물 계단에 떨궈 줘."

지만, 그건 아마 틀린 생각일 것이다. 의료 시스템의 입장에서 볼 때 환자의 비순응은 환자가 주체적이고 신중하며 지적인 비동의를 표할 수 있는 존재임을 보여 주는 증거가 아니라, '오정보'나 '미신'처럼 혼선을 초래하는 다른 시스템이 개입한 현상이다.

환자 입장에서 보기에 일들이 가시적으로 벌어지는 현장은 의료 시스템이지만, 그 의료 시스템 너머와 이면과 아래에는 가족 인종 노동 문화 젠더 돈 교육 같은 다른 온갖 시스템이 자리하고 있으며, 그런 온갖 시스템 너머에는 모든 시스템을 포괄하고 있는 듯한 하나의 시스템이, 너무나 절대적이고 압도적이라 우리가 흔히 이 세상이라고 착각하는 시스템이 있다.

암 환자가 된다는 것은 하나의 시스템 내장 객체가 된다는 것을 의미하는데, 이 시스템 내장 객체를 품고 있는 또 다른 시스템은 암 환자가 하나의 마디로 기능하는 나머지 시스템들에 오로지 부분적인 인식만 허용하고 이 세상의 구조를 결정짓는 가장 중대한 시스템은 거의 완전히 가려 버리며, 이 중대한 시스템은 애초에 문제의 일부로서 하나의 시스템을 내장한 객체(즉 '나') 주변을 어슬렁거리면서 그 안의 잠재적 병약함이 활성화되기를, 그로써 이득을 챙겨 갈 때를 노린다.

클리닉 안에 존재하는 하나의 시스템 내장 객체인 종양이 하나의 시스템 내장 객체로서 클리닉 안에 존재하는 암 환자 안에 존재하는 것처럼, 우리가 전부라고 착각하는 이 시스템은 하나의 시스템 내장 객체 안에 존재하며, 이 모든 객체는 역사 속에 존재한 시스템들도 내장하고 있다.

그리고 우리가 전부라고 착각하기 쉬운 그 장대한 시스템, 우리가 영원하고 불변하고 구제 불가능하며 불공정하다고 착각하는 그 시스템은, 흔적들을 남긴다. 시스템이 환자라는 객체 밖에서 어떻게 존재하는지, 즉 시스템이 가하는 아픔을 환자 본인이 볼 수 있을 정도로 가까운 곳과 형체조차 분간하기 어려워 눈을 찡그려야만 할 만큼 먼 곳에서 어떻게 존재하는지를 보여 주는 흔적들을.

이윽고 사람들은 떠나고, 친구들은 하나둘 떨어져 나가고, 연인들은 언젠가 당신이 다시 그들에게 호감을 품게 될 가능성마저 몽땅 챙겨 잠적해 버리며, 동료들은 당신을 외면하고, 경쟁자들은 이제 별다른 감흥을 느끼지 못하고, 트위터 팔로워들은 언팔로우한다. 당신을 떠나는 이들의 입장에서 보기에 당신은 존재 가능한 모든 사물 중에서 가장 사물 같은 존재일 수도(누군가에게는 쓰레기처럼 버려도 될 물건일 수도), 병에 걸린 사람 중에서 (버려지면 몹시도 처량한 심정을 느끼는) 가장 인간다운 존재일 수도 있다. 혹은 이미 알고 있겠지만 파멸을 불러일으키는 병이 진행되는 동안에는 무엇이든 가능하므로, 가장 인간적인 동시에 가장 사물 같은 존재가 될 수도 있다.

당신을 버린 사람들, 그러니까 이제 환자가 된 당신에게 말을 걸거나 불쑥 찾아오거나 감당 못 하겠다고 대놓고 말해 버리는 것조차 그만둬 버린 사람들은 당신이 가진 병이 이를테면 자기에게는 "너무 곤란하다"고 말하고, 당신이라는 존재를 적어도 어느 정도는 항상 잘 지내는 사람으로 만들어 놓으려는 어쭙잖은 시도를 한다. 그들에게 당신이란 존재는 정적이고 영속적이다. 당신을 버리고 떠났으니 당신이 고통받거나 쇠약해지는 모습을 볼 일도 없고, 그들의 그런 행동으로 말미암아 당신은 진단을 받은 순간의 모습으로 영원히 존재하게 된다. 그들의 기억 속에서 당신은 생기 넘치는, 변치 않는 존재로 남는다. 머리숱도 많고, 마음은 의욕으로 넘치고, 발그레한 볼에 떨어지는 긴 속눈썹을 가진 존재로. 버린 자들은 당신을 당신 아닌 존재로 바라볼 일이 결코 없는 이들이다.

사물의 삶을 살아가는 데 필요한 의식을 미처 갖추지 못한 채 버림받은 당신은 흡사 덜 인간적인 존재가 된 것 같은 심정을, 완전히 한 마리 동물이 된 듯한 심정을 금치 못한다. 어떤 사물을 볼 때면 지금의 당신이 아닌 그 사물이 되기를 소망하고, 이를테면 샹들리에나 도금한 포크, 벽에 고정된 마체테[20] 같은 존재가 되기를 바라 마지않으며, 병에 걸려 버림받은 동물만 아니라면 무엇이든(벤치, 부러진 신발 뒷굽, 메뚜기 껍질, 배터리 없는 손전등, 선박에 관한 책, 마룻바닥에 생긴 균열, 도랑에 떨어진 참나무잎, 외과용 메스, 티끌, 다락방, 대형 매장이라도) 되고 싶어 하는, 한땐 사랑받았으나 이젠 홀로 남겨진 존재만 아니라면 이 세상 그 무엇이라도 되고 싶어 하는 우울한 동물이 된 듯한 기분을 느낀다.

20 [옮긴이] 정글이나 산림에서 덩굴 따위를 자르는 등 낫과 유사한 용도로 사용되는 칼.

항암 화학 요법을 1주일 앞둔 시점에는 겨울 폭풍이라든가, 겨울 폭풍과 유숙객이라든가, 겨울 폭풍과 유숙객과 아이의 출생에 대비하고 있는 듯한 느낌이 든다. 어쩌면 그 모든 것을 비롯해 휴가와 바이러스와 짧지만 강렬한 우울 삽화에 대비하는 동시에, 이전에 찾아왔던 폭풍과 유숙객과 출생과 휴가와 바이러스와 우울의 영향으로 인해 내내 고통받고 있는 상태인 건지도 모르겠다.

항암 화학 요법을 하루 앞둔 날이 되면, 캘리포니아나 버몬트, 애선스라 불리는 각기 다른 두 소도시, 뉴욕이나 시카고 등 내가 가 있고 싶은 어딘가에서 친구가 찾아온다. 그러면 아주 먼 걸음을 한 친구를 맞이할 때와 같은 상황이 어김없이 펼쳐진다. 친구가 오는 당일에 나는 어떻게든 건강한 사람처럼 보이려고 위그스닷컴, CVS, 세포라에서 구입한 물건들을 활용해 솜씨 좋게 변장하고 친구는 내 변장술을 칭찬하는 것이다. 항암 화학 요법을 하루 앞둔 그런 날에 우리는 알람을 몇 시에 맞춰 둘지, 어떤 길을 타야 파빌리온까지 가장 편하게 갈 수 있을지 등 실용적인 정보만 나눌 뿐이며, 항암 화학 요법과 관련해서도 필요 이상의 대화는 나누지 않는다. 우리는 채소를 굽고 음악을 듣고 다른 친구들이나 이런저런 생각이나 정치적 사건을 소재로 열띤 대화를 나누면서 여느 친구 사이처럼 시간을 보낸다.

항암 화학 요법을 받는 날 우리는 아침 일찍 일어나 최소 15분 늦게 파빌리온에 도착한다. 치료가 얼마나 잘 진행될 것인지를 자동차 라디오에서 흘러나오는 '보헤미안 랩소디'(별로인가 보네)나 TLC의 '워터폴'(좀 괜찮나 보네) 같은 노래를 통해 점쳐 보기도 한다. 항암 화학 요법은 대부분의 치료와 마찬가지로 지루하다. 죽음을 기다리듯 내 이름이 불릴 때까지 기다리고 또 기다려야 한다. 그런 기다림이 이어지는 내내, 공포와 고통도 저 자신이 호명될 때를 기다리며 배회한다. 흡사 전쟁 같은 상황이다. 항암 화학 요법의 미학 같은 건 그 누구에 의해서도 규정된 적이 없는 듯하다. 그렇다 보니 항암 화학 요법은 온통 이데올로기적인 것으로만 보일 따름이다. 우리는 나중에야 항암 화학 요법의 의복, 기계, 소리, 의례, 건축을 이해하기 시작한다.

유해 물질 보호복을 입은 한 간호사가 피하에 이식된 내 플라스틱 케모 포트에 커다란 바늘을 삽입한다. 처음에는 내 몸속에서 무언가가 빠져나가고, 그다음에는 내 몸속으로 무언가가 흘러들어 왔다가 흘러나가고, 그다음에는 내 몸속으로 무언가가 방울방울 들어온다. 내 몸속으로 무언가가 방울방울 들어올 때마다 나는 내 이름과 생년월일을 말해야 한다.

내가 투여받는 수많은 약물 중에서도 베나드릴, 스테로이드, 아티반 같은 일부 약물은 익숙하면서도 확실한 효과를 갖고 있다. 그러므로 투여를 받고 나면 마땅히 그 효과를 체감할 수 있어야 하지만, 항암 화학 요법 과정에서는 절대 본래의 효과가 고스란히 전달되지 않는다. 그 약물들은 항암 화학 약물들과 결합해 새로운 느낌을 자아내며, 첨가물이 혼합된 각각의 항암 화학 약물은 형체가 모호한 곤죽 같은 독특한 잡종이 된다.

빠릿빠릿한 사람이었던 나는 이제 시종일관 늦는 사람이 되어 버렸다. 커피 한 잔에도 강한 반응을 보이는 사람이었던 나는 이제 내 몸속에 침전되는 물질들에도 반응하는 둥 마는 둥 한다. 나는 약물 투여를 받으면서 친구에게 "나한테 모든 약물을 투여하고 있는 거야. 하나도 빠짐없이 전부 다"라고 설명한다. 그러면 종양 전문 간호사가 맞장구를 친다. "맞아요. 환자분에게 모든 약물을 투여하고 있어요."

나는 약물 투여실에서 옷을 제일 잘 차려입은 사람이 되려고 중고품 할인 매장에서 산 명품을 몸에 휘감고, 말굽 모양의 커다란 금 브로치로 옷을 고정한다. 간호사들은 나를 볼 때마다 내 옷차림을 두고 호평한다. 내겐 그 호평이 필요하다. 호평한 간호사들이 곧 여러 약물 중에서도 백금 제제를 내게 투여하면, 나는 중고품 할인 매장에서 구입한 명품을 휘감고 정맥에는 백금 제제가 흐르는 사람이 된다.

약물 투여가 끝난 후, 나는 몸을 일으켜 똑바로 앉으려다가 픽 쓰러진다. 나는 포기할 때까지 포기하지 않는 사람이자, 어떤 보드 게임을 하든 기를 쓰고 이기려 드는 사람이자, 누구나 읽었을 법한 책은 모조리 기억하는 사람이자, 할 수만 있으면 외출해 추파를 던지고 가십을 나누고 밤늦게까지 분석하는 사람이다. 그런 내 몸속에서 끔찍한 일들이 벌어지고 있다. 이런 머릿속 생각을 인생 친구들에게 직접 말할 때도 있다. "내 몸속에서 끔찍한 일들이 벌어지고 있어"라고. 결국 40시간이나 48시간 혹은 60시간이 지나면 나는 움직일 수 없는 상태가 되고 그 무엇으로도 통증을 잠재울 수 없는 지경에 이르지만, 그럼에도 의학에 복종하고 친구들 앞에서 예의를 차리려 안간힘을 쓰면서 통증을 완화해 줄 무언가를 취한다.

그러고 나면 인과 법칙에 따라 새로운 문제라든가 1주 또는 2주를 이루는 매일매일의 시간이 천천히 방울져 떨어진다. 나는 불현듯 야심이 다시 차오르는 기분을 느끼기 시작한다. 말하자면 처음에는 이질감이 들지만 점점 나 자신이 되어 가는 기분이랄까. 아니, 어쩌면 불구를 초래하는 구름이 내 몸 주변에서 둥둥 떠다니다가 하나의 시스템이나 장소 또는 그 옆에 착륙한 다음 내가 대가를 치르자마자 금세 또 다른 시스템이나 장소를 찾아 떠나기라도 한 것처럼, 결코 예상하지 못한 방식으로 불구가 된 나 자신이 되어 가는 기분인 것도 같다.

항상 모든 것을 하고 모든 것을 알고 모든 곳에 있고 싶어

하는 사람이었던 나는, 바로 그런 욕망으로 인해 소외되고 억류당한 기분과 따분함을 느끼고 있다. 그러나 대부분의 시간에는 이 시간과 동시에 존재하지 않는 듯한 느낌을, 서두르고 있으면서도 뒤처지는 듯한 느낌을 받는다. 시간은 고통, 노동, 가족, 필멸성, 의학, 정보, 미학, 역사, 진실, 사랑, 문학, 돈 말고도, 암에 결부된 또 다른 중대한 문제다.

2

유방암 치료의 전 과정을 거치고 나면 총파업에 가까운 상황이 펼쳐진다. 머리카락도 파업하고, 속눈썹도 파업하고, 눈썹도 파업하고, 피부도 파업하고, 생각도 파업하고, 언어도 파업하고, 감정도 파업하고, 활기도 파업하고, 식욕도 파업하고, 에로스도 파업하고, 모성도 파업하고, 생산성도 파업하고, 면역 체계도 파업하고, 번식력은 무용해지며, 유방도 무용해진다.

자기 관리를 해, 라고 상사가, 그러니까 모든 사람이 말한다. 더 열심히 일하고, 긍정적인 태도를 유지하고, 눈썹을 그리고, 가발이나 화려한 스카프로 머리를 가리고, 흉터가 생긴 그 살갗 밑에 지구본 반쪽이나 눈물 방울처럼 생긴 실리콘을 삽입하고 인공 유두나 연분홍색 트롱프뢰유trompe-l'œil[21] 문신을 덧대거나 등이나 배에서 지방 덩어리를 떼어 내 가슴에 이식하고, 지치면 운동하고, 아무리 음식이 먹기 싫어도 먹고, 요가를 하고, 죽음일랑 입에 올리지도 말고, 아티반을 삼키고, 정상적으로 행동하고, 미래에 대해 생각하고, 의사들에게 협조하고, 당신이 무료로 받은 고급 메이크

21 [옮긴이] '눈속임'이라는 뜻의 프랑스어 표현으로, 3차원의 입체물을 보는 듯한 착시를 일으킬 정도로 사실적이고 정밀하게 묘사한 그림을 가리킨다.

업 키트[22]가 말하는 '좋은 모습, 더 나은 느낌'을 새겨듣고, 5킬로미터 마라톤을 뛰어 봐, 라고. 책에서는 '섹스할 때 가발 쓸지 말지'를 남편에게 물어보라 말하고, 약물 투여실로 가는 길에 있는 안내문에는 '보호자는 한 명씩만'이라 쓰여 있고, 고급 주택 앞에 꽂힌 매물 표지판에는 핑크 리본이 붙어 있다.

22 미국 암 학회ACS 웹사이트에 따르면 "'좋은 모습, 더 나은 느낌'The Look Good Feel Better 프로그램은 화장품 업계가 후원하는 자선 단체인 (당시에는 미국 화장품, 생활 용품, 향수 협회CTFA였던) 미국 화장품 협회PCPC가 화장품 업계에 종사하는 헤어 디자이너, 가발 전문가, 미용사, 메이크업 아티스트, 기타 전문가 등을 대표하는 국가 기관인 전문 미용 협회PBA 및 미국 암 학회와 협력해 1989년에 설립하고 개발했다". 여성 암 환자를 위한 이 두 시간 분량의 워크숍은 "신경 쓰이는 부분"을 감추는 방법을 조언하며 그와 더불어 무료 메이크업 키트를 제공한다. 단체 '유방암 행동'Breast Cancer Action에 따르면 "기증품 상당수는 암 발병 위험을 증대시킬 가능성이 있는 화학 물질을 함유하고 있으며, 실제로 유방암 치료에 방해가 될 수 있다".

여기저기서 건네는 진부한 말들은 괴로운 굴욕감을 견디는 데 도움이 된다. 서로 모순되는 불분명한 말들도 마찬가지로 유용하다. 혼란에 빠진 상태를 패딩 같은 보호막으로 삼아 거기에 푹 뒤덮인 채 가만히 있으면 실제로 벌어진 일에 무감각해질 수 있는 것처럼.

유방암 환자들은 유방암에 걸리기 이전의 자기 모습을 유지하고 있어야 하지만, 그때보다 더 낫고 더 강하면서도 동시에 가슴이 아려 올 정도로 악화한 상태이기도 해야 한다. 우리는 불행은 혼자 간직하고 용기는 만인에게 기부해야 한다. 누구나 유튜브에서 검색만 하면 볼 수 있듯이 우리는 가뿐하게 춤 한번 추고 유방 절제술을 받거나[23] 「섹스 앤드 더 시티」에서처럼 연회장에 선 서맨사의 옆을 지키며 거기 모인 사람들이 지지의 환호성을 지르는 가운데 가발을 벗어던져야 한다. 우리는 「엘 워드」의 데이나처럼 음울한 자기 연민을 떨치고 벌떡 일어나 머리에 스카프를

23 [옮긴이] 유튜브에 영어로 '춤' dance/dancing과 '유방 절제술' mastectomy을 같이 검색하면 유방과 유쾌하게 작별한다는 의미로 수술실에서 수술복을 입고 춤추는 환자들의 영상을 볼 수 있다.

두른 채 길거리에서 멋스러움을 뽐내야 한다. 혹시라도 나중에 데이나처럼 죽게 되면 친구들이 모금을 위해 체육 대회에 참가하고 아주 잠깐 짬을 내 우리가 한때 살아 있었다는 사실을 떠올리기는 할 테지만 금방 다른 에피소드로 넘어가리라는 사실도 알고 있어야 한다.

우리는 환자로는 쉽게 식별될 수 있되, 노동하고 타인을 돌볼 뿐 아니라 이제는 하나의 질병으로 식별될 수 있도록 과장된 거짓 행세까지 하고 있는 실제 자아로는 쉽게 식별될 수 없어야 한다. 그렇게 모든 환자는 수술 전에도 미소를 짓고 수술 후에도 밝고 생기 있고 유머 감각이 넘치고 머리는 벗겨진 채 전략적으로 곳곳에 노출되면서 미소를 짓는, 셀러브리티 생존자가 된다. 우리는 각종 안내서 제목이 명하듯이 저돌적이고, 섹시하고, 생각이 깊고, 성깔 있는 여자나 소녀 또는 숙녀 따위의 존재가 되어야 한다. 여기에 더해 아마존에서 판매되는 티셔츠들이 보여 주듯 언제든 암을 향해 "나 같은 년을 고르다니 너 잘못 걸린 거야"라고 말할 수 있어야 한다.

하지만 내 암은 자기가 원하는 년을 잘 고른 쪽에 속했다.

모두가 통과하지 못하도록 설계된 시험의 핵심은 아무도 그 시험을 통과하지 못하게 만드는 데 있다. 결국 우리는 죄다 불합격자가 된 느낌을 받지만, 다들 자기 혼자만 통과하지 못했다고 생각한다.

우리 중 일부는 가발을 쓰면서, 환자로 식별될 때 감당해야 할 더 지독한 서사를 거부하면서, 배경 소음[24]으로 둔갑하는 편을 선호한다.

나는 가발을 좋아한다. 나는 가발을 쓴다. 내가 좋아하는 사람들도 가발을 쓴다. 돌리 파튼도 가발을 쓴다. 비욘세도 가발을 쓴다. 계몽 철학자들도 가발을 썼다. 드랙 퀸, 이집트 왕자, 할머니들도 가발을 쓴다. 메두사는 뱀으로 만든 가발을 썼다.

24 [옮긴이] 주변에서 들리는 기본적인 잡음인 배경 소음을 의미하기도 하고, 소음 측정 시 측정 대상이 아닌 주변 소음을 가리키는 암暗소음을 의미하기도 한다.

당신이 치료를 수락하지 않았다면, 지금의 불쾌한 감정들은 아마 나중에 몰려왔을 것이다. 하지만 치료를 수락했기에 바로 지금 그 불쾌한 감정들이 일고 있는 것이다. 목요일 아침에 만나게 될 유일하고도 확실한 우주는 메마르고, 가설로 가득 차 있으며, 퓨렐[25] 냄새를 풍기는 공간이다. 참새 한 마리가 파빌리온의 창문으로 날아와 정면으로 부딪치더니, 몸을 추스르고는 다시 처음부터 반복한다. 파빌리온에 있는 모든 것은 흥미를 끌지 않겠다고 시위라도 하는 듯한 모양새로 장식되어 있다. 시인 줄리아나 스파가 캘리포니아에서 나를 보러 찾아오고, 우리는 건물 로비에서 기도 카드를 작성한 다음 선물용으로 포장돼 있는 구두 상자 틈으로 슬며시 밀어 넣는다. 미국 시를 위해 기도해 주세요, 라고 적은 카드를.

목요일에 항암 화학 요법을 받은 나는 백혈구 생성을 촉진하고 감염을 예방해 주는 합성 단백질인 뉴라스타를 맞고 혈액 검사를 받기 위해 금요일에 또다시 클리닉을 찾는다. 내가 치료를 받던 시점을 기준으로 한 방에 7,000달러였던

25 [옮긴이] 미국의 대표적인 손 소독제 브랜드.

뉴라스타를 나는 평상시처럼 미적 저항을 행하는 차림으로, 샤갈풍 파란색 타이츠에 금발 가발, 감색 빈티지 코트를 입고—면역 체계가 약해진 탓에—얇은 마스크를 쓴 상태로 맞는다.

파스텔 톤으로 채색된 암의 위험 속에서 안전하게 지내려면 어떻게 해야 하나? 자기 안에 있는 것으로부터 안전을 확보하고자 자기 안으로 도피하거나, 자기로부터 안전을 확보하고자 자기로부터 달아날 수는 없다. 명백히 자기 안에 존재하는 것과는, 이를테면 폭행범이나 야생 짐승을 상대하듯이 제대로 맞붙어 싸울 수도 없다. 그렇게 해 봐야, 나이를 먹을 만큼 먹은 미성년자들이 당신 팔을 붙잡고 그 팔로 당신 얼굴을 가격해 당신이 당신 자신을 때릴 수밖에 없는 상황으로 몰아넣고는 "왜 자꾸 자기를 때려"라는 말을 반복하며 끝내 당신을 울려 버릴 때처럼 우스워지는 건 당신이고, 자기 자신과 싸우는 꼴밖에 안 된다. 암에 걸리면 당신 안에서 자라고 있는 것이 무엇인지, 당신이자 당신이 아닌 그것이 무엇인지를, 당신 자신의 입장 그리고 모든 게 다 잘 풀리면 당신에게서 떨어져 나갈 그것의 입장에서 이해할 줄 알아야 한다. 이런 상황에서 자기애는 당신 안에 있는 암을 사랑하는 동시에 당신에게 위협이 되는 그것을 증오하라는 식의 명령을 내리는 듯하다.

'좆같은 암'Fuck Cancer[26] 슬로건이 단지 암이 몸속에서 자라는 몸의 일부라는 이유 하나만으로 쓰이는 것이라면, 그건 언제나 틀린 말일 수밖에 없다. 이는 '암'이 역사적으로 특수하고 사회적으로 구성된 애매한 개념이지, 경험에 의거해 확립된 일종의 단일체가 아니기 때문이기도 하다. 지금까지 암에 관한 글을 쓰는 내내 내가 쓴 것은 과학자들이 딱히 실재한다고 보기는 어렵다고 동의한, 적어도 하나의 통일된 것으로 보기는 어렵다고 한 무언가다. 그 무언가를 좆같은 백인 지상주의적 자본주의 가부장제의 파멸적인 발암권發癌圈이라고 부르는 편이 훨씬 낫기는 하겠지만, 이런 슬로건은 분량상 모자에 새기기가 어렵다. 만사가 그러하듯 세상도 기필코 변할 수밖에 없는 노릇이지만, 당신이 점점 제 모습을 잃어 가는 동안 당신 안에 있는 아픔은 점점 더 제 모습을 찾아 가며 영원히 지속할 수도 있다. 그런데 당신이 병을 받아들이기 시작하면, 거기다 그 병을 사랑하기까지 해 버리면, 그걸 간직하고 싶어질지도 모른다는 걱정을 품게 된다. 기분이 별로일 때는 무슨 일이 있어도 그걸 그리워할 일은 결코 없으리라고 생각하지만, 계속 존재하라는 명확한 지시를 내려 주고, 미래에 대한 전망 없이도 삶을 날카롭게 바라볼 수 있는 시력과 위태롭게 유지되는 모든 생을 복시複視로 바라볼 수 있는 순수함을 선사하는 그것을 당신은 실제로 그리워하게 된다.

26 핑크 리본 관련 상품만큼 도처에 편재해 있지는 않지만, ‘좆같은 암’ 티셔츠는 최소 한 달, 어쩌면 두 달 동안 매일 갈아입을 수 있을 정도로, 심지어 똑같은 티셔츠를 연달아 입거나 세탁할 필요도 없을 정도로 최근 들어 굉장히 다양한 방식으로 활용되고 있다. 또한 이 문구는 보석에 새겨 넣을 만큼 대중적인 슬로건이 되었으며, 엣시Etsy에서 출시한 한 상품에는 ‘좆같은 암’과 ‘이 또한 지나가리라’ 문구가 결합되어 있다.

3

암 파빌리온에서 비순응은 위험한 행동이지만, 순응도 똑같이 위험하다. 환자는 하나부터 열까지 신중하게 설계된 과정을 엉망으로 만드는 일이 없도록 일련의 지시를 따라야 하지만, 의사들은 피로에 지친 상태일 수도 있고 부정확할 수도 있으며 심지어는 편협하거나 제멋대로일 수도 있다. 간호사들은 대체로 비범한 능력을 발휘하는 데 반해, 의사들을 보면 이들의 말을 고분고분 따르는 게 위험한 일처럼 느껴지고 일부 의사는 자신이 무얼 하고 있는지조차 모르는 것처럼 보인다. 의사들은 환자와 가까워지고 나면 자기가 뭐든 가장 잘 안다고 생각하기도 하고, 간혹 환자가 곤란한 질문을 던지기라도 하면 옹졸하게 복수한다. 반항적인 10대 시절을 보낸 사람이라면 그런 의사를 자기 아빠로 착각하기 십상이다.

나를 맡아 준—나와 내 친구들 사이에서 일명 닥터 베이비로 통하는—첫 종양 전문의와 슬슬 갈라서야겠다는 생각이 들기 시작한다. 그에게 받고 있는 치료가 표준 진료 지침을 따른 것이기는 하지만 효과적인 것 같지가 않아서다. 나는 각종 연구 결과를 가져가고, 친구들을 데려가고, 논쟁을 시작하고, 잠을 설친다. 닥터 베이비는 자기 일을 잘하는 사람이다. 이 사람 저 사람에게 전화를 걸고, 각종 연구 결과에 의구심을 품고, 자기 주장을 확실히 피력하고, 내 친구들을 설득하려 한다. 그와 그러고 있다 보면 마치 르네상스 시대의 장식용 그룹 천사 푸토Putto와 인생을 건 싸움을 벌이고 있는 듯한 기분이 든다. 친구들은 치료를 둘러싼 이 문제에서 누구 말을 믿어야 하는지, 항암 화학 약물에 취해 몽롱한 상태로 펍메드를 들여다보며 밤을 지새우는 내가 맞을지, 아니면 신발 끈을 묶는 데 너무 많은 에너지가 든다면서 나막신 모양의 슬립 온 신발을 신는 중년의 대머리 남자 닥터 베이비가 맞을지 좀체 갈피를 잡지 못한다. 치료를 주제로 나와 언쟁을 벌이는 동안 닥터 베이비는 자기가 로퍼도 갖고 있기는 하나 신발장 맨 위 칸에 있어 꺼내는 데 너무 많은 수고가 든다는 해명도 한다. 그런 대화가 오간 진료일에 동행한 친구는 닥터 베이비의 신발은 인생이 우연이라는 기계의 지배를 받는다는 사실을 입증하는 반박 불가능한 증거라고 말했다.

물론 나는 닥터 베이비를 좋아하고, 닥터 베이비가 나를 염려하고 있다고 확신도 하지만, 내가 필요로 하는 만큼 용감하지는 않다고 생각한다. 닥터 베이비는 지금보다 더 공격적인 치료는 향후 몸을 쇠약하게 만드는 부작용을 낳기 때문에 젊은 환자가 감수하기에는 너무 위험하다면서, 내게 최선이라고 본인이 생각하는 결정을 내린다. 나는 표준 진료 지침에 따른 치료의 생존율은 순순히 타협할 수 있는 수준이 아니므로 젊은 환자에게 가장 공격적인 치료를 해 주지 않는 것이 너무 위험한 일이라고 말한다. 죽고 싶지 않아요, 라고 나는 말한다. 아직 할 일이 많이 남아 있다고, 내게 시간이 더 필요한 건 바로 그 때문이라고, 살기 위해서라면 뭐든 할 거라고 애원하듯 말한다.

카라는 내 편이다. 카라는 눈을 가늘게 뜨고서 닥터 베이비에게 묻는다. "벌어질 수 있는 최악의 상황은 뭐죠?"

닥터 베이비는 몸을 망가뜨리는 장기적인 부작용들을 죽 늘어놓은 다음 카라에게 이렇게 말한다. "죽을 수도 있습니다." 그러고는 우리가 그의 말을 믿어 버리게 될 정도로 굉장한 번민에 휩싸여서는 "항암 화학 요법 때문에 죽는 사람들을 봤거든요"라고 말한다. 종양 전문의들도 종양학을 두려워하는 것이다.

나는 추가 소견을 들어보려고 다른 종양 전문의를 찾아간다. 이번에는 내가 가진 유방암에 정통한 여성 전문의다. 들리는 말로는 그가 자기 연구의 연장선상에서 환자들에게 처방하는 치료법은 보기 드물게 공격적이고 논쟁적이라고 한다. 하지만 나는 살고 싶으므로 그런 것에 신경 쓰지 않는다. 그에게 진료를 받으려고 예약하니 닥터 베이비는 언짢은 기색을 내비치고, 굳이 전화까지 걸어 내 기분을 살펴 주는 사람이었던 그가 이제는 나와 같은 공간에 앉아 있을 때조차 먼저 말을 걸지 않는 사람으로 변하고 있다. 새로운 종양 전문의는 내가 앓고 있는 삼중 음성 유방암의 아형과 관련된 구체적인 사실까지 전해 듣고는 내가 옳다고, 내가 연구 결과를 정확히 독해했으며 본인도 내가 요구하는 치료가 실제로 효과적이리라 생각한다고 말한다. 그렇게 나는 그의 환자가 된다.

그도 옳고, 나도 옳지만, 닥터 베이비 또한 옳다. 새로운 치료는 치료를 받는 동안만이 아니라 치료를 받은 후에도 수년에 걸쳐 몸을 망가뜨린다. 급진적인 항암 화학 요법 표준에 비추어 보아도 과도하다고 느껴질 정도다. 새로운 종양 전문의는 내 이름조차 제대로 기억하지 못하며, 닥터 베이비처럼 당황하는 매력이나 강렬한 감정 같은 건 조금도 내비치지 않는다. 그러나 내가 내 몸에 필요하다고 확신한 약물 조합으로 첫 투여를 받고 나자, 항암 화학 요법 치료 동안 내 가슴에 끈질기고 공포스럽고 좀처럼 줄어들지 않는 통증을 야기했던 종양이 마침내, 며칠 만에, 아무 통증도 유발하지 않는다.

항암 화학 요법을 택하는 것은 어떤 사람이 당신 머리에 총을 겨누고 있을 때 건물에서 뛰어내리기를 택하는 것과 같다고 언젠가 누군가가 말한 적이 있다. 당신은 죽음에 대한 두려움 때문에, 적어도 암이 초래하는 고통스럽고 추악한 형태의 죽음이 두려워 뛰어내리거나, 삶에 대한 욕망 때문에, 설령 그 후 지속될 삶이 그저 고통스럽기만 할지라도 살고 싶어 뛰어내린다.

물론 선택의 기회가 있고, 당신은 선택을 내리지만, 그 선택이 오롯이 당신의 선택이라고 느끼지는 못한다. 당신은 다른 사람들을 실망시킬지도 모른다는 두려움, 그런 고통을 겪어 마땅한 사람으로 간주될지도 모른다는 두려움, 다시 건강해진 기분을 느끼게 될 수 있을지도 모른다는 소망, 죽게 되면 죽었다고 비난받을지도 모른다는 두려움, 이 모든 생각을 제쳐 둘 수 있을지도 모른다는 소망, 대중적인 지침서들에 적혀 있는 자기 보존적인 자기 파괴의 모든 형태를 흔쾌히 따르지 못하는 사람이라는 딱지가 붙을지도 모른다는 두려움으로 인해 순응한다. 당신은 선생님이 시험지를 나눠 줄 때나, 법정 관리인이 “전원 기립”이라고 말할 때나, 목사가 기도를 청하거나, 경찰들이 “비키세요"라고 소리칠 때 의례적으로 복종하듯이 순응한다. 지금 복종해도 그 결과는 수년 후에야 나타날 것이며 그때가 되면 복종하지 않을 수 있을 거라는 소망 때문에 순응한다. 복종을 제외한 유일한 선택지는 어차피 죽을 수밖에 없는 인간의 취약성을 인정하지 않으려 저항하면서 자연 완화[27]에 대해 써 둔 애끓는 메모들을 방 구석구석에 핀으로 꽂아 둔 채 당근 주스나 마시다가 세포 증식으로 죽어가는 것이므로, 당신은 순응한다.

당신은 살고자 하는 욕망도, 자기 자신이 계속 살아 있을 만한 가치가 있는 사람이라는 믿음도 갖고 있어야 한다. 암은 골치 아프고, 값비싸며, 환경에 해로운 추출 약물을 필요로 한다. 내게 생존 욕망이 있다는 것은, 내가 아직 생존에 결부된 윤리적 문제를 해결할 엄두까지는 못 내고 있음을 의미한다. 내가 투여받은 항암 화학 약물 중 하나인 시클로포스파미드는 극히 일부만 희석된 상태로 소변을 통해 배출되는데, 물 처리 방법들을 동원해도 고작 일부만 제거되며 그 상태로 400년에서 500년 동안 공동 상수도에 머문다.[28] 또 다른 항암 화학 약물인 카보플라틴의 경우 제조사에서 제공하는 설명서에 따르면 수중 환경에 축적되어 잔존하면서 아무도 알 수 없는 피해를 입히는 "환경적

27 [옮긴이] '자연 관해'라고도 하며, 자연적으로 증상이 완화되거나 사라진 상태를 의미한다.

28 Ester Heath et al., "Fate and Effects of the Residues of Anticancer Drugs in the Environment", *SpringerLink*, June 28, 2016, link.springer.com/article/10.1007/s11356-016-7069-3.

운명"을 갖고 있다. 내 치료에 쓰이는 한 항암 화학 약물의 원료인 히말라야 주목朱木은 2011년부터 멸종 위기에 처해 있다.[29] 2017년 기준으로 암 치료 약물에 들어간 비용은 전 세계 백여 개국의 GDP를 합한 수치보다 큰 1,300억 달러였다.[30] 한 항암 화학 약물 투여에 든 비용은 내가 그때까지 벌어 본 연간 최대 수입을 능가하기도 했다.

문제는 내가 수백만 달러짜리 삶을 지속하고 싶어 하면서도 스스로 그만한 존재의 사치를 감당할 자격이 있기는 한 건지, 어째서 내가 안고 있는 어려움들을 산업계에서 선심 쓰는 체하며 모조리 이용해 쏠쏠한 수익을 챙기도록 내버려 둔 건지, 그때나 지금이나 전혀 모르겠다는 것이다. 계속 살아 있기 위해 진 빚을 이 세상에 갚으려면 앞으로 얼마나 많은 책을 써야 하는 걸까?

더욱이 치료를 받은 후 몸이 만신창이가 되었을 때, 자꾸만 곳곳에서 부품이 떨어져 나가는 자동차 같은 상태가 되었을 때, 미국 장애인 법에서 "일상 생활의 기본 활동"이라고 칭하는 것마저 해내지 못하는 상태가 되었을 때, 나는

29 Hanna Gersmann and Jessica Aldred, "Medicinal Tree Used in Chemotherapy Drug Faces Extinction", *The Guardian*, Nov. 10, 2011, www.theguardian.com/environment/2011/nov/10/iucn-red-list-tree-chemotherapy.
30 Meg Tirrell, "The World Spent This Much on Cancer Drugs Last Year…", CNBC, June 2, 2016, www.cnbc.com/2016/06/02/the-worlds-2015-cancer-drug-bill-107-billion-dollars.html.

그 수백만 달러가 도대체 내 몸에 무얼 해 주고 간 것이며 나는 어째서 여전히 이렇게 망가진 상태인지 의아할 따름이었다. 암을 앓은 후로 내가 들이쉰 모든 들숨의 비용을 계산해 보면 날숨으로 스톡 옵션 정도는 뱉어 내야 할 터였다. 내 삶은 하나의 사치품이 되었지만 나 자신은 부식되었고, 훼손되었으며, 확신을 잃은 상태였다. 나는 괜찮지 않았다.

병상

나는 비참하고도 (모두가 그렇기는 하나) 비인간적인 자세로 가만히 누워 있음으로써 무덤 속에서 취할 자세는 연습하되 다시는 몸을 일으키지 않음으로써 부활은 연습하지 말아야 한다.

존 던, 『다가오는 시간에 부치는 기도』, 1623

1

요절하겠다는 생각이 자신의 늙은 모습을 상상하는 것조차 견디지 못하는 사람의 펑크 로맨스 그 이상일 때도 있다. 한때 10대였던 우리는 스물여덟에는 죽을 거라고, 스물여덟에도 살아 있다면 마흔에는 죽을 거라고 예상했다. 그러다 마흔이 찾아왔다. 요절에 대한 욕망이, 이를테면 사람이 방탕하게 생활하다가도 나중에 필요해지면 느긋하게 살 수도 있고 늙어 죽더라도 다른 늙은이들과 더불어 흥 나게 살다가 갈 수도 있다는 사실을 이해하지 못하는 이들이 걸핏하면 말하는 방탕하게 살다가 요절하리라라는 욕망이 어느 틈에 흔적도 없이 사라지는 나이가.

그런데 그런 욕망의 부름을 거절할 기회가 생기기도 전에, 당신이 애초에 욕망해 보기만 했던 것이 모습을 드러내 사람들이 좋아한다고 하는 방식으로 죽음을 맞이하는 명예를, 언제든 겁탈당할 수 있는 존재로 영원토록 남게 되는 명예를 수여한다. 밴드에서 음악 하는 남자들이 조언이랍시고 말하듯, 사람들이 늘 안달복달 갈망하는 존재가 되는 명예를. 그러면 당신은 사랑하는 이들의 죽음을 목격할 일 없이 먼저 죽을 수 있고, 비통한 슬픔과 지구 온난화와 사회 보장 제도의 붕괴도 겪지 않을 수 있다.

그렇게 죽은 사람의 전기는 누구도 더는 헤아릴 수 없는, 즉 존재할 수 없는 존재의 형식에 관한 한 권의 논리학 서적이 된다. 그건 전기가 아니라 도해서며, 그 도해서에는 삶을 살았다는 것이 어떤 의미였는지를 보여 주는 성모 마리아의 광채가, 그리고 당장 이생에서 체크 아웃하면 당신이 죄 없는 불후의 존재로 영속할 수 있도록 성인전聖人傳을 써 주겠다며 귓가에 감언이설을 속삭이는 요절이라는 새로운 손님이 그려져 있다. 성인 같은 죽음을 맞이하는 건 불가능할지라도, 적어도 더한 도덕적 잘못을 저지를지도 모른다는 부담 없이 죽는 건 가능하다.

그러나 죽은 여자들은 글을 쓸 수 없다. 맥락은 다소 다르지만 존 던이 시 「꽃피움」The Blossom에 썼듯이 "아무 내색도 않은 채, 생각만 하는 마음은 / 여자에게"—즉 내게—"일종의 유령에 불과하거늘".[1]

1 John Donne and Herbert J. C. Grierson, *The Poems of John Donne*, Oxford, U.K.: Oxford University Press, 2011[『던 시선』, 김영남 옮김, 지만지, 2016, 129쪽].

머리카락이 남김없이 빠져 버리고, 더 이상 음식 맛을 느끼지 못하고, 이케아에서 빵 칼을 사다가 기절하고, 전 애인들이 찾아와서는 하나같이 나랑 마지막으로 한번 해 보려 하고, 분에 넘치는 굴욕감을 안긴 크라우드 소싱 모금 덕에 몇 달치 유기농 제품을 받고 나니, 나는 환자가 되어 버렸다. 옛 방식은 이제 쓸모없다. 모든 수평선은 의학으로 이루어져 있고, '병든 사람'과 '건강한 사람'을 제외한 정체성을 규정하는 모든 표식은 다른 시대로부터 온다. 암이 모든 걸 매개한다.

이제 내가 보는 모든 영화는 암 환자가 아닌 듯한 배역으로만 구성되어 있거나 적어도 내게는 그게 줄거리인 것처럼 보이는 영화다. 클리닉이 아닌 곳에 있는 사람들은 소외라는 주제로 묶인 일단의 무리처럼 느껴지고, 속눈썹이 치켜 올라가 있고 기운이 팔팔해 보이는 도처의 모든 사람은 저녁 식사 시간을 고대하고 확실한 은퇴 계획을 세워 두는 사람 같다. 나는 암이라는 표식을 지닌 사람이며, 우리가 암이라는 표식으로 규정되지 않을 때는 어떤 표식으로 규정되는지조차 제대로 기억하지 못한다.

하지만 내가 병에 걸리기 전에도 존재했었다는 사실만큼은 알고 있다. 일기를 꾸준히 썼기에 증거도 있다. 병에 걸린 해인 2014년의 첫날, 나는 나이가 마흔이고, 생계를 위해 예술 대학에서 학생들을 가르치며, 8학년에 재학 중인 딸을 부양하고 있다. 딸과 나는 캔자스 교외의 방 두 개짜리 아파트에서 월세 850달러가량을 내면서 살고 있다. 평범한 일상을 세세하고도 충실하게 기록한 일기에 따르면 나는 구세군을 통해 구입한 몸에 비해 큰 사이즈의 좀먹은 빨간색 캐시미어 스웨터를 입고 있으며, 가벼운 감기를 앓고 있는 듯하다. 바이러스에 감염된 상태로 새해를 맞이하는 것이 희망차게 느껴진다는 소감도 적혀 있다. 치명적이지 않은 병은 마음에 불을 지펴 뭐든 처음부터 다시 시작할 수 있게 해 주는 법이니, 묵은해는 내 몸에서 피어오르는 열 때문에 연소해 빠져나가고 새해는 더 새로워진 모습으로 다가올 것 같다고 말이다. 그리고 나는 중고품 위탁판매점에서 280달러를 주고 산 퀸 앤 양식[2]의 빈티지 사주식 침대가 배송되기를 기다리고 있다. 그로부터 26주 후, 마흔한 번째 생일 바로 다음 주에 손에 넣게 되는 그 침대는, 내 병상이 된다. 앞으로도 영원히 내 소유일, 그 어떤 가구보다도 비극적인 가구.

2 [옮긴이] 영국 앤Anne 왕 재임기(1702~1714)의 건축 및 가구 양식으로, 가구의 경우 다리 부분이 곡선으로 깎여 있고 말발굽이나 조류의 발갈퀴 같은 조각이 새겨진 것이 특징이다.

침대보다 더 비극적인 가구는 없다. 사랑을 나누던 장소에서 죽을지도 모르는 장소로 너무나 순식간에 전락하는 가구 아닌가. 침대는 잠을 자던 장소에서 나 자신이 미쳐 버린 것 같다는 생각을 하게 되는 장소로도 너무나 순식간에 전락하며, 그 점에서도 역시나 비극적이다. 존 던이 설명했듯이 사람이 사랑을 나누는 장소인 침대는 그 사람이 다시는 일어나지 못하게 될 수도 있는—병에 걸려 침대에서 꼼짝 못 하게 된 사람에게는 너무도 확실한—무덤이기도 하다.

건강함을 유지하고 있거나, 대체로 건강한 상태로 곳곳을 누비거나, 건강한 척하며 여기저기 거니는 수직적인 삶에서는 당신의 정수리가 바로 천국과 맞닿는 공간이 된다. 정수리의 총면적은 꽤 좁다. 당신은 딱 적당한 수준으로 공상을 펼치고 당신의 두 눈은 위를 올려다보기보다는 활기 넘치는 바깥 세상을 내다보는데, 당신이 주로 상호 작용하는 것도 이 바깥 세상이다. 상상이 일시적으로 확장되고 천장의 공기가 머리 위에서 퍼져 나가는 현상은 대체로 한밤중 꿈속에서 벌어진다. 아니, 그런 일이 벌어지지 않을 수도 있지만, 적어도 내가 침대에 누워 자세와 생각 사이의 관계를 설명해 보려 했던 시절에 떠올린 어느 마법 이론에 따르면 그렇다.

병에 걸려 수평 상태에 놓여 있을 때는 머리 위에 있는 하늘 또는 하늘의 공기가 당신의 온몸 위에서 펴져 나가고, 공기들이 서로 교차하는 영역이 넓어짐에 따라 과도한 상상이 펼쳐지는 위기가 초래된다. 그런 온갖 수평성은 여러 인지적 형상을 무지막지하게 투사하는 결과를 낳는다. 너무 자주 누워 있다 보면, 덩달아 너무 자주 올려다보게 되는 법이다.

병든 채 침대에 붙박여 있는 사람은 운 좋으면 사랑의 보호를 받게 되며, 운이 좋지 않더라도 아무 행동도 강요받지 않는 상태가 된다. 켜켜이 쌓인 삶의 모든 찬란한 아름다움은 그 침대에 작용하는 중력에 의해 빛이 바랠 수 있으며, 꿈 또한 통증에 의해 차단될 수 있다. 침대에서 맛볼 수 있는 모든 쾌락이 병중에는 근심으로 갓 지어진 건축물 뒤편으로 사라진다.

해리엇 마티노는 1844년 발표한 『병실에서의 삶』에 이렇게 적었다. "삶의 가장자리에 누워 그저 지켜보기만 하는 것이 어떤 기분인지, 생각을 하거나 눈에 보이는 것으로부터 무언가를 배우는 것 말고는 아무것도 할 수 없는 상태로 그저 누워만 있는 것이 어떤 기분인지……이보다 더 형언 불가능한 건 없다."[3]

버지니아 울프의 어머니 줄리아 스티븐도 병실에 관한 글을 남겼다. 그는 1883년에 쓴 책에서 병상에 누워 있는 환

3 Harriet Martineau, *Life in the Sick-Room: Essays, by an Invalid*, 3rd ed, London: Edward Moxon, 1849. '어느 병자의 에세이'라는 부제에서 병자는 마티노 본인을 가리킨다.

자가 "터무니없는" 공상에 빠져 있는 것처럼 보일지라도 그건 현실에 대한 고양된 인식이자 "고통을 견디는 과정에서 감각이 극도로 예민해진" 중환자의 정신이 "정교하게 구조화된" 결과라고 간병인들에게 설명했다.[4]

존 던의 『다가오는 시간에 부치는 기도』에도 이와 같은 인식의 고양이, 지옥 같은 연단에서 내려오는 가르침이 명문名文으로 구현되어 있다. 질병은 그렇게 우주처럼 방대하게 펼쳐지는 새로운 감각들에 관해 생각할 수 있게 해 준다. 던은 이렇게 썼다.

"인간은 세상보다 더 많은 조각, 더 많은 부분으로 이루어져 있다. 인간은 세상을 구성하는 것보다, 아니 세상 그 자체보다 더 크다. 만약 인간을 이루는 조각들을, 이 세상을 구성하고 있기도 한 그 조각들을 펼쳐 놓으면, 인간은 거인이 되고 세상은 난쟁이가 될 것이다. 세상은 지도에 불과해지고 인간은 세상이 될 것이다. 만일 인간 몸속에 있는 혈관들이 강으로 뻗어 나가고, 모든 힘줄은 광산의 광맥으로, 실타래처럼 꼬여 있는 근육은 언덕으로, 모든 뼈는 채석장으로, 그리고 다른 모든 조각은 세상에 존재하는 각각의 대응물을 향해 뻗어 나가 확장된다면, 세상이라는 공간은 인간이 들어설 수 없을 만큼 너무나도 작아지고, 창공마저도 인간이라는 별을 품기에 충분치 않을 것이다.

4 Virginia Woolf, Julia D. Stephen, Hermione Lee, Mark Hussey, and Rita Charon, *On Being Ill*, Ashfield, Mass.: Paris Press, 2012.

인간이 가진 조각들의 대응물은 온 세상에 전무하고, 인간은 온 세상이 대응물을 갖지 못한 수많은 조각을 가지고 있다."[5]

건강한 사람은 현실 너머의 어딘가로 가는 공상을 해 봤자 대체로 기분만 내는 선에서 그치지만, 고통스러워하며 끙끙 앓는 사람이 그 고통에서 벗어나기로 마음먹으면, 고통에 휘감겨 바스러지고 있는 몸의 껍데기로부터 쏜살같이 달아나 산맥 너머의 산맥까지 다다른 자신을 떠올릴 수 있다. 고통이 어마어마하게 극심해지면 역사도, 시간당 마일수도 기억하기 어려워지므로, 병상은 으레 거의 모든 천재성과 거의 대부분의 혁명을 배양하는 인큐베이터가 된다.

질병은 신체를 이루는 각종 부위와 시스템의 방대함을 생생하게 환기한다. 병든 자는 병상에서 분해되며, 그런 분해의 결과로 장기와 신경과 부위와 양상 들이 저마다 특색을 펼치면서 우주를 가득 메운다. 오작동을 일으키는 왼쪽 눈물샘은 새로운 우주가, 죽어 가는 모낭은 태양계가, 오른발 넷째 발가락에 있는—이제 항암 화학 약물 때문에 사라져 가는—말초 신경은 붕괴 직전의 별이 된다.

내내 누워 지내다 보면 자질구레한 걱정거리에 집착하는 습관도 생기기 마련이다. 병상에서는 왜소함, 추레함, 자

5 Donne, *Devotions upon Emergent Occasions*[『인간은 섬이 아니다』, 39~40쪽].

기 도취, 모순, 재정 상태, 집안 살림, 사회 질서 따위가 병의 영향으로 유난히 선명해진다. 버지니아 울프의 어머니는 아무리 사소한 것일지언정 병든 사람에게는 막중한 영향을 미칠 수 있음을 이해한 사람이었다. "시종일관 병든 자를 졸졸 따라다니는 조그마한 악마 중에서도 최악질은, 크기는 가장 작을지 몰라도 비참함을 불러일으킬 수 있는 부스러기들이다. 대다수 사물의 근원은 이미 밝혀져 있지만, 병상 위 부스러기들의 근원은 과학계에서 충분히 주목받은 적이 한 번도 없다."[6]

병든 상태는 과도한 생각의 공간을 만들어 내고, 과도한 생각은 죽음에 관한 생각이 자라날 여지를 준다. 그러나 나는 늘 경험을, 경험의 중단이 아닌 경험 자체를 갈구했고, 생각을 경험하는 것이 고통을 경험하는 것 이외에 몸이 내게 줄 수 있는 유일한 경험인 이상, 죽음과 맞닿아 있는 사나운 생각에 나를 내맡기지 않을 도리가 없었다. 나는 친구들에게 잇따라 이메일을 보내 내가 죽음에 대해 생각하는 걸 그만두게 할 생각은 말아 줘, 라고 경고했다.

6 Woolf et al., *On Being Ill*.

병든 존 던이 병상에서 명작을 써낸 12월이 다가오기 2년 전인 1621년, 익명에 성별 미상인 한 플랑드르 화가도 명작을 남겼다.「임종을 맞이하는 젊은 여자」Young Woman on Her Death Bed는 죽어 가는 젊은 여자의 상태를 실제처럼 공포스럽게 담아냈다는 점에서 병상을 주제로 한 유럽 회화 전통에서 보기 드문 작품이다. 그림 속 젊은 여자는 피부는 창백하고, 두 눈에는 초점이 없고, 몸은 겁에 질린 듯 잔뜩 움츠러들어 있고, 까딱할 힘조차 남아 있지 않은 손가락은 동물 발톱처럼 동그랗게 말려 있다. 주변 환경은—반듯한 아마포와 벨벳 침구, 침구와 잘 어우러지는 벽지까지—양호하지만, 이 여자 앞에서는 세상에 존재하는 그 어떤 안락함도 위안이 되지 못한다.

클레오파트라는 이보다는 나은 몰골로 죽었다. 위키피디아에 따르면 클레오파트라는 "8월 12일 서른아홉의 나이에 자신이 소유한 가장 아름다운 옷을 입고 금빛 카우치에 몸을 기댄 채 손에는 왕족의 상징물을 쥐고" 죽었다. 거의 모든 그림에서 클레오파트라는 연인을 기다리고 있기라도 한 것처럼 침대나 마차에 몸을 축 늘어뜨린 자세로 누워 있다. 그때 옷 밖으로 드러나 있는 유방—보통 왼쪽 유방—은 클레오파트라 본인이 관능적인 몸짓으로 유두 쪽에 갖다 댄 가느다란 독사에 시달리는 중이다. 그리스 비극에서도 여자들은 자신이 자고, 사랑을 나누고, 아이를 낳은 장소에서만 죽었다. 그리스·로마 연구자 니콜 로로는 여자들이 맞이한 비극적인 죽음에 관해 이렇게 쓴다. "여자는 남자처럼 자살하는 순간에도 자기 침대에서, 여자처럼 죽는다."[7]

클레오파트라가 어떤 식으로 자살했는지 제대로 아는 사람은 없다. 그의 동시대인들은 무화과나 꽃이 담긴 바구니에 독사 한 마리 또는 두 마리가 몰래 들어가 있었을 거라고, 머리핀에 독이 묻어 있었을 거라고, 그가 치명적인 독이 든 연고를 발랐을 거라고 어림짐작했다.『플루타르코스 영웅전』에 따르면 옥타비아누스는 시간이 흘러도 성적 자극이 옅어지지 않는 독사 가설을 선호했고, 개선 행진 때 이를 언급하기도 했다. "클레오파트라가 침대처럼 생긴 기다란 의자에 누워 죽어 있는 형상의 조각상이 운반되었으니, 그도 어떤 면에서는……볼거리의 일부이자 트로피였노라."[8]

작자 미상의 플랑드르 회화 작품에 그려진 익명의 젊은 여자는 섹시하지 않은 고통 속에서 트로피와 무관하게 존재

7 Nicole Loraux, *Tragic Ways of Killing a Woman*, Cambridge, Mass.: Harvard University Press, 1992.
8 Plutarchus and Christopher B. R. Pelling, *Life of Antony*, Cambridge, U.K.: Cambridge University Press, 2005.

하는, 어느 모로 보나 요절에 결부된 유혹을 가라앉히는 해독제다. 화가 마를렌 뒤마가 고야의 「운명」Las Parcas을 처음 보고 "나는 악마가 들어오지 못하게 막으려는 듯이 내 입을 가려 버렸다"라고 적은 것처럼.[9]

9 Marlene Dumas and Mariska Berg, *Sweet Nothings: Notes and Texts, 1982~2014*, London: Tate Publishing, 2015.

혼자 병원에 있는데 내 손이 닿지 않는 바닥으로 호출 벨이 떨어졌다. 침대에서 몸을 일으킬 수는 없었지만, 내게 필요한 그 호출 벨에 누군가가 붙여 놓은 디즈니 왕자 스티커와 거기 적힌 우스갯소리 같은 문구는 볼 수 있었다. "언젠가는 내 왕자님이 나타날 거야."

"내가 병에 걸리면 나를 건물 뒤로 데리고 나가서 총으로 쏴 줘." 어느 일터 동료가 한 말이었다. 사람들은 이따금 이런 말도 했다. "……를 하느니 차라리 죽어 버릴래." 말줄임표 자리를 채우는 것은 사람들이 차라리 죽어 버리겠다는 생각을 품게끔 만드는 것들, 나로서는 살기 위해 반드시 해야만 하는 것들이다.

유방암 페티시를 전시하는—백옥 같은 피부를 가진 젊은 신인 여자 배우들의 사진을 모아 놓고서 그 배우들이 유방암 진단과 치료를 받고 어떤 결과를 맞이하게 되는지를 소재로 에로틱한 픽션을 창작하는—한 웹사이트 운영자는 이런 글을 써 두었다. "굉장히 아름답고 완벽한 여자가 암 덩어리를 갖게 되고 그것이 그 여자의 몸과 인생을 파괴하는 상황을 떠올리면, 내 내면에서는 굉장한 슬픔과 감정이 끓어오르고 실제로 그런 반응이 성적 흥분까지 일으킨다." 그의 글은 이렇게 이어진다. "이제 그런 여자들이 혼자서 또는 연인과 함께 옷을 벗으며 아름답고 완벽한 몸을 드러내는 장면을 머릿속에 그려 보자. 그런 다음에는 그 여자들 또는 연인의 손이 완벽한 형태의 한쪽 유방을 어루만지다가 어떤 덩어리를 발견하는 장면을 상상해 보자. 너무나 젊고, 너무나 완벽하며, 유방에 암 세포가 가득 들어찬 그 젊은 여자들이 느꼈을 공포와 충격과 절망을 떠올려 보는 것이다."

버지니아 울프는 병듦을 다룬 위대한 문학은 존재하지 않는다고 주장한 에세이 「병듦에 대하여」에 "이런 것들을 똑바로 직시하려면 사자 조련사의 용기가, 확고한 철학이, 지구의 가장 깊은 곳에 뿌리내린 명분이 필요하다"라고 적었다.[10] 병듦을 다룬 위대한 문학은 존재하지 않는다는 주장은 병듦을 다룬 거의 모든 위대한 문학에 담겨 있는 주장이다.

상태가 좋은 날이면 나는 미술관에 가서 토마 쿠튀르가 1859년에 발표한 작품 「병든 피에로」Pierrot malade를 감상한다. 그 작품에 그려진 병든 젊은 피에로는 흰옷 차림으로 병상에 잠겨 있다. 동료인 할리퀸은 비통한 심정이 전해지는 자세로 벽에 얼굴을 파묻고 서 있다. 병상에 누운 피에로를 향해 몸을 기울이고 있는 나이 든 여자는 뭔가를

10 Woolf et al., *On Being Ill*.

기대하는 듯한 몸짓이다. 계몽주의 시대 복장의 의사는 스타킹 신은 두 다리를 꼰 자세로 환자에게서 고개를 돌리고 손만 뻗어 맥을 짚는다. 병상 가까이에 놓인 텅 빈 와인 병들을 보건대 피에로는 한때 파티의 분위기 메이커였겠지만 이젠 반쯤 죽은 상태로 침구에 몸을 맡기고 있으며, 자기를 똑바로 쳐다보려 하지도 않는 의사에게도, 도통 비통함을 추스르지 못하는 친구에게도, 시선은 주지만 손길은 내밀지 않는 나이 든 여자에게도 도움받지 못할 처지에 놓여 있다. 나는 어느 날에는 그 피에로가 죽을 거라 생각하고 다른 날에는 분명 호전되리라고 생각하지만, 내가 미술관에 갈 때마다 피에로는 한 번도 병상을 떠난 적이 없는 듯한 모습을 하고 있다. 이게 미술 작품의 문제다. 병든 피에로가 항상 병든 상태로 남아 있다는 것.

병든 자들 중에서도 미술 작품이 되는 사람은 특정 부류에 한정된다. 누추한 병상에 누워 있는 병든 자를 그린 작품은, 그 병상이 호화롭게 누추한 예술가의 침대가 아닌 이상, 거의 없다. 게다가 누군가가 방치된 채로 병들어 죽어가는 병상보다 더 누추한 침대도 이 세상에는 없다. 나는 유방암을 앓는 상태로 투옥된 여자를 그린 그림이 루브르 박물관 벽에 걸려 있는 광경을 한 번도 본 적 없다. 시골 응급실 주차장에 세워진 자동차에 병든 사람이 타고 있는 그림을 메트로폴리탄 박물관 벽면에서 본 적도 없고, 노숙자를 위한 일종의 단체 텐트를 구현한 조각품을 바티칸에서 본 적도, 자살을 유발하는 폭스콘 공장[11] 설치물을 우피치 박물관에서 본 적도 없다.

또한 병상에 누워 있는 사람의 시점에서 병상을 그린 장면도 본 적 없다. 병에 걸린 사람이 병상에 누운 장면을 직접 그리려 할 때 문제는, 그런 장면이 구도를 잡을 수 없을 정도로 작으면서도 전체를 담아낼 수 없을 정도로 커다랗기도 한 탓에 모서리가 전혀 없는 캔버스에 그려 넣어야 한다는 데 있다. 그런 그림은 시간의 영역 밖에서, 역사의 영역 안에서 그려지고, 현재에서 선형적인 흐름을 배제하며, 공백이 하나의 구성 요소가 되도록 재료를 변경하고, 부정적인 것이 거의 전부가 되도록 미학을 재배치할 것이다. 그런 그림을 그리기란 여간 어려운 일이 아닐 것이다.

11 [옮긴이] 2010년 중국 선전의 폭스콘 공장에서 노동자 10여 명이 연쇄 투신 자살하는 사건이 발생했다. 이 연쇄 자살 사건의 원인으로 고강도의 장시간 노동과 군대식 노동 환경 등이 지적되었고 사측은 자살 방지 대책을 마련했지만, 폭스콘 노동자의 자살은 2016년과 2018년에도 이어졌다.

2

설거지는 자유와 다르다. 자유는 설거지와 다르다는 점에서 우리가 주목하게 되는 것들을 아우른다. 평범한 것이 평범한 이유는 평범하게 반복되기 때문이다. 돌봄에는 자유가 허하는 여흥과 이례가 없다.

손수 설거지를 하는 작가들이 가장 마음에 들어 하는 이야기는 설거지하느라 다른 모든 것을 놓치고 마는 이야기일 것이다. 어떤 작가는 설거지계의 모더니스트가 되어 설거지-싱크대라는 현실에서 도피하려는 시도를 의식의 흐름 기법으로 그려 낼 수도 있을 것이다. 그러나 어떤 이야기든 설거지를 다루다 보면 설거지의 중요한 점, 즉 그 자체로는 흥미롭지도 않고 주목할 만한 일도 아니지만 다른 모든 것이 의존하고 있는 일이라는 사실을 간과하기 쉽다.

부셔야 할 더러운 그릇처럼 불가피하게 계속 생기는 일거리는 서사를 만들어 내지 않는다. 그런 일거리가 만들어 내는 것은 설거지한 그릇의 개수 같은 수량이다. 그런 일거리는 설거지하는 데 소요된 시간과 설거지를 한 시점 같은 시간의 측정치를 산출한다. 서사는 종결된다. 수량과 시간과 설거지는 종결되지 않는다.

어쩌면 설거지를 통해 산출되는 것은 범주와 차이 들일지도 모른다. 어떤 그릇은 부서지지만 어떤 그릇은 부서지지 않을 수도 있고, 어떤 기법은 쓰이지만 어떤 기법은 쓰이지 않을 수도 있다. 설거지를 연구하면 결과적으로 공간, 기법, 도구와 수단, 기반 시설, 경제적 조건 등에 관한 이야기가 도출될 수도 있다. 설거지 같은 일은 그런 일이 부재하는 경우에 벌어지는 위기를 입증해 줄 수도 있다. 설거짓거리가 산더미처럼 쌓여 악취와 바퀴벌레가 몰려드는 식의 위기를. 어쩌면 계급, 인종, 젠더에 관한 이야기가, 지금처럼 굴러가는 세상에서 누가 설거지를 하고 누가 하지 않는지를 말하는 이야기가 도출될 수도 있다.

설거지는 불가피성으로 맺어진 일련의 더 광범한 관계 속에 자리해 있다. 우리는 물리적인 육체를 가지고 있다. 이 육체들은 세상을 이루는 더 광범한 육체들의 내부와 그 사이사이에 존재한다. 이 모든 육체—우리의 육체와 다른 모든 것의 육체—는 별수 없이 부패하고, 항상 파멸 중이거나 파멸 직전 상태에 놓여 있으며, 결코 엔트로피나 붕괴를 피해 가지 못한다. 우리 존재가 날마다 유지된다는 것은, 우리가 매번 설거지를 하듯, 매번 파멸의 길을 피하려 애쓰고 있다는 의미다.

보기 좋은 세상을 만드는 일이 있고, 그렇게 만들어진 세상을 괜찮은 상태로 유지하는 한층 고요한 일이 있다. 세상을 만드는 일은 구체적인 기쁨을 가져다주지만, 그 밖의 일이 품고 있는 본질은 아직 확실히 밝혀지지 않았다. 우리가 이따금 서로를 위해 불가피하게 기울이는 비가시적인 노력에 어떤 감각들이 결부되어 있는지를 판단하는 것은 어려운 일이다. 이 세상에는 언제나 뚜렷하게 부각되는 공간이 있고, 그 주변에서 우리가 쉼 없이 만들어 내는 모든 공간은 아름다움을 읽어 내기 어려운 곳이다.

3

보통 암에 걸리는 사람은, 적어도 책에서는, 누군가의 어머니거나, 누군가의 자매거나, 누군가의 연인이거나, 누군가의 아내다. 문학 작품에서는 어떤 인물이 앓고 있는 암이 다른 인물의 직관적 통찰을 드러내 주기 위한 수단으로 존재하는 듯하며, 병은 병에 걸린 사람의 외모를 통해 존재를 드러낸다. 투병 중에 시 낭독회에 가 보면 한 시인은 자신이 앓고 있지 않은 암에 관한 시들을 거의 고함치듯이, 울부짖으며 낭독하고, 뒤이어 또 다른 시인이 타인이—모두의 어머니가—앓고 있는 암에 관한 시를 낭독한다. 그 뒤 내 우편함에는 암으로 죽어 가다 못해 이제 너무나도 여위고 핼쑥해져 버린 어머니를 다른 여위고 핼쑥한 수많은 유명 미인과 비교하는 책이 배송된다. 그런 문학 작품 중에 형편없는 작품은 하나도 없지만, 용서할 수 있는 작품 역시 하나도 없다.

나병 환자들은 한때 신의 포로라고 불렸고, 그 덕에 도시 안으로 들어갈 때마다 "불결하다, 불결하다"[12]라고 부르

12 「레위기」 13장 45절. "나병 환자는 옷을 찢고 머리를 풀며 윗입술을 가리고 외치기를 불결하다 불결하다 할 것이요."

짖으며 적선을 구했다. 이는 암 환자들이 자기 외모만으로 정체를 드러내며 "나를 도구로 써 줘요, 써 줘요"라고 외치는 것과 유사하다.

내 머리에서도 머리카락이 자라던 때가 있었다. 나는 머리카락을 빗은 다음 정수리 부근에서 돌돌 말아 느슨하게 고정해 둔 상태로 세수하고, 얼굴에 세럼과 로션을 톡톡 두드려 바르고, 잠옷을 입고, 정돈된 침대로 기어들어 가 책을 읽다 잠들곤 했고, 아침에 일어나면 머리를 풀고 화장실로 들어가 거울을 보며 밤새 내게 어떤 변화가 생기진 않았는지 확인하곤 했다. 자외선 차단제와 마스카라와 아이 라이너와 립스틱을 바르고, 귀고리를 하고, 매니큐어에 벗겨진 부분이 없는지 확인하고, 옷과 섹스에서 즐거움을 찾고, 식욕을 느끼기도 했다. 지금은 거울을 들여다보면서 주름이나 찾으려 했던 것이나 그동안 몹시도 비철학적인 태도로 살아온 게 부끄럽고, 자그마한 지갑 속엔 신중히 채워 넣은 부패의 흔적만 두둑할 뿐인데 돈이 가득 차 있다고 믿는 구두쇠마냥 육체적 쾌락에 탐닉하곤 했던 것도 부끄럽다. 일찌감치 개들처럼 살았어야 했는데, 가끔 아름다움과 혼동되는 단명과 기만을 적당히 경계하는 것을 제 목표로 생각하는 개들처럼 살았어야 했는데 그렇게 하지 못한 것도 부끄럽다. 나에 관한 이 같은 사실을 정말 어느 누구도 모르면 좋겠다.

한번은 수술을 받고 나서 친구에게 내 몸에 난 상처를 세어 달라고 했다. 친구는 "이런 건 하고 싶지 않아"라고 말했고, 상처를 세는 일이 마치 나중에 문학 작품이 될 만한 사건이라도 되는 양 금방이라도 울 것 같은 표정을 짓길래 애원하듯 부탁했다. "이건 내 몸이야"라고, "내 몸에 어떤 일이 벌어진 건지 알고 싶어"라고, "나는 약물에 취해 있었는데 아무도 내 몸에 무슨 짓을 한 건지 설명해 주지 않았어"라고, "나는 내 몸에 얼마나 많은 구멍이 있는지조차 몰라"라고 말했다.

나는 거울 앞에 서서 압박복을 허리춤 아래까지 내렸다. 우리는 거울을 들여다봤다. 친구는 겁에 질린 상태로, 나는 호기심 어린 독한 집요함에 찬 채로. 어느 것이 구멍이고 어느 것이 아닌지, 멍과 핏자국과 찰과상이 각기 어떤 것인지 분간할 수가 없었다. 내 몸의 통증은 미래를 위한 정확한 지침도, 과거에 대한 믿음직스러운 설명도 되지 못했다. 머리부터 허리까지 상반신 전체가, 목 팔 분비샘 윗배 아랫배 등 눈알 목구멍 얼굴 어깨 머리가 모조리 아팠다. 그중에서도 내 새로운 왼쪽 유방이 될 부분의 한 부위는 응급 조치가 필요한 것처럼 아팠다. 내 새로운 오른쪽 유방이 될 부분의 한 부위는 경미한 응급 조치가 필요한 것처럼 아팠다.

작가가 된 사람은 세세한 감각에 복종하고 외양의 세계에 순종하게 되는데, 그로 인해 그는 기만적이고 용서받지 못할 보여 주기showing 방식을 고분고분 따른 책을, 잔인하고 불필요한 보여 주기만 가득하고 윤리적으로 필요한 말하기telling 방식은 죄다 무책임하게 누락해 버린 책을 연달아 출간하게 된다. 말하기란 그렇게 누락된 이면의 진실이며, 감각은 보여 주기의 거짓말에 속아 넘어가기 쉬운 탓이다.

보여 주기는 진실을 배반하는 행위이므로 처음부터 두 눈을 부릅뜨고 지켜본다 해도 진실이 무엇인지는 결코 제대로 알 수 없다. 그러니 오직 문학을 위해 생존하고자 애쓰는 사람에게 있어 보여 주기만 있고 말하기는 없는 문학은, 생존에 필연적으로 뒤따르는 심신의 무력화 과정을 감수할 만한 이유가 되지 못한다.

병세는 가볍고 진단은 받지 않은—건강 염려증의 변두리를 맴도는—이들은 보다 나은 서술자다. 그들은 자기가 느끼는 통증을 과하게 확신하지 않는다. 그들은 자기 자신을 마음껏 규정할 수 있는 존재며, 종착지에 가까워진 병든 자들이 지닌 매력을 시적으로 전달한다. 역사의 특정 시점에 유난히 젠더화된 질병을 앓고 특정 신체 부위들에 특정한 아픔을 느끼는 일의 무게도 전혀 줿어지지 않는다.

암에 관한 이야기를 내가 그동안 배운 이야기 전개 방식으로 전하고 싶지는 않다. 내가 배운 방식은 어떤 여자가 진단을 받고, 치료를 받고, 살거나 죽는 것이다. 그 여자는 살아남으면 영웅이 될 것이다. 죽으면 구성점plot point[13]이 될 것이다. 살아남아 모종의 치열함이 느껴지는 발언을 하면 박수 갈채를 받을 테고, 사의謝意를 담아 사면을 구하면 찬사를 받을 것이다. 살아남으면, 강림한 천사가 될 것이다. 죽으면, 강림한 천사가 될 것이다. 어쩌다 목소리라도 부여받으면 뚝뚝 떨어지는 물방울 같은 불가사의한 파열음으로 불만을 토로할 수도 있고, 진부한 상황 설정과 텔레비전 방송용 감상주의와 병리적 포르노그래피 따위를 짜깁기해 괜찮은 이야기를 만들어 낼 수도 있다. 문학은 현존하는 모든 편견과 나란히 항해한다.

유방암에 걸린 비혼모는 분명 컨트리 송 천 곡에 버금갈 만한 감상적인 투사를 가능케 하는 존재일 것이다. 그런 비혼모가 무엇이든 한껏 과장된 방식으로 증폭하는 예술

13 [옮긴이] 이야기의 방향을 전환하는 극적이거나 결정적인 사건을 뜻한다.

에 자신의 적나라한 고통을 내어 주면, 그는 가히 아름다운 인물로 그려질 것이다.

소설에서라면 병든 자는 자신이 욥의 환생임을 발견하게 될 것이고 그런 다음에는 살아 있는 다른 모든 사람 역시 욥의 환생임을 알게 될 것이다.

사회학에서라면 경험이 여러 범주에 따라 나뉘게 될 것이다. 병든 자는 이른바 일탈자, 다른 모든 일탈자와 다를 바 없는 일탈자다. 먼저 병든 자는 자신이 병에 걸렸다는 사실을 알아차린다. 그러고 나면 어김없이 병든 자로서의 새로운 역할이 정해진다. 의사들은 인사 관리에 필요한 서류를 작성한다. 병든 자가 보험에 가입한 상태라면, 보험 회사에 통지가 간다. 병든 자가 보험에 가입되어 있지 않고 충분히 가난한 상태라면, 저소득층 의료 보장 제도를 이용할 수 있도록 사회 복지사가 서류 작성을 돕는다. 페이스북에는 미소를 짓고 엄지를 치켜든 채 머리는 삭발한 기록용 사진이 게시된다. 병든 자는 순순히 치료를 받고, 병의 경과를 소셜 미디어 공간에 남기기 시작한다. 누구 눈에든 아픈 사람처럼 보여야 하고, 도움을 요청하기 시작해야 하며, 모금 활동과 식사 배달을 호소할 수 있을 만한 덕을 갖추어야 한다. 암 환자는 일탈자로 간주되는 다른 이들과 달리 교도소나 정신 병원, 노숙인 쉼터로 보내지지 않지만 그런 곳에서도 암 환자를 많이 볼 수 있으며, 그들은 잠잘 침대 하나 없는 곳에서 암이 유발하는 통증을 호소하거나 항암 화학 요법으로 인해 교도소 병동에서 토악질을 하며 지낸다. 그러나 우리가 가정하고 있는 환자는, 다른 무엇보다도 암이라는 큰 문제를 가진 환자는, 서비스 센터에 맡겼더니 간신히 움직이기는 하나 늘 배기 가스를 토해 내는 자동차처럼 클리닉과 응급실과 집중 치료실을 쉼 없이 들락날락하는 존재다.

지금 이 세상을 선전하느니, 차라리 아무것도 쓰지 않는 편을 택하련다.

나 말고 이 병을 앓는 다른 사람이 썼다면 더 괜찮은 책이 탄생했으리라는 확신이 든다. 못을 박는 일에 대해 연신 불평만 늘어놓는 망치의 이야기를 누가 듣고 싶어 하겠나? 어떤 물건이든 저마다 존재 이유를 갖고 있는 법이다. 아니, 그렇지 않을 수도 있지만, 다른 사람들이 암 환자에 관해 쓴 책이 하나둘 내 우편함에 도착할 때면 하여간 그렇다고 나 자신에게 말한다. 하나같이 좋디좋은 의도로 쓰인 그 책들은 한결같이 대머리로 죽어 가는 여자들, 즉 자매나 아내나 장모에 대해 말하는데, 그중 어떤 여자도 자기만의 목소리라든가 남들과 확실히 구별되는 특징을 갖고 있지 않다. 물론 그들도 한때는 분명 남들과 구별되는 사람이었으나 책에 등장하게 된 시점에만 그렇지 않았을 뿐이다.

내가 받은 그런 책들은 스테로이드로 부은 얼굴은 타인의 얼굴이지 내 얼굴일 리가 없으며 접착제로 붙인 피부와 차가운 실리콘으로 대체돼 지금은 사라지고 없는 유방도 내 유방일 리가 없음을 입증해 주는 증거처럼 읽힌다. 하지만 책에 담긴 내용이 어떻건 나는 병든 사람이며, 암 서사를 결정짓는 기준인 듯한 '죽어 가는 아내'가 등장하는 모든 이야기의 수취인이다. 여자의 고통은 문학적 기회로 일반화된다.

우리가 속한 시공간에서 암이란 누구나 갖고 있는 개별적이고 정확한 본성을 가장 효과적으로 박멸하는 질병 중 하나며, 여성화된 암은—여자로 간주된다는 것 또한 어떤 면에서는 반쯤 박멸된다는 것을 의미하며 그러한 박멸은 계급, 인종, 장애에 따라 심화한다는 점에서—그보다 훨씬 더하다. 암에 걸린 여자는 자기 자신이 분해되어 사라지는 과정을 지켜보도록 강요받는 존재고, 애석해하는 이들 못지않게 꼴사나운 애석한 대상이며, 다른 모든 사람이 겪은 슬픈 사연을 증언해 주고 있음에도 자신의 입으로 직접 슬픔에 대해 말하기 시작하면 곧장 사회적 교정의 대상이 되는 목격자다.

암에 걸린 여자가 자기 자신으로, 온전하고 복잡하며 말할 줄 아는 사람으로 존재하는 문학 작품을 누군가가 보내 준다면 나는 기꺼이 우편함을 열어 볼 것이다. 하지만 줄곧 내 앞에 모습을 드러낸 것은 내가 친구라 부르기를 한사코 거부했으나 조금 알기는 아는 이들의 가히 독보적인 고통 같은 것이었다. 그들은 내가 받은 진단을 두고 나보다 더 격렬하게 운 듯했다. 아무런 수고도 들이지 않고 소식을 접하고서는 "너무 충격적"이라며 과하게 친근한 태도로 말을 걸어 온 모든 남자는 내 삶을 황폐하게 만든 원인에 자기가 느낀 격한 감정을 내가 이해해 주기를 기대했다.

어느 날 바에서 만난 남자는 나를 돌보는 일에 일신을 바치겠다는 결단을 내리기도 했는데, 그가 취약한 나를 보며 품은 열의가 어찌나 대단했던지 그의 번호를 차단하지 않을 수 없을 정도였다. 친구들과 나는 슬로우 잼 음악으로 채워진 시디며 문 앞에 놓인 깜짝 선물, 불쑥불쑥 발현되는 자기 도취적 기사도 정신, 호기심에 시도해 보는 유혹 등으로 무장한 암 추종자 또는 캔서 대디[14]를 소재로 가끔 농담을 주고받는다. 한 친구는 암이 가진 리비도적 매력이 뭐든 간에 그건 암이라는 질병의 비전염성과 관련되어 있을 것이라고 말한다. 암의 매력이라고 한다면 그건 암이 전염보다는 확률의 질병이라는 점에 있다고, 암 환자는 본인이 암을 앓고 있기에 상대방은 암을 앓을 필요가 없게 해 주는 존재로 간주될 수 있다고 말이다.

우리는 이 세상을, 이 세상에 존재하는 사물과 환경을, 이 세상을 굴러가게 하는 시스템들과 유통망과 제조업을, 서로 대화를 나누는 데 필요한 기계들의 방사선을 공유하고

14 [옮긴이] 만남이나 성관계 등을 대가로 젊은 사람에게 경제적 지원을 하는 남자를 일컫는 슈거 대디sugar daddy에 빗댄 표현.

있고, 우리가 아는 모든 것이 하나로 결합해 산업화된 세상의 발암권을 형성한다. 모든 것이 공유된 세상에서 병에 걸린다는 사실 덕분에 우리는 그 병을 타인에게 직접 옮길지도 모른다는 두려움에서 자유로워지며, 암은 우리가 다른 병까지 유발할 수 있는 임박한 위험 요소들에 개의치 않고 오로지 암이라는 진정한 경험에 가까워질 수 있게 해준다. 타인들이 미덕을 연기하도록 무대를 조성해 줄 수 있는 암은, 누구에게도—무엇에도—책임을 물을 수 없는 고통을 보여 주는 하나의 온전한 사례이기도 하다.

기회주의에 빠지는 일 없이 애도를 연습해 볼 방법이 하나 있다. 길을 따라 걸으면서 모든 현관문 뒤에서 벌어졌을 불행을 떠올린 다음, 자동차나 버스를 타고 마을이나 도시를 통과하면서 모든 일터를 관찰하고, 각 일터의 노동자들이 일 대신 다른 걸 한다면 무얼 할 것 같은지를 상상해 보는 것이다. 그런 다음에는 그 노동자들의 부모를 떠올려 보고 그 부모들이 무얼 할 것 같은지도, 아니면 그 부모들 입장에서 자식이 무얼 하길 바랄지를 상상해 보는 것이다.

묘지도 똑같은 효과를 발휘한다. 각각의 묘비는 아직 채워지지 않은 위키피디아 토막글[15]과 유사하다.

그다음으로 해야 할 일은 똑같은 행위를 이번 한 번만 교도소 앞에서 하는 것이다. 교도소 다음으로 그 행위를 해야 할 장소는 병원 안이다.

15 [옮긴이] 현재 작성된 내용이 적어 추후 다른 사용자들이 보충할 가능성이 있는 문서.

4

질병의 역사를 쓴 사람은 많아도 병자의 역사를 쓴 사람은 없다는 글을 어디선가 읽은 적이 있다. 하지만 내 생각에 그건 사실이 아니다. 몸을 가진 모든 사람은 겉으로 드러나지 않은 역사학자로서, 병자에 관한 역사서를 집필하고 있다. 피부는 감각의 연대기를, 생식기는 우매한 자들이 던진 농담을, 치아는 그것이 베어 문 것들의 흥망성쇠를 담고 있다.

꿈속에서 나는 새벽 세 시에 교외의 번화가를 걷고 있었는데, 그 거리에서 모퉁이를 돌자 140번가부터 18번가까지, 196번가부터 3번가까지 이어지는 도시의 한적한 거리가 나왔다. 그 거리들은 내가 가 본 적 있는 모든 구획된 공간과 이어져 있었다. 꿈속의 나는 암에 걸려 기력도 없고 길도 잃은 상태라 걱정에 사로잡혀 있었고, 내 주변의 거리와 자동차 들은 새벽 미사 참석자로 득실했다. 나는 그 미사 참석자들이 평범한 사람이며, 그러므로 여느 미사 참석자가 거의 늘 그러하듯 병든 자에게 위험한 존재라는 사실을 알고 있었다.

질병은 결코 중립적이지 않다. 치료는 절대로 이데올로기적이지 않은 것이 아니다. 사망률에는 반드시 정치가 깃들어 있다.

암은 특별한 종류의 고통으로 인식되지만, 우리에게 흔히 들이닥치는 그런 불가피한 사건으로 고통받는다고 해서 용맹한 존재가 되는 것은 아니다. 내가 그런 사건의 소산이 되었다고 해서 용맹한 계급의 구성원이 된 적은 한 번도 없다. 병상에서 꼼짝도 못 하고 있는 동안, 나는 유방암 진단 소식을 접할 때 보여야 할 사회적으로 용인되는 반응이 '긍정적인 태도를 유지하세요'라는 교정적인 말이 아니라 다이앤 디 프리마의 시 「혁명을 위한 아홉 번째 편지」의 시구 "1. 다우 케미칼의 대가리를 쳐 내고 / 2. 공장을 파괴하고 / 3. 공장 재건이 그들에게 무익한 일이 되게 하라"[16]가 될 수 있도록 내 삶을 바치겠다고 결심한다.

16 Diane di Prima, *Revolutionary Letters*, San Francisco: City Lights Books, 1974.

자기 자신을 책임지는 순간들은 잊히기 쉬운 많은 불가피한 일거리 사이에서 단연 돋보인다. 흥미를 끄는 이야기는 모름지기 주체성을 재료로 만들어지지만, 인간은 자신이 원하는 일을 하는 양지에서만이 아니라 무력함을 느끼는 음지에서도 온전히 존재한다. 돌봄은 눈에 띄지 않는 방식으로 인간의 자율성을 뒷받침해 주는 토대이자, 인간 몸의 쇠약함이 평생에 걸쳐 요구하는 불가피한 일이다. 때로 우리는 무언가를 갈구하는 시선으로 세상을 바라보며, 우리의 얼굴은 "나를 사랑해 줘요"라고 말하는데, 이는 "수프 좀 가져다 줘요" 같은 무언가를 뜻한다.

그런 요청을 유아기 시절의 아이가 하면, 미래의 관계에 대한 약속도 어느 정도는 함께 딸려 온다. 나를 사랑해 줘요, 그러면 그게 원인이 되어 미래에 이로운 결과가 나타날 테니까요, 라고 아이의 얼굴이 말한다. 나를 돌봐 줘요, 그러면 나중에 남을 돌봐 줄 수 있는 사람으로 성장할 테니까요, 라고 아이의 무력함이 말한다.

"나를 사랑해 줘요"라고 말하는 노인의 얼굴은 기억 속에 남아 있는 과거의 관계를 환기한다. 나를 사랑해 줘요, 노인의 욕구가 말한다. 그건 내가 당신이나 다른 사람 또는 다른 무언가에게 베풀었던 사랑, 그 과거의 이로운 명분이 불러온 결과니까요.

그러나 예상치 못하게 병에 걸린—아이를 돌보거나 주변 어른을 돌보거나 일터에 가는 등 일반적으로 받아들여지는 사회적 질서에 따라 무언가 해야 할 때 몸이 제 기능을 다하지 못하는 상태가 된—사람은 과거를 소환해 가면서, 미래에 대한 희망을 이용해 가면서, 모든 또는 어느 일시적 경험을 담보로 나를 사랑해 줘요라는 말을 전략적으로 활용해야 한다.

인생의 한창때에 병에 걸린 사람은 다시 건강을 회복할 수 있을 것처럼 보이려 안간힘을 쓰면서 나를 사랑해 줘요, 라고 말한다. 내가 예전에 했던 일을, 그리고 앞으로 하게 될 수도 있는 일을 떠올려 줘요. 시간과 정확히 어떻게 얽혀 있는 건지도 확실히 모르는 상태로 현재라는 시간에 영영 갇혀 버린 나를 사랑해 줘요.

지난 나흘은 엔테로바이러스[17] 시대의 중성구 감소증[18]이라는 문구로 정리할 수 있을 만한 시간이었다. 혈구 수치에 따르면 내 면역 체계는 가까스로 유지되고 있는 상태다. 한동안 사람들과 어울리지도 못했는데, 단지 엔테로바이러스 때문만이 아니라 흔한 감기나 냉장 보관된 음식에 핀 보이지 않는 곰팡이 같은 위협으로 인해 행여나 죽을 만큼 아프게 될까 봐 두려워서였다. 카라는 혹시라도 내가 흙 속 미생물 때문에 아프게 되는 건 아닐지 염려하며 우리 집에 있는 식물까지 모조리 치워 버렸다. 지인들이 꽃을 가져다주면 그 꽃도 죄다 치웠다. 내 유일한 외출 시간은 혼자서 산책할 때였다. 언제는 그렇게 산책하던 중 나도 모르게 커다란 검은 푸들 한 마리를 쓰다듬어 버렸고, 그로부터 1.6킬로미터 정도를 걷는 내내 내 양손에서 위협을 느꼈다.

17 [옮긴이] 인간을 포함한 포유류의 장에 감염을 일으키는 바이러스로 '장내 바이러스'라고도 불리며, 주로 유아나 소아에게 영향을 미친다. 위생이 좋지 않은 환경에서 전파력이 강하다.

18 [옮긴이] 감염을 막는 역할을 하는 백혈구의 일종인 중성구 수치가 정상보다 낮아 감염 위험이 증가한 상태. 특히 항암제 사용 시 많이 발생한다.

괴테의 『파우스트』에서 메피스토펠레스는 검은 푸들 모습을 하고 파우스트 뒤를 졸졸 따라다닌다. 다른 사람 눈에 그 푸들은 그저 한 마리 개일 뿐이지만, 파우스트 눈에는 자신의 두 발을 옭아매는 미래의 족쇄다. 푸들이 으르렁거리면 파우스트는 조용히 하라고 말한다.[19] 그런데 어딘가에서 읽은 내용에 따르면 파우스트가 푸들에게 하는 "조용히 해라!"[20]는 실은 자기 자신에게 한 말이라고 한다.

그날 이후로 매일매일, 그리고 지금까지도, 나는 그날 바로 전날에 쓴 일기를, 정신이 온전치 않은 상태로 한 진술 같은 그것을 두 번 다시 쓰지 않으리라고 맹세한다.

19 Johann W. Goethe and Charles T. Brooks, *Faust: A Tragedy*, Boston: Houghton, Osgood and Co., 1880 [『파우스트』, 김인순 옮김, 열린책들, 2009, 59~60쪽].
20 같은 대목의 다음 부분에서 파우스트는 자신을 졸졸 따라다니는 푸들에게 이렇게 말한다. "사람들은 흔히 / 이해하지 못하는 것을 조롱하고."

나는 영웅적인 색채를 띤 모든 것에 질색하는 사람이지만, 그렇다고 해서 나 자신이 영웅적인 색채를 띤 적이 한 번도 없었던 건 아니다. 공동의 투쟁에 대해 말하려다 보면 그에 걸맞은 형식이라는 체로 거르는 과정을 거치게 되며, 이 세상에서 공유되는 방대한 고통이 그런 과정을 거쳐 섬세하고 가느다란 명주실처럼 뽑혀 나오면 그 고통을 말하는 데 필요한 언어만큼이나 특별해 보이게 된다.

언어 역시 공동의 소유물이지만, 무언가에 대해 말할 방법을 찾다가 그렇게 은밀하게 작용하는 과정을 똑같이 거치다 보면 어느덧 언어는 말하는 자의 소유물로 귀속된다. 출생하거나, 고통을 느끼거나, 두려움에 휩싸이거나, 돌봄을 필요로 하거나, 매일 아침 최악의 상태로 깨는 내용의 해석 불가능한 꿈을 해석해야 하는 상황이 저마다 특이성을 지니고 있듯, 언어를 말하는 각각의 입도 그런 특이성을 가지고 있는 듯하다. 말하기는 애초에 우리가 무언가를 말하고 싶게끔 만들었던 상황을 드러내기보다는 늘 그 상황을 강화하는 방향으로 거침없이 나아가려 한다. 우리가 공유하는 쇠락을 야기하는 중력이 그 어떤 솟구치는 분노보다 더 강력하기라도 한 것처럼.

사무치는 고통은 하나의 유형—우아한 전문가들이 상류 계급 특유의 실신할 듯 파리한 자태로 나른한 기운을 내뿜는 상태—으로 분류되며, 말하기 과정을 거치다 보면, 현실이 어떠하든, 그 고통 자체가 이 계급의 보물처럼 보이게 된다.

당신이 나에 대해 몰랐다면, 당신도 내 병은 참으로 귀하고 잘나서 단지 증후학semiotics[21]을 위해 존재하는 고통일 뿐이라고, 약물 투여실에 앉아 있는 내 머릿속엔 고대 로마에 관한 생각밖에 없다고 여겼을 것이다. 그러나 나는 영리 추구의 세상에서 저축해 둔 돈도 없이 살아가는 비혼모였고, 생존을 개인화하는 세상에서 나를 돌봐 줄 동반자나 가족 하나 지척에 없었으며, 치료받는 내내 병에 걸렸다는 사실을 절대 털어놓지 말라는 조언이나 듣는 일터에서 일해야 했고, 부를 가져 보거나 권좌 근처에라도 가 보는 일이라곤 한 번도 경험하지 못한 사람이었다. 말하자면 내가 걸린 암은 다른 거의 모든 이가 걸린 암처럼 평범했고, 내 삶 또한 글쓰기를 했다는 점만 제외하면 역시나 평범했다.

내 암은 단순히 잇따라 밀려드는 감각도 아니었고, 해석에 관한 가르침도, 예술의 문제도 아니었지만, 동시에 그 모

21 [옮긴이] 특정 조짐이나 증상이 어떤 질병의 증후인지에 관한 연구 또는 환자가 자신의 증상을 말로 표현하는 방식에 관한 연구를 가리킨다. 또한 semiotics는 기호 및 기호로서의 언어 등을 연구하는 기호학을 의미하기도 한다.

든 것이기도 했다. 내 암은 내가 아무 자산도 없이 이 야박한 세상에 딸만 남겨 두고 죽을지도 모른다는 어찌할 수 없는 두려움이자, 내 삶을 온통 글쓰기에 바치고 내가 가진 전부를 결코 보상받지 못할 것을 위해 희생했다는 사실에서 온 두려움이었다. 내 암은 지금껏 내가 쓴 모든 글이 데이터 마이닝 과정을 거치기는 하겠지만 구글 서버가 먼지로 만들어지는 날이 올 때까지도 읽히지 않을 것이며, 그사이에 나는 가장 사랑했던 사람과 대상 들을 무방비로 홀로 남겨 둔 채 황급히 떠나 버린 말 없는 무언가가, 죽은 사람이 될 것이라는 공포였다.

차에 치인 사슴 한 마리가 버둥대며 일어섰다가 이내 쓰러졌고, 다시 힘겹게 땅에 발을 디딘 후에는 구부정한 자세로 은행 주차장으로 향했다. 당시 열네 살이던 딸은 이렇게 말했다.

"엄마, 나는 세상이 이런 꼴인 게 싫어."

그리고 이렇게도.

"우리한테 남은 선택지는 테러리스트가 되거나 집에서 감금 생활을 하는 것뿐이야."

나는 딸에게 브라카BRCA 검사[22] 결과가 음성으로 나왔다고 말한다. 내 유방암이 호르몬 때문도, 유전자 때문도, 명백한 생활 습관상의 요인 때문도 아니고 그저 방사선이나 어떤 발암 물질에 노출된 결과일 터이니, 네가 유방암에

22 [옮긴이] 일명 브라카 검사라고 불리는 유방암 유전자Breast Cancer Gene 검사는 유전성 유방암을 유발하는 대표적인 유전자인 브라카 유전자의 손상 여부나 변이 발생 여부를 확인하는 검사다.

걸릴 가능성이 크다거나 저주받은 유전자를 갖고 있다는 걱정은 하지 않아도 된다고 말한다.

“엄마, 잊었나 본데”, 딸이 대답했다, “난 엄마를 병들게 한 이 세상에서 살아가야 한다는 저주에서 아직도 풀려나지 못했어”.

몸을 가진 모든 인간은 출생 직후, 죽음에 관한 안내서를 받아야 마땅하다.

5

예술이 고통을 다루고자 할 때 발생하는 문제는 고통받는 자들이 고통받다 못해 녹초가 되어 버린 경우가 많아서 고통에 관한 이야기를 시도해 보기도 전에 소진되고 만다는 것이다. 나 또한 녹초 상태였고, 취약성이 불러일으키는 난해한 숭고미와 그 밖에 어떤 말로도 표현 불가능하다는 것들을 마주한 채로 내게 어떤 일이 벌어졌는지를 말해야 한다는 문제에 직면해 있었다. 세상이 이 몸(내 몸)에 죄를 범한 바로 그 세상이고 모든 감각은 전부 이 몸에 가해진 살아 숨쉬는 형태의 배신처럼만 느껴지는데, 어떻게 세상을 있는 모습 그대로 담은 글을 쓸 수 있겠나?

가끔은 암에 걸렸다는 사실보다 암에 걸렸다는 사실에 대해 이야기하는 것이 더 고통스럽다. 병을 견뎌 내는 것보다 그 병과 관련된 경험과 느낌을 재현하는 것이 더 힘에 부친다. 그런 재현은 고개를 돌리고, 눈을 내리깔고, 다른 사람들처럼 그 상황에서 빠져나가기보다는 현장의 중심에 서서 그 현장을 들여다보려 애쓰고, 온몸을 비틀어 가며 진실을 향하고, 다른 사람들이 들은 바를 인정하면서도 망각의 자비가 찾아오기를 바라는 것에 가깝다.

차라리 암을 제외한 모든 것에 관해 쓰고 싶다. "그러나 진실은", 베르톨트 브레히트가 한 에세이에서 진실에 관한 글쓰기에 결부된 어려움을 말하며 적었듯, "그냥 쓸 수 있는 것이 아니다. 누군가를 위해, 그 진실을 가지고 무언가를 할 수 있는 누군가를 위해 써야만 한다".[23] 나는 암이 아닌 다른 것에 관해 쓰고 싶지만, 이는 단지 고통을 고찰하는 데서 오는 고통에 대한 두려움 때문만이 아니라, 그 고통을 하나의 상품으로 만들어 버릴지도 모른다는 두려움 때문이기도 하다. 나는 암이 아닌 다른 것에 관해 쓰고 싶지만, 단지 똑같은 이야기를 하게 될지도 모른다는 두려움 때문이 아니라, 그 '똑같은 이야기'가 현재 상황을 떠받치는 거짓말이 될지도 모른다는 두려움 때문이다. 나는 암이 아닌 다른 것에 관해 쓰고 싶지만, 나는 타인이 존재한다는 사실을 비롯해, 우리 모두 역사 속에서 몸을 지니고 있고, 신경계와 악몽을 품고 있으며, 환경과 시간과 욕망을, 아프지 않았으면 하는 욕망이나 병들지 않았으면 하는 욕망이나 병들게 되더라도 그게 어떤 의미인지 이해할 수 있으면 좋겠다는 욕망을 가지고 있다는 사실을 알고 있다.

브레히트가 적었듯 작가는 모름지기 진실을 알 수 있을 만큼 용감해야 하고, 진실을 인정할 수 있을 만큼 명민해야 하고, 진실을 무기화할 수 있을 만큼 능숙해야 하고, 진실을 활용할 수 있을 만한 사람이 누구인지 알 만큼 판단력

23 Bertolt Brecht, Tom Kuhn, Steve Giles, and Laura J. R. Bradley, *Brecht on Art and Politics*, London: Methuen, 2003.

이 있어야 하며, 진실이 제 길을 찾아가도록 도울 수 있을 만큼 노련해야 한다.[24] 그리고 진실에 관한 글쓰기는 누군가를 위한, 곧 우리 모두인 그 누군가를 위한, 우리를 지구에 붙들어 놓는 사랑의 결속과 우리를 지구에서 몰아내는 고통이 줄다리기하는 세상 속에 존재하는 우리 모두를 위한 것이어야 한다.

24 Ibid.

과거 로마 제국의 아일리우스 아리스티데스에게도 문제가 하나 있었다. 책을 집필하고 싶었지만 자기 경험과 관련된 정보를 구조화하는 법을 알지 못했던 것이다.

> 지금까지 강과 지독한 겨울과 목욕에 대해 말했으니, 이제는 같은 범주에 속하는 다른 것들에 대해 말하고, 이를테면 겨울과 신성함과 아주 괴이한 목욕탕 같은 것으로 구성된 하나의 범주를 엮어 봐야 하나? 아니면 내 이야기를 토막 내서 중간중간 벌어진 사건들을 들려주어야 하나? 아니면 중간중간 벌어진 일들은 전부 건너뛰고 지난 수년간의 신탁이 옳았는지, 결국 모든 것이 어떻게 귀결되었는지를 알려 주면서 내 첫 이야기를 마무리 짓는 것이 최선인가?[25]

25 Aristides, *Sacred Tales*.

신탁은 옳았는가

1

암에 붙들리고 나면, 내가 생존을 위해 삶의 얼마나 많은 부분을 잃고 있는지, 병으로 인해 나 자신의 얼마나 많은 부분을 잃고 있는지를 잊게 된다. 병을 관리하는 동시에 자기 자신까지 돌보는 건 쉬운 일이 아니니까. 병을 관리하는 일이 나라는 존재의 유일한 목적이 될 수도, 운명의 중매로 시작된 결혼 생활이 될 수도 있으며, 훗날 그 병이 내 삶에서 목숨을 앗아 가는 치명적인 병까지는 아니게 되더라도 치료 후에 남은 무력함이 만성 질환처럼 이어진다.

그렇게 되면 암은 이전 세기에 벌어진 대재앙 같은 예스러운 분위기를 자아내는데, 내가 걸린 암의 치료법과 원인도 그런 전세기의 산물이다. 마치 20세기가, 말하자면 20세기의 무기와 살상제, 20세기의 서사시적 일반화와 값비싼 죽음의 축제가 나를 병들게 만들고 또 치료하고 있는 것처럼 느껴진다. 그렇게 20세기 때문에 병들 만큼 병든 나는 우리 세기의 병, 즉 정보에 의해 거듭 병들고 있다.

산업화된 세계에서는 전체 인구의 절반이 현재 암에 걸린 상태이거나 앞으로 걸리게 될 것으로 추산되며, 인지하지 못하고 있다 할지라도 거의 모든 사람이 암의 작은 일부를 몸에 지닌 채 살아간다. 암은 사실, 적어도 그 자체로는, 존재하지도 않는다. 암은 우리 자신의 악성惡性을 헐뜯기 위해 동원되는 일종의 관념이다.

유방과 전립선과 폐 안에 이상 세포errant cell가 생기는 상황 자체가 위기인 것은 아니다. 암은 두 차례에 걸쳐 위기가 된다. 처음에는 암을 발견했을 때, 그다음에는 그 암이 불러일으키는 결과가 나타났을 때. 암의 결과는 대부분 의료라는 재앙 또는 의료의 부재라는 재앙으로 구현되며, 의료는 출생과 더불어 지구상에서 가장 고유성이 떨어지는 재앙인 죽음을 막는 데 있어 가장 먼저 용의주도하게 배치된다.

그런 재앙이 벌어지는 상황에서는 주야장천 잘못된 말만 늘어놓는 내 몸에 조금도 귀를 기울이지 않게 된다. 뭐랄까, 살아 있는 상태를 유지해 주겠다던 것이 일으킨 부작용 때문에 죽어 가고 있다 느끼는 내 몸은 자기 보존을 위해서라며 자기 파괴를 요구한다. 움직이지도, 먹지도, 일하지도, 자지도, 뭐든 만지지도 말라고 말이다. 모든 신경은 저마다 걸인이 되어 마지막 구호품을 요청한다. 내 몸에 새겨진 지혜들은 하나같이 어느 바보의 간청처럼 견딜 수 없을 정도로 멜로드라마적인 애원의 형태를 띤다. 그러나 여하간 나는 내 몸이 죽음을 원하면서까지 전하고 싶어 한 말의 의미가 삶을 증오한다는 것이 아니라 단지 더는 못 견디겠다는 것이라고 믿어야 한다.

그리고 내 몸은, 대부분 사람의 몸이 그러하듯, 그런 못 견디겠음을 견뎌 냈다. 때로는 무뎌짐이라는 완벽한 피난처로 내달리는 것만이 최악의 상황에서 살아남는 유일한 방편이 된다. 그 피난처에는 해리 현상이 만연하지만, 암 투병 중인 사람이 공상에 잠겨 있을 때는 아무도 신경 쓰지 않는다. 어떤 친구들은 내가 더 자주 해리 상태에 빠지기를, 정신적 피난 사태에서 살아남으며 더 또렷해진 의식을 향한 내 사랑을 해리 속에서 놓아 버리기를 바라는 것 같기도 하다.

항암 화학 요법 치료를 받는 내내 양손과 양발만큼은 무사하기를 바라면서 애써 얼음 찜질을 해 보지만, 손톱과 발톱이 서서히 살갗에서 분리되며 들뜨기 시작한다. 손가락 끝에서 들뜨는 손톱은 손가락 끝에서 손톱이 들뜰 때면 마땅히 그러하듯 극심한 통증을 유발한다. 나는 붕대를 감듯이 오색영롱한 손톱을 손끝에 붙인다. 이 병 때문에 친구도, 연인도, 기억도, 속눈썹도, 돈도 잃었으니 내 몸에 붙어 있는 다른 것들만은 잃지 않으려고 고집스레 저항해 본다. 그러나 그런 저항이 무색하게도 손톱은 하염없이 떨어져 나간다.

손가락과 발가락과 생식기 말단의 신경 들이 지글지글 타오르는 듯한 감각을 불러일으키며 분열하다가 죽기 시작한다. 그러고 나면 손가락들은 바깥 세상에는 무감각하고 내면은 분노로 들끓는, 세상 그 무엇보다 성가신 유아독존적 존재가 된다. 이 같은 신경 장애 상태에 대해『종양과 떠나는 여정』이 제시하는 해결책은 타인에게 내 셔츠 단추를 채워 달라고 요청하는 것인데, 그 타인이 누구여야 하는지는 알려 주지 않는다. 고유 감각[1]에 변화가 생기면서 나는 칠칠치 못한 사람이 되어 버렸다. 내가 어디를 딛고 서 있는지를 내 두 발이 말해 줄 수 있으리라는 믿음도 더는 없다.

내가 아는 어떤 여자 어르신은 본인의 과거와 현재를 비교해 보면서, 30년 전에 앓았던 암에서 진정으로 회복한 적이 한순간도 없었다고 말한다. 이제 70대인 그는 매일 일터로 출근하고, 집에 돌아오면 멍한 해리 상태 속에서 내리 몇 시간을 보낸다고 한다. 생계를 위해 일을 해야만 하니 다음 날 아침이 되면 또다시 출근하고, 그렇게 매일 존재하는 사람인 양 가장하며 살아간다고 한다. 최악의 상황에서 살아남은 우리 같은 사람 중 일부는 속이 텅 비어 버린 비존재로 살아간다. 아일리우스 아리스티데스도 이렇게 말한 바 있다. "그리하여 나는 나 자신을 마치 타인처럼 인식했고, 내 몸이 계속해서 사라져 가고 있다는 감각을

1 [옮긴이] 자기 몸의 위치와 자세, 운동 상태 등을 알 수 있게 해 주는 감각.

죽음의 문턱에 다다를 때까지 느꼈다."

나는 중세 이슬람 철학자 이븐 시나가 말한 부유하는 인간 floating man을, 모든 감각을 거부했음에도 자신이 존재한다는 사실을 영혼이라는 증거를 통해 인식하는 자를 떠올려 본다.[2] 그런 부유하는 인간이 존재할 수 있는 건지 나로서는 잘 모르겠다. 로마 시인 루크레티우스가 서사시 『사물의 본성에 관하여』에서 한 주장이 내게 조금 더 그럴듯한 답을 준다. 인간은 아주 조금씩 죽어 갈 수 있다는 주장말이다. 모든 세포는 물질과 정신으로 구축된 왕국이며, 모든 왕국이 그러하듯 이 왕국도 와해할 수 있다. 인간의 생명력은 인간의 육신과 마찬가지로 결코 인간에게서 한꺼번에 달아나지는 않는 듯하다. 반쯤 죽어 본 경험이 있는 사람이라면 누구든 이를 입증할 수 있다. 우리의 육체가 아주 조금씩 소진되고, 절단되고, 독살될 수 있는 것처럼, 우리가 영혼이라고 부르는 것도 소량씩 죽어 갈 수 있다.[3] 육체의 잃어버린 부분을 대체할 수 없듯이 영혼의 잃

2 이븐 시나: "우리는 이렇게 말한다. 인간이 불현듯 사지가 분리된 채로 창조되고 자신의 사지를 보지 못한다면, 그 인간이 자신의 사지를 건드리지 않고 사지끼리도 서로를 건드리지 않고 인간이 아무 소리도 듣지 못한다면 그는 자기가 가진 모든 장기의 존재에 무지해지겠지만, 그런 모든 실체에 대해서는 무지하더라도 자기라는 개별적인 존재는 하나의 실체로 인지할 것이다. 미지인 것은 알려진 것이 아닐 뿐이다."

3 루크레티우스의 『사물의 본성에 관하여』 3권: "또한 우리는 자주 사람이 조금씩 죽어 가는 것을 본다, / 또 부위별로 생생한 감각을 잃어 가는 것을, / 우선 발에서 발가락과 발톱 들이 퍼렇게 되어 가는 것을, / 다음으로 발과 다리가 죽는 것을,

어버린 부분도 대체 불가능하며, 생명은 그렇게 시나브로 삶에서 떨어져 나간다. 그리고 그 결과 우리는 거의 죽은 상태에서도 여전히 등 떠밀려 일터로 향한다.

과거가 남긴 전부인 '나 자신'이라는 애매모호한 용어를 이제 나는 암의 비인격적인 비현실성과 비교해 볼 수 있게 되었다. 모든 것이 시작된 시점으로부터 긴 시간이 흐르는 동안, 나는 내가 지구에서 조금이라도 낯익은 영토를 찾으려고 분주히 돌아다니는 죽은 존재 같다고, 후기 생물 postbiological[4] 여행자로서 사후 세계에 도달해 있는 것 같다고, 그리고 그 사후 세계에서 알 수 없는 이유로 가끔은 나 자신이 살아 있으며 소소한 성공을 이루고 있다는 믿음을 품곤 하는 것 같다고 느꼈다. 내가 아직 살아 있는 상태라면 다른 데는 몰라도 캘리포니아에는 가 봤겠지, 라고 생각한 적도 있다. 이게 진짜 삶이라면 이렇게 많은 사람이 내 시집을 읽어 봤을 리가 없지, 라고도. 행여 죽은 상태라 해도, 그렇다면 내세의 문지기들이 나를 도덕적으로 복잡하고 적당히 유쾌한 사후 세계로 보내 준 것이니 적어도

그다음엔 다른 지체들을 두루 통해 / 점차적으로 싸늘한 죽음의 자취가 지나가는 것을. / 영혼의 이 본성은 쪼개져서 떠나가며, 한 번에 / 통째로 스러지지 않으므로, 그것은 필멸적인 것으로 여겨져야 한다"[『사물의 본성에 관하여』, 강대진 옮김, 아카넷, 2012, 228~229쪽].

4 [옮긴이] 후기 생물이라는 용어는 인간의 수행 능력 향상을 위해 나노, 바이오, 정보, 인지 과학의 융합 기술을 적용하는 상황에 주로 쓰인다. 인간의 뇌보다 월등히 뛰어난 인공 두뇌를 가진 로봇이 지배하는 사회를 후기 생물 사회라고도 한다.

그 점은 마음에 든다.

저녁을 먹다 말고 내가 어쩌면 살아 있는 상태가 아닐지도 모른다고 남들 앞에서 인정하는 건 참 난감한 일이다. 내가 존재한다는 사실을 나 자신에게 증명해 보이려 애쓰는 일도 곤란하기는 마찬가지다. 집요하게 돌돌 말아 보관해 둔 끝없는 증거들, 한때 친구였던 사람들, 그간 저지른 잘못들, 남의 감정을 상하게 만들었던 일들, 잠을 청했던 모든 침대, 읽었던 모든 책, 지금은 너무 측은하다는 이유로 나를 경쟁자로 간주하지도 않는 적들, 그 시절의 내 모습과 현재 내 모습의 차이를 비롯해, 나라는 사람의 진정한 모습을 기억해 내려면 우주의 역사를 담아낼 정도로 기나긴 뉴스 피드가 필요할 것이다. 기억이란 제정신을 온전히 유지할 수 있었던 이들을 위한 뉴스 피드다. 그러나 운이 그리 좋지 않은 나는 내 뉴스 피드를 내 삶과 맞바꿔야 했다. 진정한 문학이 있다면 그건 자기 어머니에게 심취해 있는 부유한 남자가 등장하는 『침상의 프루스트』*Proust in Bed*일 것이다. 그렇다면 내 책은 『의학 때문에 실패로 돌아간 잃어버린 시간을 찾아서』*The Medically Induced Failure of the Remembrance of Things Past*라고 불려야 마땅하리라.

나중에 어딘가에서 읽은 바에 따르면, 죽어 있는 듯한 느낌은 내가 항암 화학 요법을 받는 동안 감수해야 했던 것과 유사한 특정 유형의 뇌 손상을 야기하는 어떤 역학적인 원인 때문일 수 있다고 한다. 나는 유령인데, 그런 나를 잃는 일이 형이상학적이기는커녕 역학적이라니. 하지만 내가 거의 늘 죽어 있는 듯한 느낌을 받는 이유를 아무리 합리적으로 설명한다 한들, 존재하지 않는 듯 존재하는 상황에서 싹트는 비합리적인 공포는 조금도 완화되지 않는다. 우리는 여기에 존재하고, 나는 여기에 홀로, 나 자신으로 존재하고, 내 절반은 떨어져 나가 있고 우리의 절반은 사라져 버리고 없고, 우리 중 절반은 유령 또는 죽지 않는 존재고 우리 중 절반은 죽은 존재며, 내 절반은 어디에서도 기억될 수 없거나 찾을 수 없는 상태로 존재한다.

2

미국 식품 의약국FDA이 아드리아마이신을 항암 화학 약물로 승인한 1974년, 영국 소설가 데이비드 G. 콤프턴은 시한부 선고를 받은 한 여자가 서사의 중심이 되는 소설『계속 이어지는 캐서린 모텐호』를 발표했다. 모텐호는 "두뇌에서 처리 가능한 이미지의 양과 속도가 선천적으로 제약된"[5] 탓에 생긴 정보 과부하가 부분적인 원인이 되어 발병하는 치명적인 고든 증후군에 걸린다. 그런데 고든 증후군에 걸린 사람은 단지 정보 때문만이 아니라 그런 정보를 향한 분노에 찬 반응 때문에 죽어 가게 된다. 모텐호는 데이터가 담긴 화면이 연달아 밀려들고 데이터가 홍수처럼 범람하는 상황이 야기한 분노 때문에 자신이 죽어 가고 있는 것이라는 말을 듣는다. 그의 주치의는 이렇게 끊임없이 정보를 향해 분노하는 과정에서 모텐호의 정신이 "일종의 반란 패턴"[6]을 형성했으며 목숨을 걸고 이 세상의 구조에 저항하고 있다고 설명한다. 그러면서 할 수 있는 일은 아무것도 없다고, 당신은 심히 병든 상태이자 몹시도 무자비

5 D. G. Compton and Jeff VanderMeer, *The Continuous Katherine Mortenhoe*, New York: New York Review Books, 2016.
6 Ibid.

하게 저항하는 상태라고 말한다. 컴퓨터가 계산해 준 남은 수명은 한 달. 모텐호는 죽을 수밖에 없다. 이 세상과 이 세상에 존재하는 모든 정보에 저항하다 보면, 그의 뇌는 끊임없이 속을 게워 내고 싶은 상태에 처하기 때문이다.

모텐호는 컴퓨타북Computabook이라는 출판사에서 일한다. 그는 자기 질병에 대한 소식을 기다리면서 바버라라는 소설 집필용 컴퓨터 프로그램에 플롯을 입력한다. 자신이 "다 타 버린 회로"로 인해 죽어 가고 있다는 사실을 알게 된 후부터는 그 프로그램을 안쓰럽게 여긴다. 바버라의 회로 역시 과로 중인 터이다. "불쌍한 바버라"라고 모텐호는 반복해 말한다. 그리고 기계의 개입 없이 옛 방식에 따라 집필된 문학 작품을 상상하기 시작한다. 그러면서 사람들을 실제 모습 그대로, 이를테면 "저마다 단지 화학 작용일 뿐이고, 뉴런 다발일 뿐이며, 각 뉴런 다발에는 지금은 한물간 이유들로 형성되었다가 허물어지기를 수천 년간 반복한 내부 의사 소통 시스템이 장착된"[7] 존재로 담아낸 책을 집필하려 한다.

모텐호는 로맨스 소설 부서에서 일하고 있으며—모텐호라는 존재 자체가 곧 로맨스 소설 부서고, 로맨스 소설을 담당하는 유일한 관리자이자 노동자다—그러므로 그가 인공 두뇌학에 기반한 실증주의를 따르면서도 계속 "내 이야기에는 현실만, 그러니까 현실 따위는 없다는 현실만 담

7 Ibid.

을 거고, 나는 그 이야기로 유명해질 거야. 어쩌면 병원에서 써야 할지도, 어쩌면 마지막 장은 죽어 가는 와중에 남에게 받아써 달라고 하면서 완성해야 할지도 모르지"[8]라고 생각한다는 점은 전혀 놀랍지 않다.

거의 모든 사람이 노화로 죽는 세상에서 모텐호는 병으로 죽어 가며, 그 때문에 유명 인사가 된다. 언론은 "고통에 굶주린 대중"을 만족시키기 위해 모텐호의 사진을 확보할 기회를 노리며 그의 뒤를 밟기 시작한다. 모텐호는 그들의 접근을 저지하고자 사흘간 "사적인 애도"의 시간을 갖게 해 달라고 요청하는 서류를 작성한다.

8 Ibid.

모든 몸이 늘 이윤의 궤도를 선회해야 하는 자본주의 의료계에서는 양측 유방 절제술마저도 외래 수술로 처리된다. 유방 절제술이 끝난 후 나는 회복 중이던 병실에서 공격적이고도 다급한 방식으로 쫓겨났다. 간호사는 아직 마취도 덜 풀린 나를 깨우더니 퇴원 절차에 필요한 설문지를 나 대신 마구잡이로 작성하려 했고, 나는 아직 퇴원할 상태가 아니라고 반박하려 했지만 그조차 잘되지 않았다. 나는 간호사에게 아직 통증이 가시지 않았다고, 사실 아직 화장실에도 못 갔다고, 아직 주의 사항 같은 것도 못 들었다고, 퇴원은커녕 일어설 수조차 없는 상태라고 말했다. 곧 병원에서는 나를 퇴원시켰고, 나는 병원을 나섰다.

물론 양측 유방 절제술을 받은 당일에 직접 집까지 운전할 수는 없는 노릇이다. 고통을 호소하며 흐느끼는 상태로, 양팔은 제대로 움직이지도 못하고, 몸통에는 배액 주머니 네 개를 달랑달랑 매달고, 마취제의 영향으로 정신이 혼미한 와중에 제대로 걷지도 못하면서 그럴 수는 없는 법이다. 물론 집에 도착해서도 혼자여선 안 된다. 하지만 외래 수술 센터에서 쫓겨나면 그때부턴 어떻게 할 건지, 그러니까 나를 돌봐 줄 사람이 있기는 한지, 돌봐 줄 사람이 있다면 그 사람은 어떤 희생을 해야 하는지, 그 사람이 필요로 하는 지원은 무엇인지 묻는 사람은 아무도 없다. 연령, 인종, 수입 측면상의 차이를 감안하더라도 유방암에 걸린 비혼 여성이 기혼 여성에 비해 유방암으로 사망할 확률이 두 배 더 높다는 것은 결코 놀랄 일이 아니다. 비혼인 데다 가난하면 사망률은 더 높아진다.

현재 당신이 누군가와 이 세상의 관습에 부합하는 관계를 맺고 있지 않다면, 당신을 극진히 보살펴 줄 장성한 자식이 있을 만큼 충분히 오래 살지 않았다면, 여전히 부모의 보살핌을 받을 만큼 충분히 어리지 않다면, 그렇다면 이토록 공격적으로 이윤을 추구하는 세상에서 공격적인 암에 걸렸을 때 계속 살아야 할 가치가 있는 사람으로 여겨지는 경우가 드물다는 사실을 실은 모두가 알고 있다.

패니 버니가 1811년 8월에 유방에서 종양 덩어리를 발견하고 그해 9월 파리에 위치한 자신의 침실에서 비마취 상태로 유방 절제술을 받으려 했을 때 한 외과 의사는 이렇게 말했다. "고통스러울 테니 각오해요. 겁주려는 건 아니지만, 고통스러울 거예요. 굉장히 고통스러울 거예요!"[9]

그 의사는 이렇게 말했다. 굉장히 고통스러울 거예요.

버니는 자신의 종양에 대해 이렇게 썼다. "몸속 깊은 곳에서, 너무나 깊은 곳에서 악마의 존재가 느껴졌고, 녹여 없앨 수 없다면 절단해 버리는 방법밖엔 없겠다는 생각이 자주 들었어." 암에 시달리며 기나긴 고통이 이어지는 죽음을 맞이하느냐, 아니면 시도해 볼 법한 치료를 받고 짧게 끝나는 고통스러운 죽음을 맞이하느냐를 두고 저울질해 보던 버니는 가장 낙관적인 예후를 기대해 볼 수 있는 고통에 몸을 맡기기로 했다. 종양을 제거하는 쪽을 택한 것이다.

9 [옮긴이] 패니 버니가 언니 에스터에게 보낸 편지(13쪽 참조)에서 인용한 부분으로 원문은 프랑스어로 되어 있으며, 지은이는 다음 문단에서 이를 영어로 재인용하고 있다.

외과 의사 일곱 명이 어두운 가운 차림으로 도착했다. 버니는 임시 수술대로 기어올라 두 눈을 가리개로 덮고 누운 자세로 집도의가 하는 말을 듣는다. "누가 이 유방 좀 잡고 있어 주시죠?" 그리고 그 집도의의 말에 대답한다. "내가 할게요." 버니는 가리개를 치우고, 집도의가 절제술을 시작할 수 있도록 자신의 유방을 손으로 살며시 감싼 다음, 복잡하게 뒤얽힌 휘황찬란한 고통을 미주알고주알 설명한다.

그러자 집도의는 조용히 버니의 눈에 가리개를 다시 올려놓고, 버니의 손을 몸통 옆 원래 자리에 도로 내려놓는다. 버니는 이렇게 쓴다. "무력했다가, 절박했다가, 자포자기 상태가 된 나는 두 눈[10]을 다시 한번 꼭 감으면서 지켜보는 것도, 저항하는 것도, 개입하는 것도 일체 그만두기로 했고, 슬프지만 미련 없이 단념해 버리자고 굳게 결심했어."

버니는 수술 당시 자신의 두 눈이 "완전 빈틈없이 닫힌 것 같았고"라고 적었다.[11]

고통은 눈으로 봐야만 경험할 수 있는 것이 아니며, 병으로 인한 고통이 지나간 후에는 다른 무엇보다도 상실이 일종의 앎의 원천으로서 잔존한다. 유방 절제술을 다룬 여타 빼어난 문학적 진술에서도 볼 수 있듯이—오드리 로드는

10 [옮긴이] 여기에 쓰인 '두 눈'Eyes이라는 표현은 유방이나 유두를 의미하기도 한다.

11 Burney, *Diaries and Letters*.

마취 상태로 유방 절제술을 받았는데, 『암 일지』에 기록된 바에 따르면 생검술을 받던 도중 마취가 풀리는 바람에 공포에 질린 채 몸에서 일어난 변화를 겪어야 했다—상실을 온전히 경험하는 것은, 경험이라는 것이 지닌 불가피한 속성상, 그런 온전한 경험이 어떻게 저지당했는지를 설명하는 일이기도 하다. 몸을 가지고 있다는 것은 그 몸에 가해지는 일들을 항상 지켜볼 수는 없음을 의미한다.

버니의 경우에는 자신의 몸에 가해지는 일들을 지켜보는 것이 견디기 힘들었을 것이다. 버니는 두 눈을 꼭 감은 상태에서도 두 번이나 정신을 잃었다. 수술을 받는 동안 벌어지는 일들에 대한 앎을 놓치지 않으려고 시각적 경험을 일절 포기하기도 했다. 그러므로 버니의 설명은 눈의 증언을 뛰어넘는 증언이자 병의 이면에 대한 증언이며, 시각 너머에 자리한 경험의 영역이다. 1978년 3월 25일, 오드리 로드는 다음과 같이 기록했다.

> 믿는 것도, 신뢰하는 것도, 심지어는 이해하는 것도 아닌 안다는 개념은 늘 이단적인 행위로 간주되었다. 그러나 나는 사색의 무게를 만끽할 수만 있다면, 확신도 신념도 아니고 다른 온갖 확실한 것과도 구별되는 직접적인 앎이라는 경험을 통해 온전히 충만해질 수만 있다면, 어떤 고통이든 기꺼이 대가로 치를 생각이다.[12]

12 Lorde, *The Cancer Journals*.

안다는 것은 타인을 위한, 전문가 계급을 제외한 모두를 위한 행위이자 비난받을 수 있고 의심받을 수 있는 행위다. 게다가 감정이 시각적 경험에 훼방을 놓듯이, 강렬한 감정은 사고도 저해할 수 있다. 적어도 유방 절제술이라는 사건에 결부된 감정 때문에 그 사건에 대해 사고할 수 없었다고 쓴 버니의 경우에는 그러했다. 그러나 사고할 수 없다고 해서 알 수 없는 것은 아니다. 유방 절제술을 받고 9개월이 지나서야 그 사건에 관한 글을 3개월에 걸쳐 써낸 버니는 자신이 쓴 글을 다시 읽을 때마다 어찌할 수 없는 고통이 느껴진다고 진술한다. 버니가 쓴 글은 단순히 유방 절제술에 관한 설명이 아니다. 그 글은 우리가 목격해야 하지만 감히 두 눈으로 보지 못하는, 이해해야 하지만 감히 생각해 볼 엄두조차 내지 못하는, 기록해 두어야 한다는 사실을 알고는 있지만 읽는 것조차 견디기 힘든 것에 관한 기록이다.

유방 절제술에 대해 생각하면 욕지기가 나고, 유방 절제술에 관한 글을 쓸 때도 마찬가지며, 다른 이들이 남긴 유방 절제술 기록을 읽는 것도 감당하기 어려울 때가 많다. 과거에 벌어진 끔찍한 상황들을 접하면 그것들이 적어도 지금 시대와는 다른 방식으로 끔찍했고 지금 시대와는 다른 방식으로 형편없었다는 이유로 부러움을 느낄 때가 간혹 있으며, 그럴 때도 역시나 욕지기가 솟는다.

『암 일지』에 따르면 오드리 로드는 1970년대에 한쪽 유방을 절제한 후 병원에서 닷새간 머물며 간호를 받았다.[13] 문병객을 맞이할 병실과 휴식을 취할 병상도 있었고, 제 발로 집으로 돌아가기 전에 먼저 복도를 거닐어 볼 수도 있

13 유방 절제술과 관련된 역사적 상황이 다르기는 하지만 로드 역시 전투에 가까운 수술을 치러야 했다. 하지만 로드는 기본권 행사 측면에서 고통을 호소하는 목소리를 낼 수 있었다. 『암 일지』에 남긴 로드의 기록은 이렇다. "회복실에서 고통에 몸부림치며 소리를 지르고 욕설을 퍼부었던 것이, 한 간호사가 경멸스러워하며 내게 주사를 놔 주었던 것이 기억난다. 회복실에 아픈 사람들이 있다면서 내게 조용히 하라고 말하던 목소리도, 거기에 대고 내가 '글쎄요, 나한테도 권리가 있는데요. 나도 아프거든요'라고 했던 것도 기억난다."

었고, 몇 주간 회복기를 가질 수도 있었으며—항암 화학 요법으로 인한 기억력, 언어 구사력, 사고력의 감퇴 같은 상실이 아닌—한쪽 유방의 상실을 암이 초래한 주요 사건으로 여길 수도 있었다. 그런데 그간의 지속적인 의학적 발전에도 불구하고 현재 많은 유방암 환자가 더 이상 그런 대우를 받지 못하고 있다. 통증 관리가 충분히 이루어지지도 않은 상태로 퇴원해야 하고, 유방 절제술 이후에 찾아오는 고통과 거동 관련 문제를 해소해 줄 물리 치료도 받지 못하며, 휴직할 수도 없다. 유방을 잃었다는 사실은 유방암 발병 후에 겪은 가장 중대한 사건에 끼지도 못한다. 병원에 머물며 회복할 병상도 얻지 못하고 항암 치료 중에 손상된 인지 기능을 회복할 재활 치료도 받지 못하는 이 유방암 환자들이 미국에서 확실히 보장받는 것은 연방 명령에 따라 행해지는, 어떤 보형물이든 선택 가능한 유방 재건술이다.

유방암에 관한 역사적 기록들을 읽다가 이윤이란 것이 아직 지독한 전권을 행사하지 않던 세계를 마주할 때면 종종 허를 찔리는 기분을 느낀다. 현재는 수술 후 통증 관리 분야가 충분히 발전하지 않았음에도 유방이 곧잘 잘려 나가고, 조직은 잿더미에 묻혀 소각되며, 환자는 병실에서 쫓겨나 제 발로 걸어 나가야 한다. 지금 나를 비롯해 많은 유방암 환자가 경험하고 있는 것은 '드라이브 바이drive-by[14]

14 [옮긴이] 주행 중인 차에서 총을 쏘는 행위를 비롯해 주행 중 순식간에 이루어지는 일들을 가리킬 때 쓰이는 표현.

유방 절제술'이라 불린다. 미 연방 보건 의료 연구소AHRQ에서 실시한 한 연구에 따르면 "2013년에 유방 절제술을 받은 환자 중 45퍼센트는 병원 부속 외래 수술 센터에서 단 하루의 입원도 없이 수술을 받았다".[15] 절제술을 받았으니 돌봄이 필요하다고 회복 병상에서 우리가 아무리 호소력 있게 외친다 한들, 충격과 고뇌에 휩싸인 채 마취제의 영향으로 몽롱해하면서 처치도 제대로 받지 못한 몸으로 피를 흘린다 한들, 그런 돌봄은 허용되지 않는다.

양측 유방 절제술이 끝나고 조직 확장기를 이용한 유방 재건술이 시작되면 나는 그로부터 열흘 안에 일터로 복귀해야 한다. 수술 전에 항암 화학 요법을 받는 동안에도 줄곧 강의를 진행했지만 그럼에도 남아 있는 병가가 없다. 일을 얼마간 쉬면서 암 치료를 받을 수만 있다면, 그렇게 해도 지금껏 내가 쌓아 올린 경력이 무사하리라는 보장을 받을 수만 있다면 이 세상에 존재하는 모든 실리콘 인공 보형물 삽입술을 단념해 버릴 테지만, 암 치료를 받는 기간이 미 연방 가족 의료 휴가 법FMLA에서 보장하는 그 짧은 무급 휴가 주 수를 초과하면 아무 보장도 받을 수 없다.

나는 로드와 버니를 비롯해 나보다 앞선 경험을 가진 사람들이 무척이나 능숙하게 묘사한 고통을 내가 이런 상황에

15 Julie Appleby, "More Women Are Having Mastectomies and Going Home the Same Day", NPR, Feb. 22, 2016, www.npr.org/sections/health-shots/2016/02/22/467644987/more-women-are-having-mastectomies-and-going-home-that-day.

서조차 바득바득 인정하지 않으려 하고 있다는 사실에 화가 난다. 나는 유방 절제술에 아무 감정도 느끼지 않으려 애쓰고 있다. 그런 일련의 사건이 갖는 무게를—특히 반년간 공격적인 항암 화학 요법 치료를 받고 난 이후에—온전히 체감해 버리면, 내 생존력의 마지막 불씨마저 완전히 꺼져 버리고 말 것이기 때문이다. 나는 잃어버린 유방을 애도하지도 않는다. 우리가 공유하는 이 세상이 더 애처로운 처지로 전락하는 것 같으니까.

나는 내가 수술 후 며칠 동안 달리 어찌할 방도가 없어 친구들의 도움을 받아 일터에 가야 했다는 사실에, 이미 나 때문에 상당한 희생을 치러야 했던 친구들이 팔을 쓸 수 없는 나를 위해 강의실까지 책을 운반해 주어야 했다는 사실에 화가 난다. 수술 후에 찾아온 고통과 상실로 정신이 혼미한 와중에도 나는 내게 무슨 일이 있었는지, 내가 얼마나 아픈지 전혀 알 길이 없는 학생들 앞에서 씩씩한 유방암 생존자처럼 보이기를 기대하며, 배액 주머니들을 가슴에 단단히 붙들어 맨 채, 월트 휘트먼의 시 「잠자는 사람들」The Sleepers—"산만하고 혼란한 정신으로, 나 자신에게 몰두해, 조화롭지 않고, 모순적인 모습으로"[16]—을 세 시간 동안 강의한다.

유방암 치료와 관계된 어떤 부분에 대해서든 누군가가 공

16 [옮긴이] 월트 휘트먼, 『풀잎』, 허현숙 옮김, 열린책들, 2011, 183쪽.

개적으로 불만을 표하면, 대체로 한 번도 암에 걸려 본 적이 없는 무리가 그 사람에게 떼로 몰려가 당신은 배은망덕한 사람이라며 비난을 가하거나, 당신은 운이 좋았던 것이라고 말하거나, 마음을 그렇게 못되게 먹으면 죽을지도 모른다고 경고하면서 그가 죽을 수 있는 존재라는 사실을 상기시키는 경우가 더러 있다. 암에 걸린 사람이라면 누구나 경험하는 일이겠지만, 나 또한 감사해하라는 말을 듣는다. 치료를 받을 수 있고, 의미 있는 직업을 갖고 있고, 친구들도 있고, 그래서 지금까지 살 수 있었으니까. 감사하는 마음을 가져야 향후 회복에도 도움이 될 테니까. 생각해 보면 정말 그런 것 같기도 하다. 휘트먼이 「잠자는 사람들」에 썼듯이 "매장되어 어두운 관 속에 누워 있지 않은 자가 누구든, 그가 충분히 가진 사람임을 알게 하라". 누구에게나 그렇듯 사적인 애도에 잠겨 있을 내 권리도 오래전에 만료되었다.

경험을 구성하는 수많은 측면이 상당한 가시성을 얻게 된 반면 경험을 뒷받침하는 수많은 조건은 전보다 악화되었으며 그런 사실을 고군분투 끝에 인식해 봤자 실망스럽게도 또 다른 형태의 묵인으로 귀결될 뿐이고 다시 또다시 고군분투해 본들 여느 때처럼 새로이 실망하게 될 뿐이라는 것이 이제는 명백해 보인다. 가시성은 누구를 혹은 무엇을 겉으로 드러낼 것인지와 관련된 권력 관계에 뚜렷한 변화를 불러일으키지 않는다. 단지 눈에 보이는 먹잇감을 사냥하는 일을 더 용이하게 만들 따름이다.

사람들은 가시적인 방식으로 죽고, 가시적인 방식으로 걱정하고, 가시적인 방식으로 고통받으며, 온 세상은 온 세상에 대한 감시에 전면 노출된 상태다. 드론은 가시적인 희생양들을 살해한다. 기업들은 가시적인 우리의 서신을 데이터 마이닝하고 가시적인 우리의 클릭 수를 계산한다. 우리는 가시적인 지지 집단들의 게시판에 우리의 고뇌를 게시한다. 새와 구름은 여전히 그 무엇에도 더없이 무관심한 반면 하늘의 인공 위성은 가시적인 모든 것을 내려다보고, 한때는 사적 영역이었던 몸속이 이제는 의료 기기 화면을 통해 가시성을 얻는다. 오늘날 살아 있는 대부분의 사람은, 예전만 해도 직접 경험해 보아야 했던 것들이 이제 불길하게도 죄다 가시성을 얻게 되었다는 사실을 알 정도로는 현명하다. 문제를 파악해도 진정으로 원하는 해답을 얻기란 불가능에 가깝고, 다만 이제 우리는 진실을 제한하는 기업 지배 구조 안에서 공통의 비극을 널리 공유하는 잔업거리만 떠안게 되었다.

그리고 이 비극의 비극 속에는, 남들 것과 크게 달라 보이지 않는 내 모순 속에는 모두가 알았으면 하는 슬프고 잘못되고 터무니없는 것이 무수히 존재한다. 그러나 어떤 것들은 계속 불가사의하고도 눈에 띄지 않는 형태로 남아 있으며, 나는 그런 것들 안에 희망이 있다고 생각한다. 우리가 시각만이 유일한 감각은 아니라는 사실에 기대를 걸 수 있듯이, 이 세상의 운명은 음성적인 것들의 약속에 의지하고 있다.

3

나는 늘 아름다움에 맞서는 가장 아름다운 책을 쓰고 싶었다. 언젠가 그런 책을 쓰게 된다면 제목은 시클로포스파미드, 독소루비신, 파클리탁셀, 도세탁셀, 카보플라틴, 스테로이드, 소염 진통제, 항정신 항구토 약물, 항불안 항구토 약물, 항구토 약물, 항우울제, 진정제, 식염수 주입, 제산제, 점안액, 점이액, 마취 크림, 알코올 솜, 항응고제, 항히스타민제, 항생제, 항진균제, 항균제, 수면 보조제, D3, B12, B6, 마리화나 담배와 마리화나 오일과 식용 마리화나, 하이드로코돈, 옥시코돈, 펜타닐, 모르핀, 아이브로 펜슬, 얼굴 크림이라고 붙일 것이다.

이윽고 외과 의사가 내게 전화를 걸어 본인이 판단할 수 있는 한에서 말하면 약물은 효과가 있었고 암은 사라진 상태라고 했다. 6개월간의 항암 화학 요법 후에 진행한 양측 유방 절제술은 내가 바라던 대로 '병리학적 완전 반응'을 보였고, 그로써 나는 언젠가 죽더라도 유방암으로 죽지는 않을 수 있는, 더 바랄 것 없는 기회를 부여받게 되었다.

그 소식을 듣고 나니 사랑과 분노라는 어마어마한 부채로만 빚어진 손에서 태어난 아기가 된 기분이 든다. 앞으로 41년을 더 산다 해도, 그동안 겪은 일에 대한 복수를 끝마치기에는 충분하지 않을 것이다.

농간

천상의 뜻을 꺾을 수 없다면 저승을 움직이련다.

지그문트 프로이트,『꿈의 해석』, 1899의 제사

1

'유방암 생존자에게는 태도가 전부다'라는 머리 기사 제목을 우연히 보게 되었다. 나는 '에볼라 환자에게는 태도가 전부다'나, '당뇨 환자에게는 태도가 전부다', '선천 매독 환자에게는 태도가 전부다', '납 중독 환자에게는 태도가 전부다', '개한테 손을 물린 사람에게는 태도가 전부다', '총격 피해자에게는 태도가 전부다', '숙취에 시달리는 10대에게는 태도가 전부다', '포드 F150에 치인 코요테에게는 태도가 전부다', '중력에는 태도가 전부다', '물 순환에는 태도가 전부다', '하지 정맥류 생존자에게는 태도가 전부다', '죽어가는 산호초에는 태도가 전부다' 같은 제목이 있는지 찾아본다.

2

오클라호마의 한 학교에서 근무한 보조 교사 켄 메이본은 학생들의 모금 덕분에 얻게 된 새 자동차를 타고 암 치료를 받으러 갔다.[1] 오리건에 거주하는 비혼모 제니퍼 개스킨의 친구들은 개스킨이 치료를 받는 동안 그와 그의 아이들이 끼니를 거르지 않도록 번갈아 가며 식사를 책임졌다.[2] 얼리샤 피어니는 팔뚝 위쪽에 다음 내용의 문신을 기울임체로 새겼다. "싸움을 건 쪽은 암일지 몰라도 싸움을 끝내는 쪽은 내가 될 것이다."[3]

매기는 항암 화학 요법 치료를 받은 후 보행에 어려움을 겪

1 Ray Leszczynski, "'He Had Us All Duped': Mesquite Teacher's Aide Has Criminal Past, Not Cancer", *Dallas Morning News*, Jan. 24, 2017, www.dallasnews.com/news/crime/2017/01/24/us-duped-mesquite-teachers-aide-federal-court-sentencing-date-cancer.

2 Hannah Button, "Friends Question Tualatin Woman's Cancer Diagnosis", KOIN, June 20, 2017, www.koin.com/news/friends-question-tualatin-womans-cancer-diagnosis_20171130084913371/870074736.

3 Crystal Bui, "Woonsocket Woman Accused of Faking Cancer, Spending Donations", WJAR News, June 22, 2017, turnto10.com/news/local/woonsocket-woman-accused-of-faking-cancer-to-raise-money.

기 시작했다. 모니카는 첫 항암 화학 약물 투여 후 다리 두 군데에 골절상을 입었다. 로버트는 항암 화학 요법으로 인해 치아를 거의 다 잃었고 통제 불가능한 경련을 일으키기 시작했다. 존 잉그럼은 유방 조직 제거 수술 후 만성 통증에 시달렸다. 다이앤 그린은 유방 절제술이 자신에게 미친 영향을 이렇게 묘사했다. "집도 잃었고, 결혼 생활도 잃었고, 건강도 잃었고, 일자리도 잃었고, 그야말로 모든 걸 잃었어요."[4]

2014년, 호주의 라이프 스타일 블로거이자 『홀 팬트리』의 지은이인 벨 깁슨은 "당신이 올해 알게 된 인물 중 가장 큰 영감을 불러일으킬 여성"으로 『엘르』 매거진에 소개되었다. 식단으로 암을 치료하고 있다고 주장한 깁슨은 혈액암, 비장암, 뇌암, 자궁암, 간암에 걸렸다고 말했다. 실제로는 걸리지 않았지만 그 말은 하지 않았다.[5]

보도에 따르면 이들 가운데 암에 걸린 사람은 한 명도 없었다. 새 자동차를 얻은 사람도, 문신한 사람도, 항암 화학 요법을 받은 사람도, 수술의 고통을 견뎌 낸 사람도, 책을

4 "Society Can Decide If 15-Year Term Is Enough for Jailed Surgeon, Victim Says", *Herald Scotland*, May 31, 2017, www.heraldscotland.com/news/15319719.Society_can_decide_if_15_year_term_is_enough_for_jailed_surgeon__victim_says/.
5 "Belle Gibson | The Whole Pantry", *ELLE*, Mar. 13, 2015, www.elle.com.au/news/what-we-know-about-belle-gibson-5919.

쓴 사람도 암 환자가 아니었다. 존 잉그럼과 다이앤 그린 같은 일부는 암이 아닌 것을 암이라고 진단한 의사 말을 믿은 경우였다. 켄 메이본, 제니퍼 개스킨, 얼리샤 피어니, 벨 깁슨 같은 이는 사람들이 자신을 암 환자라고 생각하도록, 본인은 그것이 진실이 아님을 알고 있었다는 증거가 존재함에도 그렇게 속였다고 한다.

미시간에 거주하는 종양 전문의 파리드 파타는 암에 걸리지 않은 이들을 상대로 항암 화학 요법을 실시한 죄로 징역 45년을 선고받았다.[6] 영국의 유방 외과 의사 이언 패터슨은 건강상 문제가 없는 환자들에게 악성 종양이 있다고 속여 유방 절제술을 실시한 죄로 징역 15년을 선고받았다. "의도적으로 신체를 손상"했다는 혐의가 최종 유죄로 확정되기 전, 패터슨이 "뭘 해서든 별장에 들어갈 돈은 벌어야죠"라고 농을 친 사실이 알려지기도 했다.[7]

어떤 사람들은 암에 걸렸다는 거짓말을 듣는다. 어떤 사람들은 암에 걸렸다는 거짓말을 한다. 이 세상은 가짜 암 환

6 Robert Allen, "Cancer Doctor Sentenced to 45 Years for 'Horrific' Fraud", *USA Today*, Gannett Satellite Information Network, July 11, 2015, www.usatoday.com/story/news/nation/2015/07/10/cancer-doctor-sentenced-years-horrific-fraud/29996107/.

7 Martin Fricker, "Breast Surgeon Who 'Played God with Women' Faces More Jail Time", *Coventry Telegraph*, Dec. 27, 2017, www.coventrytelegraph.net/news/local-news/demon-breast-surgeon-who-played-13350152.

자들이 늘어놓는 일화로 가득 차 있는데, 이들이 원하는 것은 그저 누구나 필요로 하고 마땅히 받아야 할 것들, 이를테면 얼마간의 휴식, 조금의 여윳돈, 냉장고에 보관된 캐서롤 요리, 약간의 사랑인 듯하다. 위조 서류로 100일 휴가를 얻어 낸 남자, 머리카락을 싹 밀고 교회에 기부를 요청한 여자, 명절 저녁 식사 자리에서 자신의 인 유두종 바이러스를 자궁 경부암 전암 단계[8]로 바꾸어 말함으로써 모종의 이익을 얻고자 한 여자의 이야기도 있다. 또한 양성이나 경증의 암 질환을 앓는 환자를 속여 공격적이고 값비싼 치료를 받게 만든 의사들이나, 죽음이 코앞으로 다가온 상황임에도 환자에게 그 사실을 알리지 않은 채 수개월간 고통스럽고 무의미한 고비용의 의료적 처치를 받게 만든 의사들도 있다. 암에 걸렸다고 남을 속인 사람들은 거짓이 들통나면 법적으로 기소되거나 그렇지 않더라도 대체로 사회에서 매장당한다. 교묘하게 과잉 진료를 한 의사들은 그렇지 않다.

의사와 환자만 거짓말하는 것이 아니다. 연구원 로저 푸아송은 1977년부터 1990년까지 100명에 가까운 환자를 대상으로 실시한 획기적인 유방암 연구에서 치료 관련 데이터를 조작 내지는 위조했음을 시인했다. 푸아송은 데이터 조작이 피험자들을 위한 것이었다고 주장했지만, 그의 연구 참여자 대다수가 애초에 피험자로 부적합했다. 「거대

8 [옮긴이] 암은 아니지만 암으로 발전할 확률이 비교적 높은 상태.

한 과학 사기 사건들」이라는 제목의 『타임』 기사에 따르면 "수사관들이 푸아송의 연구실에서 발견한 환자 관련 기록물 두 권 가운데 한 권에는 '진실', 다른 한 권에는 '거짓'이라는 라벨이 붙어 있었다".[9]

2017년 9월 미국에서는 의약품 제조업체 사노피-아벤티스가 인체에 악영향을 미칠 수 있는 탁소텔의 부작용을 환자와 의사에게 충분히 경고하지 않았다는 대규모 다구역 소송이 제기되었다. FDA는 자사 약물에 관한 사노피 측의 주장 중 일부가 거짓임을 명시한 경고문을 일찍이 2009년부터 발송한 상태였다.[10] 한편 2017년 7월에는 의약품 제조업체 셀진이 자사의 암 치료 약물을 승인되지 않은 용도로 홍보했다는 혐의를 인정하면서 2억 8,000만 달러를 지불하기로 했다.[11] FDA는 "암에 걸린 고양이와 개를 치료해준다고 주장하는 가짜 약물이 온라인에 등장"[12]하는 빈도가 점점 늘고 있다고 말한다.

9 Alice Park, "Great Science Frauds", *TIME*, Jan. 12, 2012, healthland.time.com/2012/01/13/great-science-frauds/slide-dr-roger-poisson/.
10 "FDA Warning Letter to Sanofi-Aventis Re Taxotere Marketing", *FierceBiotech*, May 14, 2009, www.fiercebiotech.com/biotech/fda-warning-letter-to-sanofi-aventis-re-taxotere-marketing.
11 Katie Thomas, "Celgene to Pay $280 Million to Settle Fraud Suit over Cancer Drugs", *The New York Times*, July 26, 2017, www.nytimes.com/2017/07/25/health/celgene-to-pay-280-million-to-settle-fraud-suit-over-cancer-drugs.html.

뉴스 보도에 따르면 서른여덟의 영국 여성 켈시 화이트헤드는 머리카락을 몽땅 밀고 병든 사람처럼 화장한 후 일터에서 일부러 구토했다. 그리고 히크먼 라인Hickman line—외과적 삽입술을 통해 이식하는 포트로, 항암 화학 약물 투여에 사용되기도 한다—을 구입해 자신의 가슴을 절개하고 내부에 삽입했다. 이에 사기죄를 적용한 재판부는 화이트헤드에게 "실제로 심리적 문제"[13]가 있다고 말했다.

제약 회사들은 거짓말을 한다. 의사들은 거짓말을 한다. 병든 사람들은 거짓말을 한다. 건강한 사람들은 거짓말을 한다. 연구원들은 거짓말을 한다. 인터넷은 거짓말을 한다.

'나는 암을 죽인다'라는 문구와 대마잎 로고가 박힌 45달러짜리 스냅백 모자, 마리화나 오일 등을 판매하는 인터넷 사이트 '당신의 암을 치료하세요'cureyourowncancer.org는 "대형 제약 회사들은 자사의 소위 암 '치료제'가 효과적이라고 설득하기 위해 거짓말을 한다"고 주장한다. '암을 이용한 농간을 까발린다'라는 제목의 9분 44초짜리 유튜

12 "Consumer Updates – Products Claiming To", *U.S. Food and Drug Administration Home Page*, Center for Biologics Evaluation and Research, www.fda.gov/forconsumers/consumerupdates/ucm048383.htm.
13 "Gainsborough Woman Whose Elaborate Cancer Hoax Conned Employer out of £14,000 Is Ordered to Pay Back £1", *Gainsborough Standard*(U.K.), June 19, 2017, www.gainsboroughstandard.co.uk/news/gainsborough-woman-whose-elaborate-cancer-hoax-conned-employer-out-of-14-000-is-ordered-to-pay-back-1-1-8604627.

브 영상의 설명은 아주 간단하다. "의료 산업이 당신을 죽이고 있습니다."

유방암에 걸리면 모든 달이 핑크토버[14]가 되고, 실제로 매해 10월은 지옥 같은 철이다. 유방암에 걸려 죽은 이들이 태도가 불량했거나 소시지를 먹었거나 경력이 짧은 종양 전문의의 말을 믿지 않아서 죽기라도 한 것처럼, 세상은 그야말로 체면의 정치respectability politics[15]와 핏빛 핑크로 물든다. 내가 받는 항암 화학 요법이 효과를 보이는 듯하자 사람들은 내가 당연히 생존할 줄 알고 있었다면서 마치 나는 몹시 특별하고 강인한 사람인 데 반해 다른 사람들은 그렇지 않았던 것처럼 말한다.

온라인 포럼에는 유방암으로 인한 상실의 기록들이 보관되어 있다. 그곳에서 어떤 여자들은 두통 치료를 받으려고 병원을 찾았다가 공격적인 전이암으로 죽어 가는 상태라는 사실을, 묻지도 않은 질문에 대한 대답을 듣게 되었고 그 덕분에 천만다행으로 생존자가 되었다는 이야기를

14 [옮긴이] '유방암 인식의 달'로 알려진 핑크토버는 유방암에 대한 인식을 제고하고 조기 검진을 독려하기 위해 1985년부터 시작된 캠페인이다.
15 [옮긴이] 흑인 등 비주류 집단이 주류 사회가 용인하는 관행을 따르면 사회적 지위와 권리를 획득할 수 있다는 신념과 전략을 가리킨다.

게시한다. 어떤 여자들은 페이스북 그룹 페이지에, 이메일 주소록에 등록된 이들에게, 각종 온라인 포럼에 작별 인사를 남긴다. 혹은 배우자가 대신 남겨 주기도 한다. 여자들은 자신이 언제 죽을지 안다. 그날이 머지않았다는 것도. 그중 일부는 살기 위해 뭐든 닥치는 대로 해 보고, 그러다 그것 때문에 죽는다.

이 여자들은 죽어 마땅한 존재가 아니다. 핑크 리본 스티커를 붙인 경찰차, 핑크 수갑, 핑크의 기운을 담은 옷, 핑크 탁구공, 핑크 플라스틱 물병, 핑크 권총 같은 것이 일종의 진보며 죽어 가는 여자들이 어떤 식으로든 그 진보에 훼방을 놓고 있다고 착각해서는 안 된다. 핑크 리본은 사람을 죽이는 여러 물체와 과정을 어여쁘게 치장한다. 핑크 리본의 자리에 치료는 없고, 치료가 있었던 적도 결코 없다.

미국에서는 매년 4만 명 이상이 유방암으로 사망한다. 13분마다 미국 여성 한 명이 유방암으로 사망하는 것이다. 삼중 음성 유방암—내가 진단받은 종류의 유방암—의 경우, 항암 화학 요법 치료가 너무 지연되거나 잘못된 치료가 이루어지거나 아무런 효과를 발휘하지 못하면 암 세포가 금세 유방을 떠나 순식간에 온몸을 휘젓고 다니다가 뇌, 폐, 간 등 약한 부위에서 활개를 친다. 그렇게 되면 숨을 쉴 수도, 살아갈 수도, 생각할 수도 없게 된다.

많은 사람이 유방암들이 존재한다는 사실을, 즉 유방암이 단수형이 아닌 복수형으로 존재한다는 사실이나, 이 유방암과 저 유방암의 차이나, 남자든 여자든 논바이너리든, 시스젠더[16]든 트랜스젠더든, 젊건 늙었건, 건강하건 허약하건, 퀴어건 아니건 유방 조직을 가진 사람이라면 누구나 유방암에 걸릴 수 있다는 사실을 알지 못한다. 좋은 암 같은 건 없다. 그러나 호르몬 수용체 양성 유방암[17]처럼 보다 흔한 종류의 유방암에 걸린 사람들은 대체로 타목시펜[18]을 복용할 수도 있고, 콩을 먹을 수도 있고, 미래를 기대할 수도 있으며, 암 환자 채팅방에서 "그래도 저는 삼중 음성은 아니에요"라고 말할 수도 있는데, 그 말을 어찌나 자주 하는지 나로서는 차마 보고 있을 수도 없을 정도다. 유방암 4기에 접어든 환자는 대체로 사망할 확률이 높지만, 호르몬 수용체 양성 유방암 환자들은 암이 전이되더라도 최초의 전이 부위가 뼈의 둔하고 단단한 부분이 되도록 조절함으로써 암 진행 속도를 늦추고 살아 있을 시간을 조금이라도 벌 수 있다.

16 [옮긴이] 타고난 생물학적 성과 성 정체성이 일치하는 사람.
17 [옮긴이] 호르몬 수용체를 가진 상태로 만들어진 암을 호르몬 수용체 양성이라 하며, 그렇지 않은 암을 호르몬 수용체 음성이라 한다. 호르몬 수용체 중에서 유방암과 관련해 중요한 역할을 하는 것은 에스트로겐 수용체와 프로게스테론 수용체며, 이러한 호르몬 수용체 유방암 치료에는 항호르몬 요법을 사용한다. 항호르몬 요법은 항암 화학 요법에 비해 약물의 부작용이 적고, 호르몬 수용체의 양성도가 강할수록 치료 효과가 크다.
18 [옮긴이] 에스트로겐 수용체가 양성인 유방암에 사용되는 치료제.

삼중 음성 유방암 4기인 여자들이 온라인 공간에 모여 수년 후에 대한 생각을 나눌 가능성은 희박하다. 이들은 현재 급속히 증식 중인 기저 세포들, 화면에 밝게 표시된 뇌 부위들에 관한 글을 올린다. 어떤 이들은 현기증이나 도통 떨어지지 않는 감기에 대한 두려움, '항암 화학 요법으로 인한 인지 손상인지 뇌 속 종양 때문인지 모르겠다'는 공포, 신경이 죽은 바람에 제대로 타자를 치거나 펜도 쥘 수 없는 손으로 일해야 한다는 우려에 대해 이야기한다. 삼중 음성 유방암 발병률은 흑인 여성에게서 유독 높은데, 내 생각에는 아직까지 표적 치료가 없는 유일한 유방암이 삼중 음성 유방암인 이유가 의료계의 일상화된 인종 차별 때문인 듯하다. 삼중 음성 유방암은 젊은 사람에게 유난히 가혹하며, 그래서 몸이 건강할수록 더 공격적이고 치명적인 영향을 미친다는 논리에 따라 작동하는 암처럼 보이기도 한다. 내게 유방암 병리에 대해 처음 설명해 준 종양 전문의는 "다행인 건 적어도 항암 화학 요법이 있다는 겁니다"라고 말했다. 유방암에 걸린 여자들의 죽음은 인종 차별적이고 불필요하며, 그런 죽음에 우리가 느끼는 비통함은 이 땅을 찢어발기고도 남을 정도다.

아직 살아 있는 채로 온라인 포럼에 글을 남기는 여자들은 죽은 여자들을 '천사'라 부른다. 살아남은 여자 일부는 일련의 섬뜩한 통계를 바짝 뒤쫓는 삶을 살아간다. 본격적으로 치료를 받는 기간은 물론이고 특히 치료가 마무리된 후에 버림받고, 이혼당하고, 배우자의 외도를 겪고, 학대당하고, 무능해지고, 해고당하는 것이다. 가난과 상심은 의

인성醫因性 질환과 유사하다. 가난과 상심을 초래하는 것이 질환이 아니라 의학적 처치인 듯하니 말이다. 소셜 미디어에서는 흔히 치료가 가능하다고 오인되는 질환으로 죽어가는 사람들의 사연이 버림받고, 가난해지고, 일자리를 잃고, 뇌 손상을 입고, 고통에 시달리는 유방암 생존자들의 사연과 뒤얽혀 하나가 된다. 그런 사연들은 내 친구와 지인 들이 올리는 게시물과도, 내 친구와 지인 들의 정치적 토론과 문학적 추문과 박식한 견해와도 뒤얽히고, 경찰의 발포, 절망적인 기후 현상, 거리 시위 등의 소식과도 뒤얽힌다.

치료를 받고 난 후의 어느 여름날, 나는 한 이메일 구독 목록에 내 주소를 등록했다. 그 목록에는 전 세계 각지의 환자들 주소가 등록되어 있었고, 우리는 항암 화학 약물의 극악무도한 부작용을 견디며 살아가는 서로의 고통에 연민을 표했다. 약물의 위험성을 경고해 달라고 FDA를 설득하는 일이 성공을 거두었을 때도 이메일을 주고받았고, 법적 분쟁이 본격적으로 시작된 후에는 제약 회사들이 FDA의 그런 노력을 부정확하게 전달하고 있지는 않은지 의견을 나누었다. 구급차를 뒤쫓는 광고[19]들이 공영 방송에 송출되면 그걸 두고 농담을 주고받기도 했다. '제약 업계 역

19 [옮긴이] '구급차 뒤쫓기'ambulance chasing는 재난이나 분쟁이 발생해 사람들이 구급차에 실려 가는 상황에서 변호사들이 잠재적 의뢰인을 확보하고자 구급차를 마구 뒤쫓는 현상을 가리키며, '소송 교사죄'를 지칭하기도 한다. 상해 전문 변호사를 '구급차를 뒤쫓는 자'라는 비하적인 표현으로 부르기도 한다.

사상 가장 뻔뻔한 패소 사례를 폭로하다'라는 문구는 내가 끝까지 밀어붙일 만한 힘이 없었던 집단 소송을 앞두고 고심하고 있을 때 끝내 선임할 수 없었던 변호사가 해 준 말이었다. 수술 후 몇 달이 흐르는 동안 나는 내가 투여받은 약물의 아직까지 드러나지 않은 부작용 때문에 남은 평생 고통받을 수도 있다는 사실을 알게 되었고, 그러고 나니 소송에 내 목숨을 갖다 바치는 일 따위는 도무지 견딜 수가 없었다. 내가 어떤 약물들을 투여받았는지 확인해 보고자 관련 기록을 요청할 마음이 생겼을 즈음에는 그 소송 사건이 세상에 알려졌고 내 약물 투여 기록은 더 이상 추적이 불가능했다. 내가 투여받은 약물과 내가 겪은 부작용의 연관성을 나로서는 영영 알 수 없을 것이다. 그로부터 몇 년이 지났을 무렵에는, 내가 생존자 지지 집단에 소속되어 있다는 이유만으로 제약 회사 측 변호사들이 소송에 가담하지도 않은 내 이메일 데이터에 대해 문서 제출 명령을 신청했음을 알게 되었다. 내 이야기가 내 의지에 반해 소송에 활용되는 일만은 막고 싶었던 나는 변호사를 찾아야 했고, 암도 약물도 약물로 인한 평생에 걸친 부작용도 원치 않았으며 그런 부작용들을 둘러싼 의혹을 제기하는 소송에도 참여하고 싶지 않았던 나는 암 치료의 후유증으로 인한 여파가 절대 끝나지 않으리라는 느낌을 받기 시작했다. 소비자 개인 정보 보호를 위해 힘쓰는 한 비영리 기관의 도움을 받을 수는 있었지만, 나는 그런 일을 벌인 제약 회사가—마치 암처럼—우리 집 문을 두드릴 순간을 기다리면서 늘 내 주변에 잠복하고 있을 거라는 생각을 어떻게 해도 떨쳐 버릴 수 없었다.

내가 아는 너무 많은 여자가 자기 몸을 훼손하고 무력하게 만드는 약물로 치료를 받는 대신 암으로 죽는 편을 택했어야 했다고 말한다. 치료 후에도 끝없이 이어지는 '이윤과 약물이 망가뜨린' 삶이 감당할 수 없을 만큼 벅찼던 것이다. 그런데 이는 거짓 딜레마다. 약물의 경우 영구적인 해를 입힐 위험성은 적되 효과는 동등한 수준인 다른 약물도 많았지만 우리를 치료하는 데 활용되어 우리를 해친 약물이 누군가에게 더 이윤이 남는 선택지였을 뿐이다. 어떤 여자들은 더 이상 생을 지속할 수 없겠다는 말을 담은 유서를 보내온다. 그런 이메일들은 내 메일함에서 일터와 얼타[20]와 편집자가 보내온 이메일과 뒤얽히고, 단장斷腸의 슬픔은 정보의 수평선 너머로 항해한다.

이 모든 이유로 핑크 리본이라면 죄다 여자의 무덤에 꽂힌 정복자의 깃발처럼 보인다는 사실을 여러분이 부디 이해해 주기를 바란다.

20 [옮긴이] 미국의 유명 화장품 소매업 체인.

3

'나는 죽었다'라는 제목의 영상에서 쿱디즐Coopdizzle(누군가의 어머니이자 아내라고 자신을 설명한 브이로거로 삼중 음성 유방암에 걸려 얼마 남지 않은 삶의 마지막 나날을 영상에 담은 여성)은 "암에 걸리면 눈이 번쩍 뜨이는 각성을 하게 된다"라고 말했다. 내가 쿱디즐에 대해 알게 된 건 유방암 진단을 받은 후 또 다른 삼중 음성 유방암 환자 크리스티나 뉴먼의 영상을 찾아보다가 거기에 쿱디즐이 남긴 댓글을 보게 돼서였다.

크리스티나 뉴먼은 2011년 '내가 항암 화학 요법과 방사선 치료를 거부한 이유'라는 제목으로 올린 영상에서 식이 요법으로 암을 치료하기로 결정한 이유를 설명한다. 쿱디즐은 바로 그 영상에 크리스티나의 이야기를 듣고 영감을 받아 표준 의학 치료를 받기로 결심했다는 댓글을 남긴다. 나는 그 댓글을 읽고 쿱디즐의 영상들도 찾아보기 시작한다. 크리스티나의 이야기가 내게도 똑같은 영향을 미쳤기 때문이다. 그리고 그 영향으로 나는 내키지 않았던 항암 화학 요법을 계속 받기로 결심한다. 크리스티나는 식이 요법으로 암을 치료하고자 했던 시도가 수포로 돌아가자 결국 항암 화학 요법으로 전향하고, 자신이 앞서 내렸던 선택을 따르지 말라고 사람들에게 경고한다.

크리스티나는 일련의 고통스러운 상황을 겪던 도중에 자신의 몸에 암이 퍼지고 있다는 진단을 받았다. 몸 상태가 나빠지고 있다는 느낌이 들어 의사들에게 뭔가가 잘못된 것 같다고 단호히 말했지만, 그들은 크리스티나의 우려를 치료 후에 찾아오는 불평불만으로 치부했고 그가 임신 중이라는 사실을 놓치고 말았다. 크리스티나는 임신 중독증의 일종인 자간전증이 진행되어 위험하던 시기에 누구도 예상치 못한 딸 아바를 낳았다. 그러나 그 후에도 여러 증상은 여전했고, 크리스티나는 의사들에게 계속 고통을 호소했지만 그들은 그런 불평불만을 이번에는 산후 증상으로 치부하면서 무시로 일관했다. 크리스티나가 말하길 의사들은 아무 문제도 없는 것 같다면서 미심쩍은 태도를 유지하다가 결국 실제로 뭔가를 발견했다고 한다. 의사들이 마침내 발견한 사실은 공격적인 삼중 음성 암이 크리스티나의 간으로 전이되었고 그의 품에서 돌봄을 받던 딸아이도 죽어 가는 상태라는 것이었다. 크리스티나가 항암 화학요법을 거부하기로 결정한 첫 영상—줄줄이 이어진 악몽이 돼 버리고 만 이야기의 첫 장면—에는 누군가가 이런 댓글을 남겨 놓았다. “약초 장수들이며 자연 대체 의학 씨불이는 사기꾼들한테 한마디 하자면, 바로 이게 니들이 헛소리를 씨불일 때 일어나는 일이란다.”

‘가족과의 마지막 일상 브이로그. 상황 악화 중 #72’라는 제목의 영상에서는 크리스티나의 배우자가 “크리스티나는 아직 포기할 준비가 안 됐어요. 포기하고 싶어 하지 않아요"라고 말한다. 그 영상이 크리스티나의 마지막 게시물이다. 유방암 치료를 받는 초기 몇 주 기간에 그 영상을 보면서 크리스티나의 처지에 비통한 슬픔을 느끼고 내 상황에 겁을 먹었던 순간이 떠오른다. 그때 크리스티나는 배우자 옆에 앉아 튜브로 산소를 공급받으면서, 얼굴은 스테로이드로 인해 부은 채, 간신히 말을 내뱉으며, 아직 살아 있었다. 그 모습이 나와 다른 구독자들이 본 크리스티나의 마지막이다. 뒤이어 올라온 영상들은 크리스티나의 한 친구가 찍은 것으로, 그는 크리스티나가 생애 마지막 시간을 어떻게 보냈고 유튜브 영상을 얼마나 더 찍고 싶어 했는지, 신부님이 종부 성사를 해 줄 때 얼마나 복잡한 심경을 느꼈는지, 종부 성사 이후 죽음의 순간 직전까지 얼마나 힘겨운 시간을 견뎠는지 설명한다.

누군가는 더 이상 살아 있지 않은 그의 구독자 수를 언급하며 크리스티나의 유튜브 채널에 축하를 보낸다. 토미 로켓이라는 사용자는 "크리스티나 씨, 살구씨를 먹어야 해요. 못 믿겠으면 한번 찾아봐요. 하지만 제가 확신하는데, 그거보다 효과적인 건 없어요"라는 댓글을 달고, 버밀리언 J라는 사용자는 "릭 심프슨과 마리화나 오일을 꼭 검색해봐요. 그 오일을 먹기 시작한 지 몇 달 만에 암이 치료됐다고 증언한 사람이 정말 많아요. 유튜브에 올라와 있는 「약물 치료에서 탈출하기」라는 영화도 찾아보고요"라고 남긴다. 찰리 R이라는 사람은 "조언 하나 할게요. 암은 pH가 낮은 환경에서만 살 수 있어요. 그러니 pH가 높고 건강에 큰 도움이 되는 알칼리성 물을 마셔야 해요"라는 말을 남기고, 블루워터라이더라는 사람은 이렇게 조언한다. "크리스티나 씨, 유튜브 검색창에 꼭 'UC 텔레비전 비타민 D 암'을 검색해 보고 영상들을 확인해 봐요. 사망률이 75퍼센트 감소한 사례들도 있어요. 그리고 다른 의사도 찾아가 봐야 해요. 모든 의사가 똑같이 유식한 것도 아니고, 전부 당신에게 필요한 조언을 해 주는 것도 아니니까요. 자기 관리를 정말로 잘하는 편이라면 키토제닉 식단도 찾아보고요." 지마스터스라는 사용자는 "건조 단식이나 요료법도 꼭 검색해 보고 진지하게 생각해 봐야 해요. 암에 걸린 아이들을 치료해 준 방법으로 알려져 있거든요"라고 남긴다.

실제 핑크 리본을 유방암과 관련된 맥락 속에서 본 적은 여태 한 번도 없다. 비단이나 그로그랭 직물로 만들어진 핑크 리본도 본 적 없다. 오로지 주차장에 분필로 커다랗게 그려진 핑크 리본 그림이나 자동차 대리점 창유리에 붙은 핑크 리본 스티커, 외과 진료실 안에 리본 모양으로 뭉쳐진 각양각색의 무술 띠, 은색 장식용 나무에 걸린 리본 모양의 핑크 반짝이 끈, 티셔츠와 양말에 새겨진 리본, 경찰차와 쓰레기차 표면에 에어브러시로 그려진 리본, 은 도금 체인형 목걸이에 달린 에나멜 리본 등 다른 무언가로 만들어진 핑크 리본이 다른 무언가에 부착된 형태로 재생산된 결과물만 보았을 뿐이다.

가족 중 할머니와 언니와 딸이 모두 유방암을 앓았던 운동가 샬럿 헤일리는 1990년 유방암을 위한 최초의 리본—진짜 리본—을 제작했고 일부에서 그 공적을 인정받고 있다. 단체 '유방암 행동'에 따르면 "헤일리는 리본 다섯 개를 묶어 만든 다발에 '미국 국립 암 연구소National Cancer Institute의 연간 예산은 18억 달러지만 그중 5퍼센트만이 암 예방에 쓰이고 있습니다. 국회 의원과 미 정부에 경종을 울리는 의미로 이 리본을 달아 주세요'라고 적힌 엽서를 부착했다". 헤일리는 곳곳을 누비며 그 리본과 엽서를 사람들에게 나누어 주었고, 기부금을 요청하는 일은 일절 없이 오로지 입소문만으로 캠페인을 확산시켰다.[21]

이제는 널리 알려진 이야기지만 『셀프』 매거진과 화장품 기업 에스티 로더 측이 헤일리에게 접근해 마케팅 파트너십을 맺자고 제안했을 때 헤일리는 두 곳 모두 너무 상업적이라는 이유로 거절 의사를 표했다고 한다. 그러나 에스티 로더는 헤일리의 거절에도 굴하지 않고 내부 법률팀 자문을 받아 복숭앗빛이 감도는 피치 핑크였던 기존의 리본 색상을 클래식 핑크로 바꾸고는 1992년 가을에 100만 개 이상의 핑크 리본을 대중에게 배포했다. 1993년 무렵에는 에이본, 에스티 로더, 유방암 치료를 위한 수전 G. 코먼 Susan G. Komen for Cure 재단 모두 핑크 리본 관련 제품을 판매했다. 1996년에 유방암은 기업의 기부가 쏟아지는 '핫'한 분야로 꼽히기도 했다.[22]

쿱디즐의 유튜브 채널에는 아들이 웃고 있는 모습을 담은 클립이 채널 소개 영상으로 자동 재생되고 있다. 쿱디즐이

21 Caitlin C., "In Memoriam: Charlotte Haley, Creator of the First (Peach) Breast Cancer Ribbon", *Breast Cancer Action*, June 24, 2014, www.bcaction.org/2014/06/24/in-memoriam-charlotte-haley-creator-of-the-first-peach-breast-cancer-ribbon/.
22 "History of the Pink Ribbon", *Think Before You Pink*, thinkbeforeyoupink.org/resources/history-of-the-pink-ribbon/.

그 영상에 남긴 설명은 이렇다. "그냥 케이든이 바보같이 굴고 있었을 때 찍은 것. 아이팟 용량이 부족해 여기에 올림ㅎㅎ." 쿱디즐이 이 문장 뒤에 남겨 둔 말은 치료법 제안을 그만해 달라는 요청이다. 쿱디즐은 "이번 여정이 내 마지막 여정입니다"라고 쓴다.

사망 당시 30대였던 쿱디즐은 나와 마찬가지로 2014년에 삼중 음성 유방암을 진단받았다. 나는 유방암 진단을 받은 초기에 쿱디즐의 영상들을 보기 시작했다. 우리는 진단 내용도, 선행 보조 화학 요법을 받은 후 수술을 진행한 치료 과정도 비슷했다. 내가 받은 치료는 결과가 좋았고 쿱디즐이 받은 치료는 그렇지 않았는데, 어쩌다 혹은 어째서 그런 일이 발생한 건지 알 방법은 없다. 2014년 3월에 유방암 진단을 받은 쿱디즐은 2015년 5월에 암이 재발했다는 말을 들었다. 쿱디즐은 2016년 12월에 사망했고, 생의 마지막 몇 달간은 전이성 유방암을 앓는 운동가로 활동하면서 자신의 경험을 글로 남기고, 언론을 통해 의견을 표명하고, 다른 이들과 집단 행동을 조직했으며, 무엇보다도 환자들의 끊임없는 고통을 이용해 수익을 창출하는 핑크 리본과 유방암 '인식' 제고 문화에 저항하고 존엄한 죽음을 지켜 내기 위한 로비 활동을 벌였다.

쿱디즐이 적극적인 행동을 통해 보여 준 헌신은 그가 사망한 후에도 살아남아 지속되고 있으며, 쿱디즐의 페이스북 페이지 상단에는 지금도 다음 내용이 포함된 게시물이 전체 공개 상태로 남아 있다.

> 먼저, 문제는 리본 그 자체가 아니다. 문제는 코먼이다. 문제는 실제 수전이 전이성 유방암으로 사망했을 때, 그의 여동생이 치료법 찾는 일을 돕겠다고 말했다는 사실이다. 그로부터 30년이 지난 지금 우리가 처한 상황은 조금도 나아지지 않았고, 사실 오히려 조금 더 악화되었다. SGK가 말기 유방암 연구에 지원하는 기부금은 전체 기부금의 극히 일부에 불과하다. SGK는 우리를 러그 밑에 아무렇게나 밀어 넣고 우리가 마치 실제 존재가 아닌 것처럼 행동하고 있다. SGK는 여러분이 낸 기부금으로 수익을 창출해 대저택과 고급 자동차를 소유하고 있다.

SGK, 즉 유방암 치료를 위한 수전 G. 코먼 재단은 1982년에 발족해 전 세계에서 규모가 가장 큰 유방암 재단이 되었으며, 재무 제표에 따르면 유방암 인식 제고 및 연구를 위해 모금한 금액이 2016년 기준 2억 1,100만 달러에 육박했고 현재는 9억 5,600만 달러에 이른다. 유방암 치료를 돕기 위한 대중적인 달리기 모금 행사들도 후원하는 코먼 재단은 유방암 운동가들이 직접 비판을 제기하자 그에 강경하게 맞서는 선전 활동을 벌이기도 했다.

코먼 재단은 핑크 리본의 기원을 사실과 다르게 설명한다. 코먼 재단에서 만든 '핑크 리본 이야기'에 따르면 "코먼 재단은 1982년 설립 당시부터 핑크를 사용했습니다. 최초의 코먼 달리기 대회Komen Race for Cure에 사용된 로고 디자인은 달리기하는 여성의 모습을 핑크 리본으로 형상화한 이미지였고, 이는 1980년대 중반부터 1990년대 초반까지 사용되었습니다". 코먼 재단에 따르면 『셀프』 매거진과 에스티 로더도 1992년에 이 같은 노력에 동참했다고 한다. 샬럿 헤일리가 만든 피치 핑크 리본에 관한 내용은 코먼 재단의 핑크 리본 이야기에 일절 언급되지 않는다.[23]

코먼 재단은 KFC와 '치료를 위한 치킨 버킷'Buckets for the Cure이라는 명칭의 파트너십을 맺고 커다란 핑크 용기에 프라이드 치킨을 판매하기도 했다. 2011년에는 '프라미스 미'Promise Me라는 홈쇼핑 네트워크를 통해 향수를 판매했는데, '유방암 행동' 소속 운동가들은 그 향수에 쿠마린, 옥시벤존, 톨루엔, 갈락소라이드 같은 발암 물질이 함유되어 있다고 지적했다. 이에 코먼 측은 향수를 다시 제조하겠다고 했지만, 향수에 유해 물질이 함유되어 있다는 지적은 사실과 다르다며 부인했다.[24] 쿱디즐과 내가 유방암 진단을 받고 처음 핑크토버를 경험한 2014년에 코먼 재단 CEO 주디스 샐러노는 급여로 42만 달러를 받았다. 또한 같은 해에 베이커 휴스[25]사는 코먼 재단과 파트너십을 맺고 유방암을 상징하는 핑크로 도색한 시추 드릴 1,000개를 생산

23 Susan G. Komen for the Cure, "The Pink Ribbon Story", https://ww5.komen.org/uploadedfiles/content_binaries/the_pink_ribbon_story.pdf.
24 "Komen to Reformulate Perfume After Unfavorable Allegations", www.nbcdfw.com/news/loca/Komen-to-Reformulate-Perfume-After-Unfavorable-Allegations-131338323.html.
25 [옮긴이] 원유 시추로 유명한 미국의 에너지 서비스 기업.

했다. '유방암 행동'의 단체장 커루나 재거의 말마따나 "미래 세대가 안전한 식수 마시기와 유방암에 걸리기라는 두 가지 선택지를 두고 결정을 내려야 하는 상황이 오면, 그들은 과거를 돌이켜 보며 베이커 휴스와 수전 G. 코먼에 고마워할 수 있을 것이다".[26]

쿱디즐의 페이스북 페이지에는 그의 배우자가 기록한 죽음의 과정이 게시되어 있다. "나는 느낄 수 있다. 단지 살고 싶어 했던 아내의 그 격렬한 욕망을. 어떻게 해서든 아내에게 그 삶을 안겨 주고 싶다. 그럴 수만 있다면. 내가 그럴 수만 있다면."

언젠가 쿱디즐은 이렇게 썼다. "여기는 암 랜드 안에 있는 어느 무서운 곳이다."

26 Caitlin C., "Susan G. Komen Partners with Global Fracking Corporation to Launch 'Benzene and Formaldehyde for the Cure®'", *Breast Cancer Action,* Dec. 2, 2014, www.bcaction.org/2014/10/08/susan-g-komen-partners-with-global-fracking-corporation-to-launch-benzene-and-formaldehyde-for-the-cure/.

캘리포니아에 거주하는 교사 넬린 폭스는 1991년 서른여덟에 유방암 진단을 받았다. 폭스는 자신이 가입한 보험회사에 전망이 괜찮아 보이는 새로운 치료를, 즉 고용량 항암 화학 요법에 더해 골수 이식까지 하는 치료를 보장해 달라고 요청했다. 보험 회사는 그 요청을 거절했다. 폭스는 개인적으로 모금 활동을 벌이면 치료비를 감당할 수 있는 상황이었지만, 유방암 진단 시점으로부터 2년 후에 사망하고 말았다. 폭스의 남동생이 보험 회사를 고소한 뒤 가족은 손해 배상금으로 8,900만 달러를 받았다.[27] 그 후 이와 유사한 소송이 86건 제기되었고 47건은 승소했다. 주 의회 네 곳은 보험 회사에 치료를 보장하라는 명령을 내리기도 했다. 에이즈 운동의 성공에 고무된 여성 유방암 환자들은 폭스가 요청했던 치료를 보장해 달라며 적극적인 로비 활동을 개시했다. 이에 병원들은 치료비는 8~10만 달러 선으로 청구하면서 치료에 대한 병원의 부담은 6만 달러 이하로 유지하는 식으로 상당한 수익을 올리려 했다. 보험 회

27 Erik Eckholm, "$89 Million Awarded Family Who Sued H.M.O", *The New York Times*, Dec. 30, 1993, www.nytimes.com/1993/12/30/us/89-million-awarded-family-who-sued-hmo.html.

사들은 마지못해 그 결정을 따르기 시작했고, 결과적으로 4만 1,000명이 넘는 유방암 환자가 그 치료를 받았다.

연구원과 의사와 환자 들은 그 새로운 치료법이 종국에는 해결책이 되어 줄 거라며 언론을 통해 대대적으로 낙관적인 주장을 펼쳤다. 치료 과정은 지지부진하고 고통스러웠으며, 환자들은 병실에 며칠씩 고립돼 있어야 했다. 치료의 부작용으로는 패혈증, 출혈 방광염, 골수 부전, 폐 부전, 정맥 폐쇄병, 심 부전, 심장 독성, 급성 골수성 백혈병 또는 골수 형성 이상 증후군, 신장 독성, 정신성 성적 장애, 치료 후 1년간 기회 감염에 대한 취약성 증대 등이 나타났다. 몇몇 기록에 따르면 그 치료로 사망한 여성 환자는 다섯 명에 한 명꼴이었다.[28]

그 유방암 치료를 뒷받침할 결정적인 데이터를 제공한 연구는 베르너 베즈워드 박사가 남아프리카에서 수행한 연구가 유일했다. 미국의 연구원들은 베즈워드 박사가 한 수술을 여성 환자 여섯 명을 대상으로 똑같이 실시했고, 결과적으로 네 명이 심장에 심각한 손상을 입었다. 그중에서도 두 명의 심장 손상 정도는 치명적이었다. 다른 두 명 중 한 명은 곧 유방암으로 사망했다. 나머지 한 명은 살기는 살았으나 불구의 몸이 되었다. 후에 베즈워드 박사는 연구 결과를 조작한 사실을 인정했다.[29] 몸을 쇠약하게 만들고

28 Richard A. Rettig, *False Hope: Bone Marrow Transplantation for Breast Cancer*, Oxford, U.K.: Oxford University Press, 2007.

생명을 위협하는 값비싼 치료를, 거짓 위에 세워진 거짓을 4만 명이 넘는 여자가 감당해야 했던 것이다. 전이성 유방암에 대한 치료법은 아직까지도 전무하다.

29 Denise Grady, "Breast Cancer Researcher Admits Falsifying Data", *The New York Times*, Feb. 5, 2000, www.nytimes.com/2000/02/05/us/breast-cancer-researcher-admits-falsifying-data.html.

내가 유방암 진단을 받은 2014년에 미국 내 유방암 환자는 약 332만 7,552명이었다. 내가 이 책을 마무리 짓고 있는 2019년에는 약 27만 1,270명이 새로 유방암 진단을 받고 4만 2,260명이 유방암으로 사망하리라고 추산된다. 미국 내 유방암으로 인한 사망률은 1975년까지는 매년 조금씩 증가하다가 그 뒤 1989년까지는 일정하게 유지되었으며, 1989년 이후로는 감소 추세를 보이고 있다. 단 50세 미만 환자의 사망률은 2007년 이래 상대적으로 일정 수준을 유지하는 중이다.

'유방암'으로 통칭되는 질환으로 사망하는 이들은 소득 수준, 교육 수준, 젠더, 가족 관계, 의료 서비스에 대한 접근성, 인종, 연령에 영향을 받는다. 흑인 여성의 경우 유방암 진단율은 낮고 유방암으로 인한 사망률은 높다. 비혼 여성 역시 유방암으로 사망할 위험성이 높으며, 충분한 치료를 받지 못할 가능성도 크다. 빈곤 지역에 거주하는 유방암 환자는 어느 단계에 진단을 받든 생존율이 낮다. 빈곤 지역에 거주하는 비혼 유방암 환자는 모든 환자군 중에서 생존율이 가장 낮다. 트랜스젠더나 비혼모 또는 비혼부 유방암 환자는 내가 이 책을 집필하는 시점을 기준으로 삼았을 때 아직 별도의 역학 범주로 묶이지도 않았다.

이것들은 통계 수치지만, 통계 수치라고 해서 항상 진실인 것은 아니다. 사실 유방암의 범위나 제공된 수치의 정확성을 파악하는 것은 쉽지 않은 일이다. 이는—가령 유방암 자선 단체들이 제시하는 수치가 의학의 발전에 대한 낙관적인 전망을 뒷받침할 때처럼—유방암에 관한 역학적 설명의 이면에 때로 이윤이나 홍보 관련 동기가 자리해 있어서기도 하지만, 의료 감시 기술이 발달함에 따라 유방암이 아니지만 유방암으로 간주되어 왔던 생리적 현상들이 서서히 밝혀져서기도 하다. 생명에 위협이 되지 않는 양성 질환을 갖고 있었음에도 유방암에 걸렸다고 믿을 수밖에 없었던 사람이 그동안 얼마나 많았을지 알아낼 방법은 없다. 반가운 소식이 있다면, 수년 전부터 연구원과 종양 전문 인력 들이 유방암 과잉 진단 및 과잉 치료의 문제와 그로 인해 파괴된 사람들의 삶을 진지하게 대하고 있다는 것이다.

제자리 관 암종Ductal carcinoma in situ, DCIS—유방암 '0기'라고도 불리는 상태로, 2018년 기준 약 6만 3,960명이 진단받았다—을 진단받은 사람들은 의사가 자신의 유방을 '시한 폭탄'이라고 말했다고 보고하는 경우가 많다. DCIS 진단을 받은 사람 일부는 유방 절제술이나 여타 값비싸고 공격적인 치료를 받기도 한다. 문제는 DCIS 진단을 받았다고 해서 다른 사람들보다 유방암에 걸릴 확률이 높아 보이지는 않는다는 것이다. 인간의 몸은 폭탄이 아니라 세포로 구성되어 있다. 그런데 이 사실을 우리에게 주지시켜 주는 데 열중하는 수십억 달러 규모 산업은 그 어디에도 없다.

2016년 10월 『뉴잉글랜드 의학 저널』에 발표된 한 연구는 유방암 과잉 진단에 관한 이전 연구들의 타당성을 입증해 보였고, 이에 『로스앤젤레스 타임스』는 유방 방사선 촬영을 통해 유방암 진단을 받은 여성 과반수가 불필요한 치료를 받았다고 밝혔다. 유방암 조기 발견은 흔히 말하는 것처럼 생명을 구하기는커녕, 수십억 달러에 달하는 비용과 인생을 뒤바꿔 놓는 파장을 초래하면서 사람들에게 피해를 입혔다. 캘리포니아 대학교 로스앤젤레스 캠퍼스UCLA에 소속된 유방암 전문의 퍼트리샤 갠즈 박사의 말을 인용하면 "우리가 지금껏 해 왔던 행동을 그냥 계속해 나가면 수많은 사람을 불필요한 또는 감당할 수 없는 치료로 몰아넣게 된다".[30]

그간 실제로 유방암에 걸리지 않았음에도 유방암 진단을 받은 사람은 수백만에 이른다. 자신이 유방암의 생존자라고 생각하는 이가 많지만, 현재의 연구 결과는 그들을 의료 감시 관련 피해자로, 즉 치료에 대한 접근성 부족으로 인한 피해, 치료로 인한 피해, 의료 감시로 인한 피해, 의료 감

30 "Majority of Women Diagnosed with Breast Cancer after Screening Mammograms Get Unnecessary Treatment, Study Finds", *Los Angeles Times*, Oct. 12, 2016, www.latimes.com/science/sciencenow/la-sci-sn-breast-cancer-screening-mammograms-20161012-snap-story.html.

시의 미비로 인한 피해를 입은 이로 규정하고 있다. 연구원들은 치료법을 속이고, 환자들은 암을 가장하며, 의사들 또한 마찬가지다. 이 같은 사태를 두고 『마더 존스』에 실린 한 머리 기사는 이렇게 묻는다. “유방암과 관련해 의사가 당신에게 해 준 말이 전부 거짓이었다면?”[31]

31 Christie Aschwanden et al., “What If Everything Your Doctors Told You About Breast Cancer Was Wrong?”, *Mother Jones*, June 24, 2017, www.motherjones.com/politics/2015/10/faulty-research-behind-mammograms-breast-cancer/.

소설가 캐시 애커가 앓은 유방암은 항암 화학 요법으로 치료될 가능성이 희박한 암이었지만, 애커가 1996년에 항암 화학 요법을 거부했을 때 그 사실을 알 방법은 없었다. 적어도 합리적인 방식으로는 알 수 없는 사실이었다. 그러나 그는 다른 방식을 통해 그 사실을 알았던 듯하다. 애커는 「병이 준 선물」에 이렇게 썼다. "나는 믿음이란 모든 육체에 동등하게 주어진다는 믿음으로 살아간다."[32]

그러나 애커의 친구 중 일부는—그렇게 판단할 만한 증거가 부족했음에도—항암 화학 요법을 받지 않기로 한 결정이 사망의 원인이었다고 확신한 듯하다. 애커가 죽기를 '원했다'거나 어떤 식으로든 죽음을 자초했다는 해석은 유방암과 관련해 끈질기게 회자하는 수많은 거짓 중 하나다. 세라 슐먼은 『마음의 젠트리피케이션』에서 애커가 "유방암 치료와 관련해 그릇된 결정을 내린 바람에" 죽은 것이라고 쓴다.[33] 아이라 실버버그는 『해즐릿』 매거진에 발표

32 Acker, "The Gift of Disease".

33 Sarah Schulman, *Gentrification of the Mind: Witness to a Lost Imagination*, Berkeley: University of California Press, 2013.

한 글에서 애커의 죽음을 언급하며 "애커가 죽고 싶어 했던 것은 확실"하며, "죽음이 애커의 탈출 전략이었다"라고 주장했다.[34]

애커는 『파이낸셜 타임스』에 기고된 글이 주장하는 것과 달리 단지 "대체 의학 치료사들이 암이 사라졌다고 단언해 항암 화학 요법을 거부"한 것이 아니다.[35] 그는 항암 화학 요법에 대한 두려움, 치료 비용, 항암 화학 요법을 받아도 재발 가능성만 20퍼센트 상승하고 말 것이라는 의사의 소견 등 일련의 복잡한 이유를 감안해 항암 화학 요법을 거부했다. 애커가 1996년 당시의 항암 화학 요법을 받기로 결정했다면, 사망 전 마지막 몇 달은 안구 건조증과 가려움증, 피부 병터, 항문 병터, 구강 병터, 비출혈, 근육 손실, 신경 사멸, 충치, 탈모, 면역 체계 파괴, 글을 쓸 수 없을 정도로 심각한 뇌 손상, 구토, 기억 상실, 어휘 상실, 극심한 피로 등 갖가지 증상에 시달렸을 것이 거의 확실하다. 이 증상들은 항암 화학 요법의 가장 흔한 부작용에 해당하며, 혈액 응고, 심 부전, 항암 화학 요법으로 인한 백혈병을 비롯해 치명적인 폐렴에 걸릴 가능성과 병원 내 감염 위험도 존재한다. 애커는 분명 이런 부작용을 전부 또는 일부 견뎌 내는 동시에 암 자체가 가차 없이 유발하는 신체적 증

34 "The Last Days of Kathy Acker", *Hazlitt*, July 30, 2015, hazlitt.net/feature/last-days-kathy-acker.

35 Lauren Elkin, "*After Kathy Acker* by Chris Kraus – Radical Empathy", *Financial Times*, Aug. 11, 2017, www.ft.com/content/b4ce8f48-7dc5-11e7-ab01-a13271d1ee9c.

상들까지 감내해야 했을 것이다.

애커의 유방암이 간과 폐로 급속히 전이되었으며 의사가 당시에 처방 가능했던 타목시펜을 권하지 않았다는 점을 고려하면, 애커가 호르몬 수용체 음성 유방암, 즉 현재 삼중 음성 유방암이라 불리는 유방암이나 당시에 더 심각한 예후를 보인 HER2 호르몬 수용체 음성 유방암을 앓았다고 판단해도 무리는 아닐 것이다. 나는 애커의 주치의가 애커에게 말해 준 생존율과 애커 본인이 자신의 증상에 대해 적은 내용을 바탕으로, 내가 내 유방암 치료와 관련된 결정을 내릴 때 사용한 라이프매스 예후 데이터베이스에 애커의 병 관련 통계 수치를 입력해 보았다. 애커가 앓은 암, 18개월 만에 애커를 죽음으로 몰아간 그 암은, 항암 화학 요법을 받든 받지 않든 2년 내 사망 가능성이 있다는 유사한 예후를 보였다. 라이프매스가 보여 준 결과에 따르면 그 유형의 암을 앓는 환자 중 5퍼센트는 항암 화학 요법을 받을 경우 2년 내 사망할 것이고 항암 화학 요법을 받지 않을 경우에도 거의 같은 기간 내에 사망할 것이다. 일부 연구는 애커가 앓은 것처럼 공격적인 암들은 1차 항암 화학 요법을 받을 경우 진행 속도가 빨라질 수 있다는 견해를 제시하는데, 이는 어떤 치료든 사망 시점만 앞당겼을 수 있다는 가능성을 암시한다. 애커가 살던 당시에는 치료법이 존재하지 않았다. 그리고 지금도 존재하지 않는다. 자신의 가치관을 지키며 살아가겠다는 신념에 기초해 판단을 내린 애커는 가능한 한 최선을 다했던 것이다.

어쩌면 훗날 의학사가들은 항암 화학 요법이 사혈 등 과거에 흔히 행해진 의료 행위들과 별반 다를 바 없는 것 같다는 당혹스러운 호기심을 품게 될지도 모른다. 그도 그럴 것이 우리는 타인을 낫게 해 주겠다는 명분으로 심한 독을 주입하기도 하고, 심지어는 항암 화학 요법이 지금도 앞으로도 효과가 없으며 죽음, 손상, 장애 등의 결과를 초래할 수밖에 없을 때도 유방암 환자들이 그걸 받으면 좋겠다는 공공연한 소망을 품지 않는가. 밑바탕에 이윤 추구라는 동기가 있지 않은 이상 그런 과잉 치료를 부추기는 것은 과학보다는 미신인 듯하며, 항암 화학 요법을 향한 비합리적 욕망은 애커의 경우에서처럼 암 환자를 연인으로 둔 사람들의 마음속에서만 피어오르는 것이 아니다. 그런 욕망은 때로 암 환자 당사자의 내면에서 싹튼다. 항암 화학 요법에 특별한 의학적 효과도 없고 항암 화학 요법을 뒷받침해 주는 과학적 근거도 없는 상황에서조차 두려움, 관습, 오정보, 사회적 압력 등에 떠밀려 항암 화학 요법을 받는 환자들이 있지 않은가. 마치 이 세상이 약물 투여실, 탈모 같은 감상적인 드라마, 점점 쇠약해지는 팔다리, 허약해진 여자들 등으로 구성된 불경한 의식儀式에 꼼짝없이 사로잡혀 있기라도 한 것 같다. 항암 화학 요법이 부리는 문화적 마법의 효과가 얼마나 강력한지, 암에 걸리지 않은 사람들은 항암 화학 요법을 받지 않겠다는 암 환자의 결정을 그들을 단념해 버려도 된다는 구실로 삼기도 한다. 애커는 이렇게 말했다. "그런 꼴은 차마 못 보겠다는 친구를 많이도 잃었다."[36]

애커가 당대 의학이 제공한 선택지였던 고통스러운 죽음 대신 택한 것은 유방암 진단을 받은 후 남은 생애 동안 하고 싶다고 말했던 것, 즉 살아가는 것이었다. 거부는 고립을 초래할 수 있으며, 유방암처럼 젠더화된 질병에 걸렸을 때 의학에 순응해야 한다는 사회의 강제는 잔혹하기 짝이 없다. 애커는 이렇게 썼다. "많은 친구가 전화를 걸어 왔고, 항암 화학 요법을 받지 않기로 한 내게 울면서 고함을 질렀다."[37] 어떤 여자가 실제로 죽기도 전에 실로 모든 것이 그 여자를 죽이려고 작정하며 달려드는 듯한 세상에서, 애커는 죽지 않기를 택했다. 애커는 저항할 수 없는 마지막 순간이 찾아올 때까지 죽지 않고 기다렸고, 친구들이 남긴 말에 따르면 그런 순간이 왔을 때조차도 단 몇 분만이라도 더 살기 위해 죽음에 저항했다.[38] 유방암이 캐시 애커를 죽였다. 캐시 애커는 캐시 애커를 죽이지 않았다.

36 Acker, "The Gift of Disease".

37 Ibid.

38 Chris Kraus, *After Kathy Acker: A Biography*, London: Penguin Books, 2018.

암은 사람을 죽이고, 암 치료도 사람을 죽이고, 암 치료의 부족 또한 사람을 죽이며, 암 치료에 각자 어떤 믿음 혹은 감정을 품고 있든 그건 사람이 죽는 이유와는 하등 관계가 없다. 나는 모든 좋은 생각을 받아들이고, 모든 미덕을 선보이고, 모든 선행을 실천하고, 모든 제도적 요구를 따르고서도 여전히 유방암으로 사망할 수 있으며, 모든 그른 행동을 믿고 따르고서도 여전히 살아 있을 수 있다.

유방암으로 죽는 것은 죽는 사람의 허약함이나 도덕적 실패를 보여 주는 증거가 아니다. 유방암과 관련된 도덕적 실패의 책임은 유방암으로 죽는 사람에게 있지 않다. 그 책임은 그들을 병들게 만들고, 치료를 받다 파산하게 함으로써 역시나 병들게 만들고, 그러다가 그 치료가 수포로 돌아가면 그들에게 죽음에 대한 책임까지 물어 버리는 이 세상에 있다.

쿱디즐이 서른넷에 사망한 이후, 그의 유튜브 영상 한쪽 구석에는 이런 경고 문구가 삽입되었다. “내가 이 전투에서 패배했다는 말은 하지 마세요.”

마찬가지로 항암 화학 요법을 이용한 유방암 치료를 거부했던 오드리 로드는 애커가 유방암 진단을 받기 10년 전에 다음과 같은 글을 남겼다.

> 나는 나 자신에게 큰 소리로, 그것도 자주 이렇게 경고한다. 어떻게 에둘러 표현하든 [영혼을 팔지 않겠다며] 거절하는 척할 생각은 아예 하지도 말라고. 이는 우리 삶에 주어지는 선택지들이 결코 단순하지도, 우화처럼 명쾌하지도 않기 때문이다. 생존은 절대 '이 특정한 행동을 지시에 따라 정확히 이행하면 계속 살게 될 것이다. 지시를 따르지 않고 거기에 아무런 의심도 품지 않으면 분명 죽게 될 것이다'라는 식으로 찾아오지 않는다. 의사가 어떤 말을 했든, 그 말대로 되는 법은 없다.[39]

39 Audre Lorde and Rudolph P. Byrd, *I Am Your Sister: Collected and Unpublished Writings of Audre Lorde*, Singapore: Oxford University Press, 2011.

4

죽지 않고 있으니 온 세상이 가능성으로 충만하다. 아무것도 소외시키지 않는 책을, 사라진 모든 것이 제 본모습의 그림자로 나타나는 죽지 않는 문학 작품이나 모든 것이 결과로만 제시되는 문학 작품을 쓸 수 있을 것만 같다. 허용되지 않는 것일랑 아무것도 없는 그 책에서는 아무것도, 그러니까 물질 세계도, 그 세계에 존재하는 모든 반半물질적 관계도, 사라지지 않을 것이다. 이 세상에 존재하는 것들의 출처를 알 수 없을 때가 많은 만큼 우리는 대개 그것들의 계보를 상상하는 수밖에 없다. 원인으로부터 버림받은 우리는 결과를 추측할 수밖에 없고, 그렇게 추측하는 와중에 진실로부터 버림받은 우리는 오류를 저지를 수밖에 없으며, 그런 우리에게는 애초에 원치도 않았던 형이상학만 허용된다.

카를 마르크스가 쓴 "견고한 모든 것이 공기 속으로 녹아 사라진다"라는 명제는 참이다. 이 명제가 참이라는 전제하에 시간이 흐를 경우 모든 공기가 들이마실 수도 없을 만큼 오염된다는 명제도 참이다. 우리는 그 공기가 비가 되어 우리 머리 위로 떨어질 수 있다고 생각하고, 그 공기가 우리 안에도 있으므로 눈물과 땀과 소변의 형태로 우리에게서 떨어져 나가는 장면을 머릿속에 그려 본다. 호흡은 추상적인 것을 들이마시고 물질적인 것을, 우리의 형태를 미미하게나마 변형시킬 정도로 물질적인 것을 내뱉는 과정을 되풀이한다. 그러고 나면 물질적인 것은 우리로서는 결코 무엇이 될지 알 수 없는 것으로 다시 흩어진다. 이제 나는 하나의 죽지 않는 존재로서 죽지 않는 영혼 대신 죽지 않는 물질을 불러내고, 이 대기를 새로운 증거로 다시 소환해 보려 한다.

한때 인간이 제 영혼을 이해하는 데 활용했던 사고의 기술들이 이제는 1달러 스토어에서 판매되는 아기 슈렉 피규어를 이해하는 데 적용되고 있다. 지금껏 인간 세상이 이토록 방대한 이해 능력을 가진 도구를 필요로 했던 적은 없었다.

또한 앞서 말한 미물이 이 책을 쓰는 작업에 몰두해 있을 때 여자는 성스러운 눈물을 펑펑 흘리며 대성 통곡했고, 몹시 뜨겁고 감미로운 불길이 가슴으로 여러 번 들이닥쳤으며……

마저리 켐프, 『마저리 켐프 서』, 1501

줄리에타 마시나의 눈물 사원에서

1

병들기 전에 나는 통곡을 위한 공공 장소를 마련할 계획을 세우고 있었다. 누구든 필요하기만 하면 적절한 장비를 갖춘 곳에 한데 모여 괜찮은 동지와 울 수 있는, 종교 사원에 가까운 장소를 주요 도시마다 설치하고 싶었다. 「출애굽기」에 나오는 성막聖幕 같은 공간, 슬픔을 공유하는 정교한 상상의 건축물을. 식은땀으로 만든 가고일과 끝없이 긴 의사록으로 만든 돌림띠와 더는못하겠지만그만두면안돼라는 심정으로 만든 지지보 들로 세워진 건축물을. 나는 이 건축물을 펠리니의 영화에서 성매매에 동원되는 중년의 여자이자 운명의 상대라 믿었으나 자기를 절벽에서 밀어 버리고 돈을 훔쳐 달아나려 한 거짓 사랑 조르조를 쫓다가 행진 중인 젊은이 무리에 휩쓸려 우는 카비리아 역을 맡은 이탈리아 여배우 이름을 따서 줄리에타 마시나의 눈물 사원이라 부르겠다. 이 사원에서는 카비리아로 분한 마시나가 거의 웃는 듯한 표정으로 눈물을 흘리는 장면이 벽면에 재생되고, 배경 음악으로는 상영 필름에서 삭제되긴 했으나 주디 갈랜드가 구슬픈 목소리로 부른 '오버 더 레인보우'가 반복 재생될 것이다. 이 사원을 구상할 때 내가 떠올린 것은 울보 같은 사람을 싫어하는 이들의 존재, 낯선 이가 떼거리로 모여 각자 울고 싶은 것에 대해 생각하며 울고 있는 공공 장소를 마주했을 때 그런 사람들이 보일 분노에 찬 반응이었다. 그런 잠재적인 위험을 차단하는 것은 이를테면 공적 차원의 문제였다. 즉 개별적이면서도 공통적인 슬픔이 물리적으로 표현되는 공간, 고통을 공유된 무언가로 마음 편히 드러낼 수 있는 동시에 슬픔에 적대적인 반발은 막아 주는 보호막이 제공되는 공간을 어떻게 만드느냐는 문제. 이미 고통에 시달리는 사람에게 아무렇지도 않게 더한 고통을 가하는 이들을 속여 1인용 지옥 같은 방으로 몰아넣는 동시에, 고통의 피해자들에게 눈물을 모아 둘 위엄 넘치는 공공 대리석 싱크대를 제공해 극히 섬세한 위안을 안겨 주는 것은 실로 어마어마한 일이리라. 그러나 나는 그 일을 실행에 옮기지 않았다. 그 후로 나는 병에 걸려 항암 화학 요법 치료를 받고서 약물 부작용 때문에 쉼 없이 눈물을 흘렸고, 내 눈물은 내가 어떤 감정을 느끼고 있건, 내가 어디에 있건 막무가내로 두 눈에서 뚝뚝 떨어졌다. 나는 그때를—괜찮다며 스스로를 설득하려 한 내 정신의 노력을 내 육체의 슬픔이 무시해 버린 몇 달을—데카르트적 통곡의 시기라 칭했고, 슬프건 슬프지 않건 시시각각 눈물을 흘렸으며, 나 자신이 민망한 이동식 공공 눈물 사원 그 자체가 되어 버렸다. 그러자 통곡을 위한 사원을 세울 필요가 없어졌다. 나 자신이 사원이 되어 버렸으니까. 나는 누가 되었건 혼자서 고통스러워해야 하는 상황 자체가 늘 싫었다.

2

나는 고통의 반의어가 아름다움이라도 되는 양, 미술관의 장식 미술 전시 공간을 거닐면서 암 파빌리온의 수액 걸대를 보자르풍 샹들리에로 바꿀 만한 방법이라든가, 배액 주머니를 만화경 못지않게 다채로운 그리스 항아리처럼 치장하는 방법이라든가, 요란하게 장식된 눈물 그릇과 독성 물질 배수 체계가 마련된 곳에서 항암 화학 요법을 받은 환자가 감정은 덜 느끼되 눈물은 무한히 흘릴 수 있도록 해 주는 방법 따위를 노트에 기록했다.

이것은 노트 기록과 감정의 분출을 바탕으로 작성한 고통에 관한 논문이자, 무상주의자ephemeralist의 어중간한 문학을 기리며 무상한 감각으로 세운 기념물이다. 그동안 나는 이 논문에 붙일 부제의 목록을 작성했다. 생태 시학으로서 훼손된 신체, 칸트적 비판으로서 참을 수 없는 고통, 비통한 플라스틱, 에로스의 부재, 고통의 역설적인 민주주의, 형식적인 감정의 총량, 유방 절제 흉터가 새겨진 모든 피에타, 생물학적으로 부정당한 사회적 끈기의 절정, 병인 관련 형용 어구들, 종양 초현실주의, 서사시 이론으로서 봉합, 봄에 대한 인격화—

『동물 생리학, 또는 유기체 생명의 법칙』*Zoonomia,*

or the Laws of Organic Life, 1794에서: "연민은 우리가 비참함을 목격할 때 경험하는 고통이다"
내 일기에서: "사그라들지 않는 비참함"
트위터에서: "잔해들의 움직임을 담아낸 에세이를 상상할 수 있나요?"
알퐁스 도데의 『고통의 땅에서』*In the Land of Pain*, 1888에서: "고통이여, 너는 필시 내 전부일지어다. 너로 인해 나로서는 디뎌 보지 못할 이국의 그 모든 땅을 네 안에서 찾을 수 있게 해 다오. 내 철학이, 내 과학이 되어 다오."

나는 어떤 철학도 없이 고통에 관해 쓰고 싶었다. 고통에 관한 교육과 그 교육의 정치적 쓸모를 자세히 설명하고 싶었다. 그러나 문학에서 고통은 대체로 문학을 배제한다. 그리고 현 정치에서 고통은 우리로 하여금 그저 고통의 종결을 애원하도록 종용하는 경우가 많다.

진실 혹은 거짓:

1 철학에서 고통은 고통의 새에게서 뽑아낸 깃털 한 올이다.
2 문학에서 고통은 고통의 서書에서 분리한 색인이다.
3 영화에서 고통은 나무지 결코 도끼가 아니다.

고통에 관한 어떤 고찰이든 현상학 속에 둥지를 틀기 마련이라는 설이 있지만, 현상학은 대체로 고통의 극히 일부만 적당히 떼어 내어 그 일부를 보편적인 완전체로 공언해 버리는 수준에서 그친다. 그 완전체 속에서 '내 몸'은 '몸'으로 변한다. 정서적 고통이 육체적 고통을 집어삼킨다. 마치 육체적 고통이 정서적 고통을 집어삼키는 일은 사실상 불가능하다는 듯이. 마치 우리가 매일 또는 매시간 또는 매분을 어떻게 보내는지, 우리가 일을 하긴 하는지, 한다면 어떻게 하는지, 우리가 숨을 쉬거나 잠을 자거나 사랑을 하기는 하는지, 한다면 어떻게 하는지를 결정하는 것은 우리 몸속 고통이나 그런 고통의 부재가 아니라는 듯이. 그러고 나면 먼지로 구성된 하나의 담론을 따르는 먼지 입자처럼, 이미 명백히 추상적인 것이 더한 추상화 과정을 향해 유유히 나아간다.

역사의 현시점에 막대한 고통에 시달리는 보잘것없는 존재가 된다는 것은, 몸속에서 벌어지는 일을 대부분의 사람이 그저 보고만 싶어 할 때 그것을 체감하는 사람이 된다는 것을 의미한다.

엑스선 촬영 기기처럼 몸속의 까다로운 수수께끼를 훤히 비추는 해설적인 고통이 있다. 은유가 되는 고통이 있고, 정경正經처럼 독해되는 고통이 있다. 이에 더해 하찮은 고통이랄까 꾀병을 부리는 방종한 고통이, 이미지보다는 텍스처에 가까운 고통이 있다. 그리고 치유가 불러일으키는 서사시적인 고통이 있다.

이 책이 일종의 철학서였다면, 나는 우리가 고통을 이해하지 못하도록 가로막는 것은 다름 아닌 고통이 만들어 내는 스펙터클한 광경이라고, 고통의 겉모습만으로는 고통을 충분히 알 수 없는 노릇이라고, 역사의 현시점에 고통을 이해한다는 것에 결부된 문제는 시각이 발휘하는 일반화 효과와 시각으로 포화된 시장 상태에 있다고 주장했겠지만, 나는 1) 철학자가 아니고 2) 사실 잘 알지도 못한다.

내 고통을 적나라하게 담아낸 작법은 이런 것이었다.

> 어떻게사 람이 이런 식로으 살 수 있나 싶은 나날이 드디어 지나갔다 말도 안 되는 식이긴 했어도 얼굴에 나를 려격해 주는 빛이 비치고 나는 조언 을 다랐따 비타민 d를 더 챙겨 먹고 햇빛을 전부 속일 거다 어젯밤 불타던 세상 나는 그토록 당한연 고통 속에서 잠자고 있었고

진실 혹은 거짓:

1 고통은 사람을 무력화시키듯 사전도 무력화시킨다.
2 고통은 형용사들이 집합한 추한 모임이다.
3 고통을 칭하는 모든 단어는 늘 우리가 아직 이해할 수 없는 언어로 되어 있다.

고통과 관련해 널리 공유되는 생각은 고통이 "언어를 파괴"한다는 점인 듯하다.[1] 그러나 고통은 언어를 파괴하지 않는다. 고통은 언어를 변화시킨다. 뭔가가 어렵다고 해서 불가능한 건 아니다. 고통을 야기하는 모든 것을 지칭할 어휘가 영어에 존재하지 않는다고 해서 앞으로도 그러리란 법은 없으며, 다만 영어 사전을 발명해 낸 시인과 시장터 들이—고통과 관련해서는—아직 필수적인 업무를 끝마치지 못했을 뿐이다.

1 Elaine Scarry, *The Body in Pain: The Making and Unmaking of the World*, New York: Oxford University Press, 1985[『고통받는 몸: 세계를 창조하기와 파괴하기』, 메이 옮김, 오월의봄, 2018].

이렇게 한번 생각해 보자. 고통의 형언 불가능성을 말하는 목소리는 역사적으로 특수하고 이데올로기적인 주장이며, 고통이 말로 표현될 수 없는 대상으로 널리 알려지게 된 이유는 우리가 우리의 진짜 기분을 표현할 언어를 공유하지 못하게 하기 위함이었다고.

고통의 형언 불가능성을 주장하는 사례 중 하나는 한나 아렌트의 『인간의 조건』에서 찾아볼 수 있다. 그 책에서 아렌트는 고통을 모든 경험 중에서도 "가장 사적이면서 가장 전달할 수 없는" 경험이라고 설명한다. 그리고 고통은 "'인간 집단 속에 존재하는' 삶과…… 죽음 사이의 진정한 경계 경험borderline experience"이라고 부연하면서, 이 경험의 주관성이 무척이나 강한 탓에 고통은 조금도 표출되지 않는다고 주장한다.[2] 고통에는 전달 가능성이 결여되어 있다는 이 철학적 이치를 살아 있는 생명체가 고통받는 모습을 목격한 각자의 경험과 한번 대조해 보자. 내가 아닌 다른 존재가 내는 울부짖음, 통곡, 비명, 날카로운 외침, 흐느낌 등은 전혀 모호하지 않다. "그렇게 하면 아파!", "고통스러워", "거기가 뜨거워", "여기가 쑤셔" 같은 말이나 "악!", "아야!", "쌍!" 같은 감탄사 또한 대체로 부인할 수 없는 명백한 고통의 표현이다. 개나 고양이도 고통을 느끼면 별반 다를 바 없는 방식으로 표현한다. 얼굴에 만연한 고통스러워하는 표정을—인간 얼굴이 아니라 할지라도—만족스

2 [옮긴이] 한나 아렌트, 『인간의 조건』, 이진우·태정호 옮김, 한길사, 2015, 103~104쪽.

러워하는 표정으로 착각하기란 불가능하다. 찡그린 얼굴, 괴로움에 잠긴 표정, 줄줄 흐르는 눈물, 부득부득 갈리는 이빨도 얼마든지 속내를 드러내 주며, 가령 '고통받는 표정'은 흔한 관용 표현으로 쓰이기도 한다.

타인의 고통이 너무나도 요란하고 너무나도 생생하게 표현되는 통에 그 고통을 멈추고 싶어지는 충동은 타인의 고통을 끝내 버릴 수만 있다면 뭐든 하려고 달려드는 기세로 발현될 때가 많은데, 이런 일이 벌어지는 이유는 바로 고통이 공감에서 기인한 '도저히 참을 수 없는' 불편함을—때로는 성가심의 형태로, 때로는 불안의 형태로, 때로는 동정의 형태로—경험하게 만들기 때문이다. 내 주변 다른 생명체를 괴롭히는 고통을 끝내 버리고 싶다는 이 충동은 참으로 강렬해서, 고통의 목격자는 고통의 당사자에게 더 극심한 고통을 가해야 할 것 같은 압력을 느끼기도 한다. 어른이 아이에게 계속 그러면 '혼쭐을 내겠다'며 협박해 조용히 하도록 만드는 것처럼 말이다. 고통은 몹시도 쉽게 전달되며, 실제로 고통의 과잉 표현성hyperexpressivity에 대한 반응을 들여다보면 극심한 폭력의 원인을 발견할 수 있기도 하다. 사디스트들에게 보상을 안겨 주는 것은 고통의 명료성이다. 고통이 고요하고 감춰진 무언가라면, 고통을 가하도록 부추기는 유인책 같은 건 아예 존재하지 않을 것이다. 고통은 실로 과도한 표출을 가능케 하는 조건이다. 고통은 일종의 형광성 감정이다.

거의 쉼 없이 지속되고, 종을 초월하고, 보편적인 전달 가능성을 지닌 고통의 속성을 고려하면, 고통이 전달 불가능하다는 주장은 거짓말이나 다름없다. 결국 문제는 고통이 소리를 내거나 표출될 수 있는지 아닌지가 아니다. 문제는 고통이 소리를 내거나 표출될 수 없다고 주장하는 이들이 과연 고통이 전달하려는 메시지에 관심이 있기나 한지, 그리고 고통을 전달하고 있는 몸이 과연 누구의 것인지다. "동정은 고통을 목격하는 동물이 고통을 당하고 있는 동물과 마음속으로 하나가 되면 될수록 더욱 강해질 것"이라고 믿은 루소는 고통받는 자들에게 반응하지 않는 것이 철학자들의 독특한 특징 중 하나라는 가설을 세웠다. 루소는 『인간 불평등 기원론』에서 "인간을 고립시키는 것은 철학"이라면서 "철학 덕분에 인간은 고통을 겪고 있는 사람을 보고 '너는 죽고 싶으면 죽어라, 나는 안전하다'라고 몰래 중얼거린다. 철학자의 단잠을 깨워 침대를 박차고 일어나게 하는 것은 사회 전체에 걸친 위험들밖에 없다"라고 쓴다.[3]

인터넷에서 고통은 해석학과 시간에 관한 게시판 글 모음이다.

3 [옮긴이] 장-자크 루소, 『인간 불평등 기원론』, 주경복·고봉만 옮김, 책세상, 2003, 82~83쪽.

쥘리앙 테프는 1935년에 『비정상에 대한 옹호: 돌로리스트 선언』*Apologie pour l'anormal ou Manifeste du dolorisme*을 통해 고통을 긍정하는 돌로리스트[4] 운동을 시작했다. 건강한 자들의 횡포에 맞서 고통의 교육적 가치를 강변하면서 테프는 개개인을 물질성으로부터 해방했으며 고통을 명료화할 기회를 제공했다. 테프는 이렇게 썼다. "나는 극심한 괴로움, 특히 몸에서 기인한 괴로움이 순수한 이상주의의 발전을 추동하는 완벽한 동기라고 본다."[5]

때로는 고통을 영웅시하는 것이 고통에 대처하는 유일한 길이지만, 그런 길을 따를 때조차도 고통의 가치화valorization보다는 고통의 교육에 가까워져야 한다.

4 [옮긴이] dolor는 라틴어로 '고통'을, dolorist는 고통의 가치를 찬양하는 '고통주의자'를 의미한다.
5 Roselyne Rey, *The History of Pain*, Cambridge, Mass.: Harvard University Press, 1998.

나는 어떤 사람이 고통받는 타인의 감각 중추에 일시적으로 머물 수 있는 몸-관광 또는 신체-교환을 상상해 보았다. 그런 상황에서 느낄 수 있는 감각을 열 단계로 구분하면 이렇다.

1 손톱과 발톱이 살갗에서 서서히 분리되는 정교하고 불안한 날것의 고통
2 인위적인 자극에 의해 생성된 혈구가 들어차 뼈가 확장될 때의 몹시 괴롭고 밀도 높은 고통
3 염증으로 열기가 오른 몸이 매트리스에 닿을 때의 푹신하고도 응집된 고통
4 병적으로 감각에 치우친 몸에 옷이 걸쳐질 때의 묵직하고 고단한 고통
5 팔, 가슴, 살집 많은 허벅지, 손등, 손목 안쪽을 찌르는 바늘과 정맥 주사가 안팎을 동시에 기습해 오는 고통
6 고통을 유발하는 약물이 퍼져 나갈 때 온몸이 서서히 타오르는 듯한 고통
7 피하 이식 장치들이 근육과 피부에 응당 야기하기 마련인 생경한 고통

8 또는 죽어 가는 신경 종말이 전기 작용에 의해 삽시간에 끝을 맞이하는 고통

9 또는 구강 점막에서 느껴지는 생생한 날것의 고통. 독으로 인해 인대, 치아, 힘줄, 관절, 근육이 부어 오르고 자연히 얼굴은 무표정이 되는 비참한 고통. 약물로 유도된 세포 자살이 정신을 좀먹어 가는 고통. 죽어 가는 모낭으로 인해 사방팔방이 쑤시고 근지러운 고통 등등등.

10 공황 상태에 빠질 정도로 모든 것이 부적합한 상황, 새로운 감염 위기—

고통받는 내 몸에 당신을 초대하는 행위는 차원 이동에 관한 세미나에 초대하는 행위에 더 가까울지도 모른다. 고통이란 고통이 끝나길 바라는 절박함으로서만 간신히 존재하는 어느 장소를 경험하는 것이기에, 고통 속에서 공간적인 것은 시간적인 것이 된다.

이 세상을 감각과 감정 그리고 그런 감각과 감정을 둘러싼 생각을 규율하려는 일종의 전략적 체계로 보는 관점에 사로잡히고, 이 세상을 거대한 거짓이라는 뚜껑 하나로 덮여 있는 활활 끓어오르는 냄비로 여기고, 이에 대한 해결책은 다르게 느끼고 다르게 감각하고 새로운 방식으로 생각하는 법을 배우는 것에 있으며 그러면 거대한 거짓이라는 뚜껑이 뻥 하고 열려 진실이라는 물이 이데올로기라는 냄비 밖으로 철철 넘쳐흐르리라고 기대하는 것은 쉬운 일이었다. 아무렴, 어쩌면 우리 자신이 자유로운 존재라고 판단하는 것만큼이나 쉬운 일이었다.

그러나 두 손을 창공에 띄워 둔 적이라곤 일절 없었던 나는, 흙을 믿었다. 피는 위를 향하고 별들은 아래를 향하지 않고, 대뇌 변연계 유물론, 눈물을 흘리는 페미니즘, 감각을 부정적으로 교육하는 행위로서의 폭력, 떼 지은 무리, 지구를 구성하는 재료와 물질 환경과 물체의 배치, 우리에게 속한 것과 그것을 손에 넣는 방법, 침투로 인한 변이, 반계몽을 설파하는 계몽주의자, 하위 역사들, 잘못된 독해, 그 자체의 모습으로 지각되는 경우가 거의 없는 모든 것, 빗자루에 입혀진 검은 드레스들, 가침성可侵性, 인식론적 가능성을 최대로 허용하는 문학 또한……

우리는 우리 자신이 자유로운 존재라고 생각할 수 없지만,
그것이 교육을 받지 않을 이유가 되지는 않는다.

나는 클리닉에 대한 우화를 짓고, 그다음에는 그 우화를 기념비적인 작품으로 만들고 싶었다. 몸을 가진다는 것에 관한 가르침을 어느 정부 기관 잔디밭에 심을 수 있기라도 한 것처럼.

자, 여기에 아프다는 사실을 모두가 알고 있지만 담당자들은 하나같이 아프지 않다고 말하는 첫째 바늘이 있다. 그리고 아플 수 없다는 사실을 모두가 알고 있지만 이런저런 일을 겪어 본 누군가는 별수 없이 아픔을 느끼는 둘째 바늘이 있다.

첫째 바늘:
항암 화학 요법 치료를 받는 환자들은 대체로 케모 포트 위에 도포할 마취 크림을 처방받는다. 마취 크림의 목적은 환자 가슴에 커다란 바늘이 삽입될 때의 고통을 견딜 만하게 해 주는 것이다. 마취 크림이 삽입의 고통을 줄여 준다는 것은 명백한 사실일 수 있지만, 그래도 고통은 여전하다. "아파요." 내가 간호사들에게 이렇게 말하면, 마취 크림의 효과를 신뢰하는 그들은 한결같이 아프지 않다고 말한다. "진짜 아프다니까요"라고 나는 말한다. 고통에 반응

하는 내 몸이 눈에 훤히 보이는데도 바늘은 아무런 고통도 (또는 '압력'도) 야기하지 않는다고 말하는 간호사들에게 나는 "내 가슴에 커다란 바늘을 꽂았잖아요"라고 거듭 상기시킨다. 내가 치료를 받기 시작한 항암 약물 투여실은 개방된 공간이었다. 그러니까 모든 환자와 그런 환자를 돌보는 모든 보호자가 서로를 빤히 쳐다볼 수 있었다. 그곳에서는 병든 환자들이 점점 더 병들어 갔는데 암 치료의 비뚤어진 논리에 따르면 점점 더 호전되고 있는 것이었다. "당신 말이 맞아요"라고 나와 같은 처지에 있던 한 여성 환자가 나를 바라보며 말했다. "정말 아파요"라고 앳된 티를 벗은 자식들에게 둘러싸인 한 남자가 말했고, 그러자 우리 환자들은 우리에게 고통을 주고 있으면서도 정말로 우리를—우리 모두를—아프게 하는 것이 실제로는 전혀 아프지 않다고 말하는 사람들이 다시는 그 말을 입 밖에 내지 못하게 하려고 겉보기에 아파 보이는 것이 실제로도 정말 아프다고 입 모아 말하기 시작했다.

둘째 바늘:
과학을 믿어 보려 했지만 그런 노력이 무색하게도 고통은 여전했다. 나는 두 눈을 감은 채 간호사에게 때를 알려 주지 말라고 요청했지만, 가슴을 덮고 있는 피부를 바늘이 찌를 때마다 내 몸은 움찔했고 입에서는 새된 비명이 튀어나왔다. 조직 확장기를 이용한 유방 재건술은 고통이 상당한 수술로 널리 알려져 있으며, 향후 아편 중독 가능성이 명시된 수술 동의서에 서명하는 과정도 거쳐야 한다. 그러나 실제 경험해 본 유방 재건술의 고통은 길고 따분한 종

류의 고통이었고, 클리닉 안에서 느낀 고통보다도 근육과 피부를 확장하는 수술을 받고 하루나 이틀 후에 클리닉 밖에서 느낀 고통이 더 심했다. 구체적으로 내가 느낀 고통은 양측 유방 절제술 이후에 가슴 근육 밑을 박리해 삽입한 딱딱한 플라스틱 확장기의 금속 피하 포트로 바늘이 들어갈 때의 고통, 사실상 느낀다는 것이 불가능해야 마땅하나 즉각적으로 느껴지는 고통이었다. 내 가슴 아래의 신경들은 유방 절제술을 받을 때 이미 끊어진 상태였다. 더욱이 피부 근처에 있는 신경들은 죽을 수밖에 없다고, 어떤 환자가 수술을 받든 그 신경들은 99퍼센트 확률로 죽는다고 의사들은 말했다. 그러나 내게 두 눈을 감으라고 한 다음 몰래 바늘을 몇 번씩 찔러 넣으며 테스트해 본 진료실 내 의사들과 여타 의료진은 내 고통을 눈으로 볼 수 있었고, 그렇기에 그 고통을 믿었다. 실로 비과학적이고 불가능한 고통을 그 전까지 한 번도 본 적 없던 그들 중에서 내 고통을 설명할 수 있는 사람은 아무도 없었다. 조직 확장기에 생리 식염수를 주입하는 과정을 보기 위해 들어온 의대생들은 각자의 필요를 충족하고자 그 불가능한 고통(내가 느끼는 불가능한 고통)이 작용하는 장면을 지켜보았다. 매주 확장 수술을 받을 때마다 내가 가슴에서 느낀 고통은 일종의 약삭빠른 유령이었고, 마치 어떤 시공간에서든 아무런 느낌을 불러일으키지 않는 고통에도 빈틈없이 완벽한 반응을 보일 수 있을 정도로 철저한 기억을 갖춘 환상감각 같았다.

모든 절단 부위는 '내가 그리워하는' 환상이 두 번 다시 찾아오지 않을지도 모른다는 감정을 품은 채, 유령과 마찬가지로 영원히 지속되는 삶을 살게 된다. 내가 잃고 만 신체 부위들은 가시적인 세상에 공감하는 비가시적인 장소였다. 폭력 행위, 폭력 행위의 재현, 얼굴의 찡그림, 타인의 얼굴에 떠오른 아파하는 표정은 더 이상 존재하지 않는

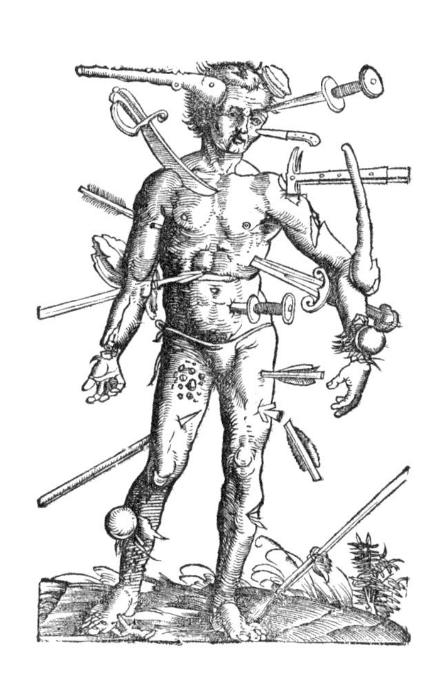

내 신체 부위들에 거울상처럼 똑 닮은 감각을 불러일으켰다. 더는 존재하지 않는 부위에서, 나는 타인의 부위를 느꼈다. 우스꽝스러운 엉덩방아라든가 영화 같은 총격전, 잔뜩 불만을 품은 학생, 트위터에서 불평을 늘어놓는 사람, 기진맥진 상태인 노동자, 발끝을 어딘가에 부딪힌 누군가, ISIS에 관한 뉴스, 드론에 관한 뉴스, 경찰에 관한 뉴스 모두 내게 그런 감각을 불러일으킬 수 있었다.[6]

6 「부상자」The Wound Man는 흔하게 벌어지는 사고와 부상을 설명하기 위해 활용되는 해부학 그림으로, 1491년 의학 텍스트에 처음 등장했다. 이 책에 실린 부상자 삽화는 한스 폰 게르스도르프의 『외용 약제에 관한 야전서』*Feldtbuch der Wundartzney*, 1519에서 발췌한 것이다. 부상자는 몸 곳곳에 부상을 입은 상태임에도 언제나 똑바로 선 자세로, 살아 있는 모습으로 그려진다.

그때 내가 어떤 사상가였는가 하면, 오른쪽 팔이 아픈 건 왜 그런지 모르겠지만 가슴이 아픈 건 왜 그런지 알겠다, 라고 생각하는 사람이었다. 병에 걸려 있었을 때 내가 고통을 느낀 데는 그럴 만한 이유가 있었다. 고통은 내 몸이 분별력을 발휘한 결과였던 것이다. 나는 토막 나고, 독을 투여받고, 적출당하고, 절단당하고, 이식받고, 찔리고, 쇠약해지고, 심하게 감염된 상태였고, 종종 이 전부를 한꺼번에 경험했다. 그리고 나는 내 고통에 대한 분별력을 가진 사람이었기에, 고통받는 내 삶과 고문당하는 자의 고통스러운 삶을 구별해야 한다는 사실을 알고 있었다. 그러나 고문에도 나름의 이유가 있는 건 마찬가지다. '정치체'the body politic라는 비유가 존재하고, 그런 정치체가 문제를 해결하고자 정보를 추출할 때의 해로움도 존재하지 않는가. 고문을 가하는 자들은 늘 고문이 그 자체로 분별력 있는 행위라고 주장하면서 안전이나 자유나 신이나 정의로움이나 기타 미심쩍은 미사여구를 명분으로 고문을 가하지만, 니로시는 그들이 고통을 가하는 행위에 어떤 의미가 있다고 해서 고문당하는 사람이 느끼는 극단의 고통이 줄어들리라고 생각하기가 어렵다. 암 환자는 자신에게 벌어진 일이 어째서 벌어질 수밖에 없었는지를 스스로 설명할 수 있지만, 그렇다고 해서 토막 나고, 독을 투여받고, 적출당하고, 절단당하고, 이식받고, 찔리고, 쇠약해지고, 감염되고, 종종 이 전부를 한꺼번에 경험했을 때 느낀 감정이 해소되는 경우는 드물다. 게다가 고문이 시간의 과도한 왜곡을 통해 도구화된 고통이라면—고문의 효과 중 일부는 그 고문이 절대 끝나지 않을 수도 있다는 거짓말에서 나온다—암 치료는 '죽어 감'이라 불리는 시간의 과도한 왜곡 속에 존재하는 탈도구화된 고통인 경우가 흔하다. 물론 암 치료가 내 경우처럼 무사히 끝날 때도 있고, 그러니 가끔 치료가 끝나지 않은 것 같더라도 그건 느낌에 불과하지만, 그러면서도 너무 많은 이의 삶에서 영원히, 즉 적어도 죽기 직전까지 지속될 수 있다는 점에서 암 치료는 끈질기고 만성적이기도 하다.

내가 느끼는 고통에 점수를 매겨 보라는 말을 들을 때마다 나와 친구들은 고통을 표현할 대체 어휘를 담은 소책자를 제작해 대기실에 슬그머니 비치해 둘 계획을 세웠다. 고통의 새로운 언어를 제시하는 그 소책자는 대부분 에밀리 디킨슨의 시로 구성할 생각이었다. 당신의 고통은 1~10점 중 어디에 위치합니까?

341 크나큰 고통이 지나가면 굳은 감정이 온다 X
477 절망을 에워쌀 수 있는 사람은 없다 X
584 더는 나를 아프게 하지 않았다 X
599 지극히 온전한 고통이란 게 있다 X
650 고통 속에는 공허의 시간이 흐른다 X
761 공허에서 공허로 X
1049 고통은 다만 하나만 알며 그건 바로 죽음이다

어떤 꿈에서 나는 자기 안에 시신의 일부를 갖고 있는 이들을 위한 치료실에 있었다. 그곳에서 제공되는 치료는 자기 안에 시신을 갖고 있는 사람이 아니라 그 시신을 위한 것이었다. 내 안에 있는 시신은 산전수전 다 겪은 한 여자의 몸이었다. 그 여자의 가슴은 라디에이터로 사용되기도 했고, 그 여자 몸의 몇몇 부위는 트럭 뒤에 실려 곳곳을 누볐으며, 그 여자는 수상쩍은 장소들에서 장난감처럼 노리개 취급을 받았다. 내 안에는 그 여자의 시신 중에서도 몇 제곱인치 정도밖에 되지 않는 일부 부위만 들어 있을 뿐이었지만, 몸속에서 차오르는 고통과 부기는 내가 무엇에 저항하고 있는지를 여실히 보여 주었다. 라이프셀LifeCell('합병증 없는 수술'이라는 비전을 내세우는 기업)은 유방 삽입물을 지지하는 걸이sling로 사용되는 멸균된 사체 피부[7]를

7 이 사체 피부는 장기 또는 조직 기증자를 통해 얻는데, 기증자 중 상당수는 자신의 조직이 채취된 즉시 라이프셀 등 영리 추구 기업을 통해 밀매된다는 사실을 알지 못한다. 라이프셀은 양측 유방 재건술에 쓰일 사체 피부를 동일한 기증자에게서 채취할 것이라고 약속하지만—따라서 내가 이식받은 사체 피부 두 조각은 한 명의 기증자에게서 채취한 것이다—알로덤은 암 환자 및 기타 환자를 위해서만이 아니라 질병과 무관한 미용 수술 환자에게도 쓰일 수 있다. 피부 조직을

'알로덤'Alloderm이라는 명칭으로 부르는데, 그것이 명목상 얼마나 위생적이든, 내 몸속에 죽은 자의 파편이 이식된 후 사체 피부가 광범하고도 반복적인 공포를 불러일으키면서 내가 꿈꾸었던 2015년 4월의 삶을 뒤덮어 버리는 걸 막을 도리는 없었다.

때로 나는 나 자신을 '병든 사람'이라고 칭했고, 병들지 않은 다른 모두를 '미래에 병들 사람'으로 간주했다. 또한 이 세상이 현재 병들어 있는 사람과 현재 자신이 건강하다고 생각하는 사람으로 구성되어 있다는 생각도 했지만, 사람들을 이 두 범주로 나누는 것은 그리 쉬운 일이 아니었다. 확신하건대 나는 내가 알아차리기 전부터 병든 상태였다. 질병이 일종의 공간이고 고통이 일종의 지속 기간이라 한다면, 둘 중 무엇도 하나의 정체성이 될 수 없다.

통해 수익을 얻는 산업은 음지에서 암암리에 성행하고 있지만, 2017년 '신체 거래'를 주제로 탐사 보도를 한 『로이터』는 미국 내에서 인간의 사체를 판매하는 행위가 대체로 불법으로 간주되지 않는다고 지적한다. 산업계 추정치에 따르면 기증된 피부 조직은 매년 수백만 달러의 수익을 창출하고 있으며, 기증자의 보호자에게는 그중 단 1달러의 수익도 돌아가지 않는다. www.reuters.com/investigates/section/usa-bodies/.

항암 화학 요법 치료는 '죽음에 대항하는 죽음'의 모더니즘이다. 수술은 계몽이다. 재건은 시기별 흐름에서 벗어난 단계—부재不在에 대항하는 의술—로, 이를테면 작물들이 생장하는 것이 아니라 최근에 염류화된 토양에서 불쑥 출현하는 것과 같다. 장애는 역사에 속하지 않는 무언가이자, 누군가가 승리 없는 고통이라는 그래피티를 새겨 둔 세븐 일레븐 매장이 되어 버린 전장이다.[8]

8 고통의 전달 경로를 보여 주는 삽화로, 철학자 르네 데카르트의 『인간론』*L'Homme*, 1664에서 발췌.

고통에 관해서라면 적어도 고통이 "쓸모없는" 것이라는 말은 할 수 있어야 한다고 철학자 에마뉘엘 레비나스는 썼다. '쓸모없는' 것이라는 말은 사람들이 시를 두고 하는 말이기도 하다.

고통이 시와 같은 것이라면, 내 고통은 선정적이고, 정의롭고, 고스goth적이면 좋겠다.

고통을 그려 보라고 하면 내 학생들은 대체로 어설픈 낙서나, 아스피린 광고를 보고 모방한 도형이나, 문장 부호를 그린다.

느낌표는 쓸모 있는 편이기는 하지만, 고통은 지속 기간, 규모, 위치, 관계, 변화, 분열, 역사, 온도, 촉각, 기억, 패턴, 압력, 공감, 형식, 목적, 참고 문헌, 원인, 경제적 의미, 망각, 차원, 범주, 효과 등을 통해서도 표현될 수 있다.

기억 상실은 고통의 부통령이자 철학의 어머니다. 철학은 한 가지 사실을 자주 망각하는데, 그건 우리 중 소수만이 대부분의 시간을 한 명의 개인으로 보낸다는 것이다. 어떤 동일성이든 아픔을 줄 수 있는 것처럼, 그런 비동일성도 아픔을 줄 수 있다.

우리는 서로의 구멍을 드나들거나 새로운 구멍을 만들어 낸다. 우리는 서로를 절개해 거기에 쓸모없어진 DNA 조각들을, 우리의 연인과 우리의 어머니와 우리의 아이들 몸에 버려진 진화론의 고문서 쪼가리들을 남겨 둔다. 우리 다수의 몸은 타인들이 때로는 살았던, 때로는 죽은 장소다. 우리가 타인 몸에 들어갔다가 나오고 타인이 우리 몸에 들어왔다가 떠나 버린다는 사실, 우리가 지각 있는 타인 손에서 태어나고 그보다 더 지각 있는 타인들이 우리 주변에 구축해 놓은 환경에서 태어나고 그런 곳을 제외한 세상의 나머지 공간에서 태어난다는 사실은 우리에게 아픔을 줄 수 있으며, 더군다나 우리 모두 고통을 느낄 수 있는 존재이므로 실제 아픔은 더 심할 것이다.

문학이 지닌 의도치 않은 목적 가운데 적어도 한 가지는 우리의 비동일성을 상기시키는 것이다. 내가 고통이 줄줄 새는 민주주의를, 끔찍한 느낌에 시달린 자들이 공유하는 전망을 기록해 두려 한 것도 바로 이 때문이다.

고통의 교육을 접하기 전까지만 해도 내게 고통은 국부적인 것이었다. 단순한 인생의 단순한 고통, 부분 부분에 한정된 흔하디흔한 고통, 장기나 사지, 정체성 같은 것이 존재한다는 사실을 믿게 해 주는 일종의 부차적이고 일상적인 고통.

내게 새로이 불어닥친 재앙이 가르쳐 준 바는 몸속의 모든 세포와 그 세포들 안에 존재하는 미토콘드리아를 한꺼번에 느끼는 것이 가능하고, 갓 인식하게 된 부위들에서 마치 난장판처럼 펼쳐지는 무수한 감각을 느끼는 것도 가능하며, 게다가 그런 감각들이 은밀한 공모 관계를 맺고서 일련의 앎을, 즉 '팔'이라 불리는 것은 도시나 전쟁이나 눈사태 같은 실상을 덮어 버리는 거짓이요, '겨드랑이'라 불리는 것은 모든 부스러기와 말라 가는 산호초를 고의로 은닉해 버리는 장소요, '몸'이라 불리는 것은 살갗의 끝에서 끝나지 않으므로 유럽도 계몽도 틀렸음을 입증해 주는 증거요, '은유'라 불리는 것은 이제야 예민하게, 또한 한꺼번에 감각할 수 있게 된 고뇌의 양과 다양성을 설명할 수 없는 제한적인 기법이라는 앎을 뒷받침하고 있었다는 사실이다.

나는 지도 그리는 법을 배워 그런 앎을 지도에 표현하고 싶었다. 언젠가는 온갖 형태의 고통이 펼쳐지는 몸속의 지옥 같은 지형과 그곳의 도시, 전쟁, 농업 혁신, 지리적 요인에 따른 폭발 현상을 담은 차별화된 지도책을 펴낼 생각이다.

그러나 고통을 일종의 영토로 묘사하는 것은 고통을 일종의 형이상학으로 묘사하는 것만큼이나 잘못일 것이다. 고통 속에는 탐사해야 할 무언가만 있을 뿐, 정복해야 할 대상 같은 건 없다. 신경 속에는 아무 제국도 없다.

내게 고통의 교육은 불가사의한 힘으로 착각되기도 하는 감각을 근본적으로 물질화하는 것이자, 더는 존재하지 않는 것이 존재했던 공간에서 타인의 고통을 느끼는 것이었다. 고통에 관해서라면 누구나 늘 혼자라는 말은 거짓이라고 나는 생각한다. 언어가 고통을 저버린다는 말도 또 하나의 거짓이다. 고통을 저버리는 것은 역사고, 언어를 저버리는 것도 역사다. 그러나 역사의 진실은 언어의 진실이기도 한데, 그 진실이란 모든 것은 언제나 변하며 변화는 머지않아 찾아오리라는 것이다. 감각을 느끼는 모든 몸은 내일은 오늘이 아님을 상기시킨다. 어쩌면 고통을 견디는 건 쓸모없는 일이 아니거나 쓸모없는 일 이상의 무엇일지도 모른다. 말하자면 고통의 교육은 모든 것에 관한 교육이며 아무것도 아닌 것이 전부임을 상기시키는 신호다.

허비한 삶

사랑에 대해 썼던 방식 그대로 소진에 대해 써 보고 싶다. 소진은 사랑과 마찬가지로 언어를 필요로 하면서도 언어를 좌절시키며, 또한 사랑과 마찬가지로 당신이 그것 때문에 죽어 가고 있다는 말을 얼마나 자주 하든 당신을 죽이거나 하지는 않을 것이다.

소진은 나름의 줄거리와 독자층을 확보한 죽음과는 다르다. 소진은 따분하고, 비범함을 요구하지도 않고, 사실상 민주적이며, 열렬한 애호가를 거느리지도 않는다. 소진된 상태로 있으면 실험 문학 속에 들어가 있는 듯한 느낌이 든다.

나로 말하자면 소진되지 않았던 때도 있었지만 어쩌다 보니 소진되어 버렸다. 병에 걸렸고, 그런 다음에는 치료의 후유증으로 인해 소진되었다. 완전히 고갈되는 순간도 경험한 적 있으나 그 순간은 지나갔고, 회복한 뒤에는 어쩌면 영원토록 이어질 '눈곱만큼도 나아지지 않는' 상태가 되어 소진의 밑바닥을 향해 점점 더 침몰했다. 더 이상 자가 수리가 불가능한 상태가 되면 어떤 일이 벌어지는가? 고갈은 죽음을 의미하지 않는다. 그것은 죽음을 제외한 일을 간신히 해 나가는 상태를 의미한다.

소진은 이 몸과 저 몸과 또 다른 몸을 통해 구현된 역사의 최종 결과물이다. 소진이 하나의 주제로서 전에 없던 유명세를 얻게 되었다면, 이는 한때 프롤레타리아 계급의 감정이었던 것이 이제는 프롤레타리아화된 모든 사람이 공유하는 감정이 되었기 때문이다.

소진된 자들은 본인이 원치 않을 때도 늘 안간힘을 쓰고, 안간힘을 안간힘이라고 부르거나 안간힘에 대해 생각할 수조차 없을 만큼 소진된 상태여도 늘 안간힘을 쓴다. 소진된 자들의 안간힘은 애초에 그들을 쉼 없이 가동하도록 만든 기계에 공급하는 연료다. 꼭 행복해야만 삶을 오래 유지할 수 있는 건 아니다.

안간힘은 몸과 함께 분투의 여정을 거침으로써 그 분투의 목적이 지닌 한계를 발견하는 하나의 방법이다. 정말 못 하겠더라도, 해야만 한다. 이제는 하게 될 것이다. 일단은 숨을 고르고, 뭔가를 성취해 낸 다음, 다시 일련의 시도를 해야 한다. 그 시도의 결과가 실패건 낮잠이건 잘못된 결정이건, 오후에 고단백 간식을 챙겨 먹고 자기 존재가 가진 현존하는 한계를 시험해 보면서 시도 그 자체가 목적인 시도를 해야 한다.

소진된 자들은 가소성과 적응성을 갖추고 있다. 그들은 녹초가 된 자기 자신에게 필요한 것을 향해 더 쉬이, 더 많이 휘어진다. 그들은 돌을 주렁주렁 매단 시체가 내던져졌거나 배 한 척이 가라앉았거나 돌고래 한 마리가 수면 위로 고개를 내민 물처럼 흘러가듯 살아간다.

소진된 자들은 한 가지 욕망을 품고 살아간다. 더는 소진되고 싶지 않다는 욕망을. 소진된 자들은 이 한 가지 욕망만 품을 수 있다. 다시 무수한 욕망을 품을 수 있도록 일단 어떤 경우에도 더는 소진되고 싶지 않다는, 소진되고 싶지 않다는 것 외에 자신이 진정으로 욕망하는 것을 욕망할 수 있도록 더는 소진되고 싶지 않다는, 그리하여 사랑이나 예술이나 쾌락을 맛보고, 후회 따윈 없이 생각하고, 무언가를 성취해 내고, 하찮은 것에 안간힘을 쓰다가 서러운 실패에 직면하는 일 이상의 무언가를 해내는 일을 다시 자신의 몸을 통해 실현할 수 있도록 더는 소진되고 싶지 않다는 욕망을.

뭔가를 원할 겨를도 없을 만큼 기진맥진해진 상태에서 겉으로 드러나는 우리의 갈망은 엄밀한 의미에서 우리의 갈망이 아니다. 일찍이 소진된 자들이 자기 내면에서 피어오른 욕망이라고 믿었던 것은 실은 외부에서 싹튼 욕망, 즉 그들보다 앞서 존재했으며 여하간 그들이 아닌 다른 존재의 요구에 의해 싹튼 욕망이었다.

그런데 활력이 있거나 없는 상태 같은 건 추상적인 개념이 아니다. 녹초가 된 탓에 뭔가를 원할 겨를도 없고 부디 더는 녹초가 되고 싶지 않은 상태 또한 추상적이지 않고, 삶의 당사자가 무얼 할 수 있는지와는 당최 무관하게 흘러가는 삶에 하염없이 과잉 집중하는 상태도 추상적이지 않다.

소진된 자들이 소진되는 이유는 생존을 위해 자기 삶의 시간을 팔 뿐 아니라 팔지 않고 남은 시간은 자기 삶을 팔기 위해 준비하는 데 쓰고 그러고도 남은 시간은 자신이 사랑하는 사람들의 삶도 똑같이 팔기 위해 준비하면서 소모하기 때문이다.

개인의 가능성을 규제하지 않는 경제 구역에서는 누구나 마음만 먹으면 무엇이든 될 수 있다는 말을 듣게 된다. 국경 개방 지역인 그곳에서는 피로 따윈 모르는 영혼들을 사고파는 자유 무역이 이루어진다. 그곳에는 일련의 선택지가 무한한 수평선처럼 펼쳐져 있고 각각의 선택지에 어떤 제약이 가해지지도 않는다. 단, 모든 가능성은 어느 가능성의 끝에 도달하고자 자기 자신을 소진하는 각 개인의 능력에 좌우될 것이다.

운명은 난파했고, 그로써 운명이 있던 자리는 주체성으로 대체되었다. 사랑할 자유, 일할 자유, 소유할 자유, 그리고 한 개인의 존재를 구성하는 각각의 요소가 협상 대상이 됨에 따라 사실상 그 개인이 얼마나 소진될 것인지를 유일한 기준으로 직위가 결정되는 다수의 계약 및 하위 계약의 왕국에 진입할 자유로.

그런 자유가 존재하는 곳에서는 모든 펜스의 비가시성이 모든 비가시적인 펜스의 핵심을 이룬다. 한계들 사이에 명확한 한계가 존재하지 않으면, 한계와 무無한계 둘 다 신비화된다. 거기서 수평선들은 가라앉고, 도로와 고속 도로는 누구든 멈추지 않을 재간만 있다면 언제까지나 내달릴 수 있을 정도로 길게 이어지며, 그런 도로를 누비다 소진되는 지점에 다다르면 진짜 펜스를 발견하게 된다.

자유는 정확히 그 지점에서, 그러니까 각자가 자기 시스템이 직면한 실패에 붙들리고, 과거에는 정력가였으나 이제는 소멸 중인 한 마리 동물로 후퇴하고, 자유의 끝을 탐색하다가 모든 자유로운 에너지를 실컷 소모해 버리는 지점에서, 끝나 버린다.

소진된 자들 또는 적어도 그중 대다수는 매일매일 잠자리에서 몸을 일으킨다. 그리고 이렇게 거의 매일 일어난다는 사실은 그들이 느끼는 감정과 그들이 하는 행동 사이에 존재하는 간극을 입증해 준다.

사람은 의지에 따른 선택으로 침대에서 몸을 일으키고자 시도할 수 있고 많은 경우 그렇게 하는데, 일어날 수 없는 상황이라 할지라도 그럴 의욕이 없어서인 경우는 거의 없다. 소진된 자들은 정말 못 하겠다는 마음이 얼마나 크든, 살아있는 상태이기만 하면 쉼 없이 시도한다. 도저히 할 수 없는 시점이 올 때까지 하던 일을 계속하는 모든 사람과 마찬가지로 소진된 자들도 쉼 없이 시도하지만, 소진된 자들은 아직 소진되지 않은 이들보다 단지 더 비참하게 시도할 뿐이다. 살아가려면, 그러기 위해 음식을 먹고 물을 마시려면, 그리고 음식을 먹고 각종 공과금과 세금을 내고 화장실을 이용하고 옷을 입고 사랑하는 이들을 보살피기 위한—노동이나 사랑 같은—방법을 찾으려면, 적어도 가끔은, 몸을 일으켜야만 한다. 소진된 자들이 자신에게 주어진 일을 완수할 가능성은 높은 반면, 고갈된 상태인 만큼 자신이 원하는 일을 할 가능성은 미미하다. 소진된 자들은 죽지 않는다. 죽는다 해도 다른 이들처럼 단 한 번 죽을 뿐이며, 죽음의 원인은 무엇이든 될 수 있다. 소진된 몸은 거의 항상 그릇된 정보를 제공한다. 이 그릇된 정보는 또한 올바른 정보이기도 하다. 이런 식으로 지속될 수는 없는 노릇인데 이런 식으로 지속되고는 있으며 이런 상황이 증명해 주는 것은 살아 있음과 죽어 있음 사이의 애매모호한 경계라는 정보.

살아 있음은 존재하기 위한 분투의 형태를 취한다. 존재하기 위한 분투가 벌어지는 긴긴밤의 기록을 들여다보면, 매시간을 어느 정도 온전히 살아 내는 데 필요한 활기라는 게 매시간 미약해져 감을 확인할 수 있다. 모든 것에 안간힘을 쓰고—그렇기에 소진되고—그 안간힘을 기록으로 남기려 안간힘을 쓰는 사람은 펜을 내려놓을 수조차 없을 정도로 쇠한 나머지 "나는 소진됐다"라고 적는다.

자기 자신이 되려고 안간힘을 쓰다 보면 그런 자신을 소진할 것이라는 말은 기업가 정신의 지배하에 존재하는 인간을 예견하는 요가 철학적 전조다. 현재는 네라는 대답이 울려 퍼지는 신세기이자 무한한 할 수 있습니다의 시대, 별개의 인격을 부여받은 인간의 몸과 지구의 몸이 우리가 내뱉는 마지막 날숨의 위태로운 결을 함께 감각하는 집단적 실존의 시대다.

자기 착취의 아사나asana[1]는 이렇다.

> 먼저 숨쉬기. 다음은 땀 흘리기. 이제 숨쉬기와 땀 흘리기. 그다음은 성취. 그다음은 이메일 발송과 땀 흘리기. 이제는 숨쉬기와 성취와 이메일 발송. 이제 숨쉬면서 일하기. 이제 실패하고 잠자고 숨쉬기. 이제 숨 쉬는 동시에 잠자기를 거부하거나 계속해서 땀 흘리고 실패하고 성취하는 동시에 숨쉬기를 거부하기.

1 [옮긴이] 요가 수행을 하는 동안 취하는 자세를 통칭하는 표현.

존재하기 위한 방법으로서의 소진은 존재하기의 끝을 이루는 지점에 도달할 때까지 모든 활동을 한꺼번에 몰아서 하는 것을 의미한다. 이 일종의 방법으로서의 소진에 뒤따르는 결과는, 우연에 좌우되는 모든 것이 그러하듯, 가능성이다. 일반적으로 이 가능성은 모든 것이 종국에는 소진되어 버릴 가능성을 의미한다.

소진된 자들의 에너지는 연신 허비된다. 흔히 피로에 대한 해결책으로 쓰이는 수면은 소진된 자들을 실망시킨다. 수면은 꿈 작업으로, 한 번의 수면이 더 많은 수면을 불러일으키는 과정으로, 더 많은 수면이 더 많은 피로를 낳고 그렇게 생겨난 더 많은 피로는 아예 영영 잠들지 않는 것만이 해결책이 되는 더 많은 피로를 낳는 과정으로 가득 차 있다.

성인 군자가 남들보다 고통을 견디는 데 능한 자를 의미한다면, 소진된 자들은 허비한 삶의 성인 군자인 셈이다. 매시간이 생물학적 주기를 초월해 증폭되고, 15분이 한 시간의 효과를 발휘하고, 포모도로[2]화되고, 해킹당하고, 포모FOMO[3]에 사로잡히며, 시간 자체가 생산성을 갖추게 되는 등 압도적인 혼란이 만성화된 현시대에, 소진된 자들은 몸

2 [옮긴이] 타이머를 이용해 25분 동안 집중해 업무를 보고 5분간 휴식을 취하는 기법.

3 [옮긴이] Fear Of Missing Out의 약어로, 새로운 정보나 흐름에 뒤처지거나 그로 인해 소외되는 것을 두려워하는 마음을 뜻한다.

과 시간의 빈번한 불화가 초래하는 고통을 남들보다 잘 견뎌 낸다. 소진된 자들은 매분이 금융 제국에 종속된 시간으로 오인되고 있음을, 각각의 몸이 일제히 천 가지 순응의 음악을 연주해야만 하는 악기로 오인되고 있음을 보여주는 인간적 증거다.

우리는 정신을 측정할 수 없다. 정신은 실재하지 않으니까. 혹은 적어도 정신은 물질이 아니니까. 그러나 우리가 우리 존재의 무미건조함을 날카롭게 인식하는 순간이 찾아올 때 정신은 실재하는 것처럼 느껴진다. 다만 어떤 소진된 자가 자신의 내면이 활기 없고 특색 없다고 느끼게 되더라도, 타인에게 그의 육체만큼은 품위 있고, 살아 있고, 생기 넘치고, 더 안간힘 쓰고, 더 부단히 안간힘 쓰며, 더 나아지거나 더 치료되거나 더 열망하거나 더 생산적일 수 있는 몸처럼 보일 것이다.

우리는 결코 정신을 담는 그릇이 아니다. 그 어떤 인간의 몸도 무언가를 측정하는 기준이 될 수 없다. 우리가 한때 얼마나 무한한 존재였는지 혹은 얼마나 무한한 존재가 될 수 있는지는 아무도 알지 못하며, 존재한다는 것이 한때는 어떤 느낌이었고 지금은 그때와 달리 어떤 느낌인지 혹은 우리가 한때는 얼마나 충만한 존재였고 지금은 얼마나 고갈되어 있는지는 눈으로만 봐서는 아무도 알 수 없다. 유리잔에 담겨 있던 물이 사라진 이유는 빈 유리잔이 그렇다고 말해 주어서다. 어떤 몸이 고갈된 것처럼 보이려면 그 몸은 먼저 자신을 특정한 삶을 담고 있는 하나의 포장 용기로 드러내야 하며, 전체 내용물의 측정치를 대략 제시한 다음 부족한 내용물을 말해 주어야 한다.

소진된 자는 '고갈된' 상태지만 결코 그렇다고 간주되는 법이 없으며, (도구화된 세계에 속한 모든 사람과 짐작건대 모든 사물이 그렇듯) 오로지 고갈될 가능성이 있는 존재로만 보일 뿐이다. 일반적으로 '고갈된' 존재는 어딘가에 담길 수 있는 또는 보통 어딘가에 담겨 있는 물질이나 물체에 해당하며, 고갈될 수 있는 것들은 주로 각각이 담겨 있는 용기와의 관계에 기초해 '고갈 가능성'을 지녔다고 간주된다. 한편 '고갈될' 수 있는 것이라 해도 완전히 사라져 버리기 전까지는 실제로 소모되지 않는 것처럼 인식될 수 있는데, 그 이유는 '고갈될' 수 있는 것이라 함은 음식이나 비누나 휘발유처럼 소모되는 과정에서 물질적 변화가 확연히 드러나는 것을 가리키는 경우가 많아서일지도 모른다. 비료 통의 내부는 늘 어두컴컴하다.

소진된 자들이 소진돼 보이는 이유는 안간힘을 쓰고 있지 않아서다. 다름 아닌 그 안간힘 때문에 소진된 상태라 할지라도 말이다. 우리가 소진된 자들에게 "완전 지쳐 보여"라는 말을 꺼낼 수 있는 순간은 그들의 활기 넘쳤던 모습을 기억하고 비교를 통해서만 알아차릴 수 있는 변화를 포착할 때뿐이며, 그런 말에는 이를테면 예전에는 괜찮아 보였는데 지금은 수척해 보여, 눈 밑에 다크 서클이 생겼네, 얼굴이 부은 건지 이목구비가 바뀐 건지 어딘가 달라졌어, 행동이 빠릿빠릿하지 않고 굼뜬데, 고개를 꼿꼿이 세우고 있으려 온 힘을 다해 애쓰고 있는 것 같아, 네 말은 지나치게 명료해, 넌 지금 분노 때문에 자제력을 잃고 있어, 넌 너무 쉽게 울어, 네 말은 뒤죽박죽 엉켜 있어, 너는 울면서 "나 피곤해"라고 말하고 "나 완전 지쳤어"라고 말하고 너무 피곤하다면서 울어, 라는 속뜻이 담겨 있다.

소진된 자는 덜 소진된 것처럼 보이려 안간힘을 쓰며, 그것이야말로 자신이 잘하는 일이므로 계속 안간힘을 쓸 것이다. 눈 밑에 컨실러를 바르고, 볼에는 블러셔를 칠하고, 이렇게 하면 덜 지쳐 보일 거라며 각종 잡지와 웹사이트에서 알려 준 비결을 모조리 동원할 것이다. 즉 눈꺼풀이 덜 처지도록 속눈썹을 말아 올리고, 커피를 마시고, 애더럴[4]을 복용하고, 운동을 하고, 오늘이 화요일이라는 사실을 깨달았다가 곧 금요일이라는 사실을, 그러다가 이제 월말이 찾아왔고 다시 월초가 찾아왔으며, 시간이 자신을 내버려 두고 '해야 할 일' 목록만 챙겨 떠났다는 사실을, 자신을 앞질러 달음박질쳤다는 사실을 깨닫는 것이다.

4 [옮긴이] 각성 효과가 큰 약물.

죽음의 중계

전부 다 날조됐다. 그러니까, 이 세상에서 몸을 가진다는 것은 실제 몸을 가지는 것을 의미하지 않는다. 그건 역사 속 몸을 가지는 것을 의미한다.

내가 전도서를 쓴다면 그 내용은 모든 것은 발견을 통해 배우게 된다!가 될 것이다. 우리는 소지해야 할 모든 도구를 소지하기 위한 도구를 가지고 다닌다. 확실한 건 아무것도 없지만 우리 사이에 존재하는 것과 우리가 알고 있어야 하는 것은 확실하다. 위조, 겉모습, 인스타그램 필터, 불분명한 형상 같은 것들. 우리는 세상을 이해하기 위해 머릿속으로 여러 가지 모습을 그려 보는데, 그리한다 해도 결코 세상을 이해하지는 못한다.

170년 2월 14일, 아리스티데스는 꿈속에서 자신의 고향 스미르나에 가서 "눈에 보이는 평범한 모든 것에 훼방을" 놓았다고 한다.[1] 나는 내 일기에 이렇게 적는다. 내가 쓰는 글이 진실이 아니라면 절대로 아름다운 글은 아니었으면 한다.

1 Aristides, *Sacred Tales*.

바람직한 고통을 짊어진 자들에게는 그럴 만한 사정이 있다. 중세 유럽의 독실한 기독교인들은 때때로 나병 환자에게 입맞춤을 했다. 어느 나병 환자의 상처에 자신의 코를 가져다 대거나, 어느 나병 환자에게 잠자리를 내주어 그 자리에 일명 '향기'가 남도록 하기도 했다.[2]

가만히 앉아 있는 사람들, 덜 움직이거나 거의 움직이지 않거나 아예 움직이지 않는 사람들, 그리고 제멋대로 굴러가는 세상에도 다 그럴 만한 사정이 있다. 하루하루가 다음 날과 아직 오지 않은 수차례의 달과 수차례의 해와 뒤섞이도록, 세상이 제멋대로 굴러가다 못해 아예 다시는 따라잡을 수 없을 만큼 통제 불능 상태로 치닫도록 만들기 위해, 세상과 발맞춰 움직이지 않는 것이다.

자멸이 최대의 관심사인 도시가 된 듯한 기분이 드는 데도 그럴 만한 사정이 있다.

2 Cathérine Peyroux, "The Leper's Kiss", In *Monks & Nuns, Saints & Outcasts: Religion in Medieval Society: Essays in Honor of Lester K. Little*, edited by Sharon Farmer and Barbara H. Rosenwein, Ithaca, N.Y.: Cornell University Press, 2000.

소설 『계속 이어지는 캐서린 모텐호』를 각색한 1980년 영화 「죽음의 중계」Death Watch에서 하비 카이텔이 분한 언론인은 자신의 눈에 카메라를 이식한 채, 로미 슈나이더가 분한 죽음을 앞둔 여자와 친분을 쌓는 임무를 맡는다. 원작 소설과 마찬가지로 영화도 질병으로 인한 죽음이 무척이나 드문 일이 되는 바람에 한때 비극이라는 구조가 가져다주었던 생명의 아름다움이 상실된 세계를 배경으로 펼쳐진다. 카이텔이 연기한 로디라는 인물은 동명의 텔레비전 프로그램 「죽음의 중계」를 진행하는데, 이 프로그램이 시청자들에게 하는 약속은 코앞으로 다가온 죽음의 감미로움에 흠뻑 빠져드는 몰입감 있는 체험을 선사하겠다는 것이다.

이 영화의 핵심이 담긴 문구는 이것이다. "그 여자는 모든 눈이…… 과학만이 창조해 낼 수 있는 눈을 포함해 모든 눈이 향하는 표적이다."

소설에서와 마찬가지로 영화에 등장하는 캐서린 모텐호도 소설을 생성하는 컴퓨터 프로그램에 반전이 섞인 줄거리를 입력하며 하루하루를 보내지만, 영화 속 모텐호는 정보로 인해 죽는 것이 아니라 정보를 위해 죽어 간다. 비극적인 역할에 어울리는 이상적인 출연자를 탐색하던 「죽음의 중계」 프로그램 제작진은 표정이 풍부한 얼굴과 침착한 회복력을 갖춘 모텐호를 보고 최적의 인물을 찾았다고 생각한다. 모텐호는 누구나 아름답다고 생각할 정도로 젊기는 하되 현명해 보일 만큼은 원숙하고, 공감을 불러일으킬 정도로 평범하기는 하되 텔레비전에 출연할 수 있을 만큼은 특별한 여자다. 제작진은 모텐호가 죽어 가고 있다는 사실을 본인보다 먼저 알아낸 다음, 그가 죽을병에 걸렸다는 소식을 접하는 상황까지도 몰래 촬영한다. 그리고 출연 계약을 맺기도 전에 그의 얼굴을 옥외 광고판에 게시한다.

그러나 옥외 광고판에 띄워진 자신의 얼굴을 보고 털끝만한 만족감도 느끼지 않는 이 수수께끼 같은 여자는 카메라 앞에서 죽어 가는 일에 조금도 관심이 없다. 그는 값싼 가발로 변장한 다음 처방받은 진통제가 담긴 작은 약병만 손에 쥔 채 도망가 버린다. 출연료를 받기는 하나 그건 자신을 위한 것이 아니며, 대체로 무신경하기만 한 배우자 손에 그 돈을 쥐여 주고는 평생 그래 왔듯 아무 말 없이 홀연히 떠나 버린다. 가난이 내주는 익명성에 둘러싸여 죽기 위해 떠난 그는 가난한 사람들 사이에서 홀로 고통을 감내한다.

로디는 모텐호가 자신이 주연으로 출연 중임을 여전히 모르는 「죽음의 중계」의 단독 진행자다. 카메라 눈으로 모든 장면을 녹화하는 로디는 모텐호의 뒤를 밟아 그와 친구가 되며, 두 사람은 근미래 스코틀랜드의 황량한 영토를 거처, 돈으로 매수된 시위대와 다세대 주택과 노숙인 쉼터와 불법 점거 토지를 지나 랜즈엔드[3]로 향한다. 모텐호는 남들의 시선을 피하고 싶어 한다. 그러나 로디는 언제 어디서든 자신의 카메라 눈에 빛이 들어오게 해야 한다. 빛을 받지 못하면 시력을 잃게 되는 탓이다. 로디는 어두컴컴한 감방에 갇히는 한 장면에서도 교도관에게 조명을 켜 달라고 사정해 기어이 카메라 눈에 빛을 쏘인다.

모텐호는 영화의 특성상 불가피한 로디의 성적 접근을 저지한다. 「죽음의 중계」는 함께 여정에 오른 한 여자와 한 남자에 관한 영화일 수도 있지만, 모텐호는 자기 몸이 로디의 욕망 따위에는 신경 쓸 겨를도 없을 만큼 분주히 죽어 가고 있다는 단호한 입장을 취한다. 로디와 모텐호는 연인 사이가 아니지만, 그렇다고 해서 둘의 관계가 에로틱하지 않은 것도 아니다. 로디는 모텐호를 주시해야 하고 모텐호는 주시당하는 상황을 피해야 한다. 하지만 두 사람이 랜즈엔드에 발을 디디게 될 즈음 로디는 이미 너무 많은 것을 보고 만다. 그는 손전등을 바다에 던져 버리는데, 손전등이 사라지자 시력을 잃는 것은 물론이고 시력을 잃어 가엾은 아이 같은 처지가 된다. 영화가 분명히 보여 주듯 미스터리는 관찰을 애호하는 세상이 아무 위기도 겪지 않고서는 견뎌 낼 수 없는 무언가다. 이 영화에서 빛은 거짓이요, 어둠은 그런 세상이 결코 허락지 않을 진실이다.

3 [옮긴이] 잉글랜드 서남부 콘월 반도의 첨단에 위치한 곳.

병원은 환자가 꿈꿀 수 있을 만큼 숙면을 취하도록 내버려 두지 않는다. 마지막 항암 화학 요법 치료가 끝나자 내 몸은 각종 약물로 망가질 대로 망가진 상태였고, 그렇게 나는 암 환자에서 심장병 환자가 되었다. 1월의 어느 추운 밤, 나는 홀로 중환자실에 있다. 그리고 불시에 찾아오는 문병객들과 삐삐 울리는 기계음 속에서, 온갖 선과 튜브에 연결된 채, 병원 특유의 새하얀 시트에 누워 추위와 걱정에 벌벌 떨며 한 시간마다 잠에서 깬다.

학자들은 아일리우스 아리스티데스가 『성스러운 이야기』를 집필하며 써낸 것이 비밀스러운 치료법을 담은 대중서이자 평범한 인간의 자화자찬과 불가분의 관계로 얽혀 있는 신을 향한 찬사, 무슨 수를 써도 끄를 수 없을 만큼 몸과 언어가 진정 빈틈없이 엉켜 있는 작품이라고 말한다. 어느 꿈에서 아리스티데스는 이런 결론을 내린다. 대부분의 인간이 돼지와 같은—섹스, 음식, 수면을 향한—욕망을 갖고 있으나 본인이 욕망하는 것은 언어이므로 자신의 욕망이 가장 인간적이라는 결론.

또 다른 꿈에서는 플라톤을 기리는 의미로 세워진 사원을 우연히 마주치고 화들짝 놀라면서, 인간이 해야 할 일은 위인을 위한 사원을 짓는 것이 아니라 책을 쓰는 것이라고, 신은 모든 것으로 만들어지는 존재이나 인간은 언어로 만들어지는 존재이므로 그래야 마땅하다고 생각한다.

꿈에서 내려진 처방을 너무 충실히 따르는 것 아니냐며 친구들이 질책하자, 아리스티데스는 자신에게는 의사들의 지시와 신의 지시 중 무엇을 따를 것인지 선택할 여지가 없음을 상기시킨다. 아리스티데스가 따르는 처방은 대부분 목욕하기 또는 목욕하지 않기, 아무것도 따지지 말고 모든 종류의 수역을 무작정 찾아가 보기 같은 지시로 이루어져 있다. 치료를 위해 아리스티데스가 떠나는 모험은 절대 다른 사람들의 모험과 겹칠 수 없다. 아스클레피오스 신이 아리스티데스만을 위해 맞춤형으로 제시한 방법인 터이다. 어떤 사람을 낫게 해 준 것이 다른 사람은 죽음으로 몰고 가기도 한다. 한편 아스클레피오스 신은 꿈을 매개로 아리스티데스에게 진로 상담도 해 주었으며, 아리스티데스는 신의 조언을 받들어 친구들을 자기 병상으로 불러 모은 다음 열변을 토하기도 했고 때로는 어린이 합창단이 부를 서정시를 짓기도 했다.

생존을 향한 길이 매끄럽게 닦여 있을 일은 영영 없다.

170년 1월에 아리스티데스는 "우리의 밤뿐 아니라 우리의 낮도 저마다의 이야기를 품고 있다"라고 썼다.[4] 이 말은 우리가 살아 내는 매분에도 적용된다. 병원에 관한 생각에 잠겨 있다가 다소 몽롱해진 나는 주어진 용어들을 군말 없이 따라 썼던 시간을 커다란 흰 기러기에 둘러맨 다음 그 기러기가 별이 빛나는 밤을 향해 날아가도록, 내 못된 심보나 허영심, 내 고유의 잔인함, 더 거대하고 더 정당한 분노를 몰아낼 모든 개인적인 약점까지 모조리 묶어 떠나보낸다.

내가 걸렸다는 암이 애초에 존재하지도 않았던 것이라면, 편집증적으로 암을 부정하는 웹사이트들이 진실을 말하고 있는 것이었다면, 이 모든 게 대형 제약 회사들이 벌인 사기극이었다면, 종양이 별것도 아니었다면, 내게 일어난 모든 일이 그저 돈벌이가 되는 날조극이었고 당근 주스나 소변으로 치료될 수 있는 것이었다면 어쩌나 하는 걱정이 싹트기 시작한다. 병원의 심장 전문의들이 내게 심 부전이 있는지를 입증 또는 반증하려 애쓰고 있는 동안, 나는 내가 거짓말 때문에 죽어 가고 있는 걸까 봐 걱정한다.

4 Aristides, *Sacred Tales*.

로디가 시력을 잃자 「죽음의 중계」 프로그램은 송출할 영상을 잃는다. 캐서린 모텐호의 죽음이 더 이상 중계되지 않는 것이다. 그리고 그제야 우리는 모텐호가 실제로는 죽어 가고 있지 않았다는 사실을, 적어도 프로그램 제작진이 모텐호의 주치의와 공모해 한 알씩 먹을 때마다 죽음을 체감하게 되는 약을 처방하기 전까지는 그렇지 않았다는 사실을 깨닫는다.

전부 다 거짓이다. 로디가 보인 친밀함도, 모텐호가 걸렸다는 치명적인 병도, 빛이 도처에 있을 거라던 로디의 확신도, 어둠으로 탈출했다는 모텐호의 확신도.

모텐호는 자신이 죽어 가고 있다는 믿음을 품게 된 것이 속임수 때문이었다는 사실을 알게 된 후에도 안도하지 못한다. 자신이 죽어 가는 모습을 지켜보며 느낀 슬픔에서 쾌락을 찾고자 했던, 이를 위해 자신을 서서히 약물로 죽이려 했던 바로 그 세상에서 살아가는 이상, 연장된 생명에 감사함을 느낄 수는 없는 노릇이다. 모텐호는 목숨을 앗아 갈 수도 있는 약물들을 한꺼번에 집어삼키지만 우리는 그가 죽어 가는 모습을 볼 수 없고, 그가 결국 죽었는지 살았는지조차 확신할 수 없다. 이렇게 영화「죽음의 중계」는 죽음의 장면을 보여 주기를 거부함으로써 영화 속 세상이 부정하려 했던 미스터리를 모텐호에게 부여한다.

모텐호를 연기한 로미 슈나이더는 영화「죽음의 중계」를 촬영하고 2년 후 파리의 한 호텔 방에서 약물 과다 복용으로 사망했다.

1321년은 병들고 감염되고 훼손된 몸을 가진 자들이 세계 장악을 위해 조직적으로 단결한 역사상 유일한 해였을지도 모른다. 아니, 그런 단결이 있었다는 소문이 돈 해라고 말해야 더 정확할지도 모르겠다. 당시 사람들은 나병 환자들이 단순히 반란을 일으키는 것에 그치지 않고 반란 이후에 찾아올 세계를 통치할 계획까지 2년간 구상했다고 믿었다. 누가 무엇을 어떻게 취할 것인지까지 계획했다고 말이다. 그 계획에 따르면 우물과 하천과 분수대는 나병 환자들의 소변과 피와 네 종류의 약초와 정화된 몸뚱이를 혼합한 독에 의해 동시다발로 오염될 것이었다. (나병 환자가 아니던) 모든 프랑스인은 독에 감염되어 죽거나, 죽지 않는다면 나병 환자가 될 것이었다. 본디 건강했더라도 병자들의 반란 틈바구니에서 생존한 자들은 바로 그렇게 살아남음으로써 병자가 되고 말 터이니, 자연히 병자들의 왕국에 속한 시민이 될 것이었다.[5]

나병 환자들은 결코 세상을 지배하지 못했다. 음모가 드러

5 Carlo Ginzburg, *Ecstasies: Deciphering the Witches' Sabbath*, Chicago: University of Chicago Press, 2004.

나자 이들은 일망타진당하고 짐승 취급을 받았으며, 불태워지고 고문당하고 수감되었다. 나병 환자를 향한 공포는 유럽 전역으로 퍼져 나갔다. 그런데 여기서 내 관심을 사로잡는 것은 나병 환자들의 음모로 초래된 그런 결과가 아니라—탄압은 계절 못지않게 어디에나 흔하다—반란을 향한 나병 환자들의 꿈이라는 게 역사 속에 어떤 식으로든 자리 잡고 있다는 사실이다.

독일의 급진 조직 사회주의 환자 단체Sozialistisches Patientenkollektiv는 "질병은 사실상 최초로 그리고 올바른 방식으로 모든 것에—그렇다, 모든 것에!—혁명을 불러일으키는 외면할 수 없는 도전이 되고 있다……"라고 적었다.[6]

약물 투여실에서 한 간호사가 내게 비슷한 말을 한 적이 있다. "늑대를 잡으려면 늑대가 필요한 법이죠."

6 SPK(Socialist Patients' Collective), *Turn Illness into a Weapon: For Agitation*, Heidelberg: KRRIM, 1993.

심장 전문의들은 내 심장에 대해 아무런 판정도 내리지 않았다. 1년 혹은 그보다 오래 걸리는 치료를 받더라도 불편만 겪다가 결국에는 손쓸 수 없는 상태로 방치되는 경우가 다반사인 중증 암 환자는 중병에 걸렸을 때 몇 주간의 무급 휴가를 보장받을 수 있지만 그걸로는 부족하기 짝이 없다. 그래서 내게는 심장 질환 치료를 위해 쓸 휴가는커녕 치료 절차상 추후에 받아야 할 수술 시 쓸 휴가조차 남아 있지 않다. 내가 죽어 가는 상태건 아니건 내게는 여전히 납부해야 할 청구서가 있고, 부양해야 할 아이가 있고, 가르쳐야 할 학생이 있으며, 그만둘 수 없는 생업이 있다. 그러니 일터에 가야만 한다. 나는 카라가 병원에 들고 온 화장품 가방의 도움을 받아 건강한 사람의 외모로 변장한다. 그러고는 병상에서 가급적 멀리 떨어진 곳에 앉아 있는다. 곧 중환자실 교대 근무를 서는 낯선 의사가 병실로 들어온다. 나는 허리를 꼿꼿이 펴고 의자에 앉아 책을 읽는다. 그러면 의사는 환자가 어디 갔느냐고 내게 묻는다.

암과의 겨루기를 몇 달째 이어 가다 보니 치료를 받는 일도 고되고 마음 같아서는 그냥 환자가 사라져 버렸다고 말하고 싶다. 그래도 치료를 받지 않을 수는 없는 노릇이라 내가 환자라고 자백하는 편을 택하자, 의사는 내 외모와 진료 기록 사이의 모순에 어리둥절해하며 이렇게 묻는다. “하지만 그쪽은 아파 보이지가 않는데요.”

내가 능수능란한 솜씨로 꾸며 낸 건강한 혈색과 내가 앓는 병의 실상을 도통 조화롭게 통합시키지 못하는 이 의사는, 중환자실에 입원할 당시보다 상태가 나아지지 않았음에도 퇴원해도 된다고 주장하는 내 설득에 넘어간다. 나는 휠체어를 타고 병원을 빠져나온 다음, 봄 학기가 이미 시작된 상황이므로 곧장 일터로 차를 몬다. 간신히 서른 걸음을 내디뎌 겨우 강의실에 도착한 나는 제대로 서 있을 수도 없는 상태지만, 병원에서 갓 벗어난 몸으로 가쁜 숨을 몰아쉬면서, 심장이 정신없이 쿵쾅대는 와중에 학생들을 가르친다. 다음 날 아침 나는 병원에 가서 초면인 네 번째 심장 전문의를 만나고, 이번 의사도 전날 나를 처음 본 의사와 마찬가지로 내가 진료 기록상의 심장을 가진 사람처럼 보이지 않는다고 말한다.

고대 이집트인들은 사자死者가 지하 세계로 진입하려면 먼저—마음과 감정의 중심이라고 간주된—심장의 무게를 깃털의 무게와 비교하는 절차를 거쳐야 한다고 믿었다. 심장에는 사자가 살아생전에 했던 행동, 선한 행동이든 악한 행동이든, 사랑에 따른 행동이든 증오에 따른 행동이든 모든 행동에 관한 기록이 담겨 있다. 사자의 심장이 깃털보다 무거우면 저울 밑에서 대기 중인 걸신들린 듯한 존재가 그 심장을 먹어 치워 버리지만, 사자의 심장에 바르게 살아 낸 생애에 관한 기록이 새겨져 있어 심장의 무게가 깃털보다 가볍게 측정되면 그 사자는 사후 세계로 진입하는 관문을 통과하게 된다.

어느 유방 외과 간호사가 내가 복합 의료 시설에 다니며 그곳 심장 전문의에게 진료를 받고 있다는 소식을 듣고는 수고로이 나를 찾아와 포옹이라는 약을 처방해 준다. 그는 내가 심장 문제로 치료를 끝마치지 못할지도 모른다는 걱정을 품고 있을까 봐 걱정하고 있거나—이때는 내가 유방 절제술을 몇 주 앞두고 항암 화학 요법을 받고 있던 시점이다—내가 심장 문제 때문에 치료를 끝마치지 못하게 될까 봐 다름 아닌 본인이 걱정하고 있는데, 둘 중 무엇이 진실인지 나로서는 알 도리가 없다. 치료에 필요한 수술을 받기에 앞서 수술을 받아도 된다는 확답을 복합 의료 시설의 심장 전문의에게 받아야 하는 나는 이동식 감시 장치에 연결된 상태로 며칠을 보내면서 병원의 심장 전문의들이 내릴 수 없었던 진단을 기다린다.

마침내 해결되었다. 내 심장에는 문제가 없었다. 문제는 신경이었다. 항암 화학 요법으로 인해 내 손과 발의 신경 상당수가 죽었듯, 심장을 조절하는 신경들도 죽어 가기 시작했던 것이다. 수술은 연기되지만 그리 오래 미뤄지지는 않는다. 나는 음식을 먹고, 회복하고, 내 신체의 죽은 부위들이 소생할 때까지 기다리라는 지침을 받는다. 내 심장은 아픈 심장이지 망가진 심장이 아니다.

내가 이 책에서 건강하고 온전한 이들을 위해 쓴 내용은 하나도 없으며, 내가 그들을 염두에 두었다면 애당초 이 책을 쓰지도 않았을 것이다. 지금 병들지 않은 모든 사람은 예전에 병들었던 적이 있거나 머지않아 병들게 될 것이다. 내가 정교하게 어긋난 자세로 꾸는 꿈에는 여러 웅덩이와 오르지 못할 사다리가, 『당신은 지금도 앞으로도 절대 모를 것이다』*You Never Know and Probably Never Will*라는 책이 등장한다. 그 책에 담겨 있는 내용은 각각의 삶이 지닌 가치다.

이 책의 모든 내용이 당혹감을 불러일으켰으리라는 사실을 나는 알고 있다. 아니, 적어도 내게는 그랬는데, 그 당혹감이란 이를테면 햇살이 아롱진 길가에 뱀 한 마리가 있길래 가까이 다가가 살펴보았더니 그게 뱀이 버리고 간 사피였다는 사실만 깨닫게 되었을 때의 느낌을 지금껏 죽지 않고 살아온 사람이라면 모두가 알리라고 확신했을 때 내게 찾아왔던 당혹감과 동일하다.

뱀을 본다는 것은 뱀이 가죽을 벗으며 스르르 빠져나오는 방식에 대해, 단단한 무언가에 몸을 문질러 마찰을 일으키면서 가죽을 헐겁게 만드는 방식에 대해, 낡은 가죽을 벗어던지고자 그럴듯한 새로운 가죽을 생성해 내는 방식에 대해 생각하는 것이기도 하다. 뱀을 본다는 것은 뱀이 새로운 가죽을 얻고 낡은 가죽을 처리하면서 새로운 무언가가 되는 일에 몰두하다가 두 눈이 게슴츠레해지면 잠깐 아무것도 보지 못할 수 있다는 사실에 대해 생각하는 것이기도 하다. 내가 이 책을 통해 던지고 싶은 질문을 정했다. 바로 이것이다. 당신은 뱀이 될 건가요, 아니면 뱀이 버리고 간 사피가 될 건가요?

역사의 테두리 밖에서 태어나는 사람은 아무도 없듯이 자연사로 죽는 사람도 없다. 죽음은 절대 중단되지 않으며, 보편적인 동시에 보편적이지 않다. 죽음은 불균형하게 분배되고, 드론 공격과 총격과 남편의 손아귀를 거쳐 당도하고, 병원에서 배양된 미생물들의 작디작은 등에 업혀 운반되고, 새로운 자본주의적 날씨가 일으킨 폭풍 속에서 순환하며, 세포의 변이를 알리는 방사선의 속삭임을 통해 도래한다. 죽음은 우리가 누구인지 신경 쓰며 또 신경 쓰지 않는다. 이렇다 할 이유도, 아무런 상처도 없이 죽은 다람쥐 한 마리가 우리 아파트 근처의 한 나무 밑동께에 잠들어 있다. 필멸하는 여느 존재와 마찬가지로 나 역시 살아 있는 상태에 과하게 붙들려 있어서는 안 될 일이다. 내 일기에는 이런 문장이 쓰여 있다. 문명의 충돌 속에서—산 자와 죽은 자의 충돌 속에서—나는 내가 어느 쪽에 속하는지 알고 있다. 어느 쪽인지 입 밖에 낸 적은 없지만.

막을 내리며

/ 그리고 나를 구해 준 것

나는 죽지 않았다. 적어도 암으로 죽지는 않았다. 내가 암의 즉각적인 위협에서 벗어나자 딸은 내가 불가능한 일을 해냈다고 말했고, 나는 '살아 있는 사후 상태' 속에서 글을 쓰기 위한 채비를 했다. 암을 앓고 나니 글을 써도 된다는 전적인 허가를 받은 듯했다. 나는 대량 살상에 가까운 의료 행위를 통해 병을 치료한 대가로 신경 미토콘드리아 일부와 내 외모와 내 기억의 많은 부분과 내 지능의 상당 부분과 낙관적으로 추산했던 5~10년의 추가 수명을 잃었고, 그 모든 것을 잃고 나서는 그럼에도 내가 여전히 나 자신임을, 구석구석 망가지는 동안 더 강한 내가 되었음을 알게 되었다. 인간이 되는 것에 관해서라면 결국 우리를 진짜 인간으로 만드는 것은 상실이라는 조건인 듯하다.

나는 모든 상실을 글로 써내기 위해 안간힘을 썼다. 몇 분에 대해 쓰느라 몇 년을, 며칠에 대해 쓰느라 몇 달을, 몇 초에 대해 쓰느라 몇 주를, 몇 시간에 대해 쓰느라 며칠을 보냈으며, 이제 사라져 버리고 없는 내 삶의 무수한 달과 날을 기록해 보아도 그간의 사건들이 갖는 무게는 여전히 말하기 벅찰 만큼 묵직하게 남아 있다. 나는 이 책을 못해도 천 번은 넘게 뒤엎었는데, 그 천 번이라는 횟수에는 책을 집필하는 과정에서 필연적으로 날려 버려야 했던 셀 수 없이 많은 글들, 즉 삭제한 초안들과 지워 버린 장들, 잘라 낸 단락들, 파기해 버린 구조들, 해결하지 못한 논쟁들, 나로선 허용할 수 없었던 감상적인 정조들, 말해 본 적 없는 일화들은 포함되지 않는다. 도무지 다시 로그인할 엄두가 안 나는 페이스북 계정의 글들, 복구하지 않고 내버려 둔 트윗들, 영영 보관함에서 꺼내 보지 않을 이메일들, 내가 사는 도시에서 가장 높은 곳에 올라 친구들과 종이 비행기로 만들어 휘날려 버렸거나 플라스틱 해골 모형과 한꺼번에 호수에 던져 버린 병원비 청구서들도 포함되지 않는다. 물론 말할 것도 없이 『종양과 떠나는 여정』은 어느 날 해가 저문 후 밝히기 곤란한 어느 공공 장소에 가서 갈기갈기 찢은 상태로 케일씨와 함께 묻어 버렸다. 나는 키보드의 스페이스 바를 누를 때마다 습관적으로 기도했다. 스페이스 바가 키보드에 박혀 버리게 해 달라고, 그래서 이 책 대신 광활한 여백과 암 얘기 없는 페이지를 남길 수 있게 해 달라고.

나는 이 책이 존재해야만 한다면 일종의 사소한 회복 마법이 되어 문학에서 문학의 힘을 빼앗고, 사랑스럽지 않은 존재들을 위한 공산주의 체제를 선언하고, 존재가 완전히 쪼그라들어야만 얻을 수 있는 자유를 모든 독자에게 선사하는 책이 되기를 바랐다. 우리가 잃고 만 신체 부위들이 이 책의 문장을 통해 소생하기를, 이 책에 담긴 생각들이 우리의 세포를 얕보지 않을 기품을 갖추게 되기를 바랐다. 어쩌면 이 책이 바닥에 떨어진 마이크 더미에서 나타나는 기적이, 환자가 되리라는 생각은 한 번도 해 보지 못했던 시절에 친구들과 읽은 타로 카드에 적혀 있던 문구 '무덤에서 나와 거리로'를 공표하는 기적이 될 수 있을지도 모르겠다. 혹은 내가 지상의 일을 속속들이 드러내는 글을 쓸 수만 있었다면 그렇게 했겠지만, 그리고 죽은 여자들로 조직된 반란군도 되살려 보았겠지만, 이 모든 걸 해낼 수 있을 만큼 글을 잘 쓰는 법은 한 번도 배워 보지 못했다.

받아들이기 싫지만 받아들이자면, 암에는 이례성을 부각하는 거의 범죄에 가까운 그릇된 통념들이 따라다니는 탓에 암에 관해 말하는 작품은 죄다 증언처럼 읽힌다. 그리고 그런 증언을 판단하는 기준은 증언의 진정성이나 유용성이나 감정의 깊이 같은 것이지, 증언의 형식인 경우는 드물 것이다. 하지만 형식이야말로 증언의 동력이자 분노요, 진실을 알 수 없다면 서로 경합하는 거짓들을 엮는 씨실이라도 알고자 하는 투쟁 운동을 담은 기록이다.

내 초고를 읽어 준 한 친구는 원고의 미흡한 점에 대해 이렇게 지적해 주었다. "'우리'라는 대명사가 불규칙적으로 등장하고 가리키는 대상도 불분명한 것 같아." 내가 그 친구에게 보인 첫 반응은 거짓말을 할 수는 없어, 였다. 하지만 이 말 자체가 거짓말인 동시에 내가 거짓말을 할 수 있고 때로는 거짓말을 한다는 사실을 보여 주는 증거다. 거짓말을 할 수는 없다는 내 말의 의미는 혼자임을 덜 느꼈던 척할 수는 없다는 것이었다. 마치 내가 친구들과 호수에서 수영하다가 모두를 제치고 부표까지 지나쳐 나를 구해 줄 사람도 내가 사랑한 이도 하나 없는 깊은 곳까지 헤엄쳐 갈 수 있는 사람이라도 되는 양 말이다. 게다가 나로서는 암에 대해서든 암이 아닌 그 무엇에 대해서든, 진실하지 않은 모든 것에 대해서는 그 기원을 설명할 수 없다. 종種의 어리석음이나 나라는 개인의 약점에서 기인한 것이 무엇인지에 대해서도, 우리가 멀찍이 떨어진 곳에서 벌어지는 잔혹함을 직시하지 못하도록 이 근시안적인 제국이 어떤 계획을 꾸미고 있는지에 대해서도 확신을 갖고 쓸 수 없다.

종양학은 비참한 감정을 유발하는 비범한 재능을 가지고 있다. 상황이 원래부터 줄곧 좋지 않았다는 말, 실제로는 그보다 더 안 좋았을지도 모르지만 여하간 그렇다고 하는 말을 내가 절대 믿을 수 없는 것도 바로 이 때문이다. 우리 환자들이 진단을 기다리며 냉랭한 검사실에 틀어박혀 있을 때, 유리 벽 너머에 서 있는 의료 기사들은 헤드폰으로 우리에게 말을 건다. 외과 의사들은 보라색 펜으로 우리의 신체 부위에 표시를 남긴다. 사랑하는 사람 중 일부는 우리를 버린다. 이방인들은 우리의 고통을 페티시로 삼아 성적 만족감을 취한다. 때로 우리는 타인과 어울릴 수 없을 정도로 극심한 아픔에 시달리고 더는 원래의 자기 모습으로 보이지도 않게 되며, 사람들 틈에 섞이려 하면 마치 버림받은 동물처럼 동정의 대상이 된다. 암 환자들도 때로는 서로를 동지가 아닌 경고 메시지가 담긴 이야기—회피하고 싶은 비극—로 바라보고, 자기보다 덜 아픈 사람을 선망의 대상으로 간주한다. 모두가 공유하는 환경과 관련된 병인들에 대해 말하면 편집증이라는 비난이 가해지는 반면 유전적 운명론이 불러일으키는 고독은 어디서든 위세를 떨치며, 그리하여 외과 의사나 제약 회사만이 없애 줄 수 있는 암을 많은 사람이 자기가 태어날 때부터 선천적으로 몸속에 지니고 있던 불가피한 병이라고 믿는다. 대체 의학 분야도 헛소리를 늘어놓는 건 마찬가지다. 기 치료와 약초를 활용한다는 점에서 사업 방식만 다를 뿐이다. 암 치료를 받는 동안 내가 느낀 기분이란, 이 세상에서 암이라는 사건이 발생하기 훨씬 전부터 작아지고 있었고 암을 겪으면서는 더더욱 쪼그라들고 있는 나라는 존재가 오로지 수익 창출을 위한 기회가 된 듯한 서글픔이다.

그러나 비참함에 대해 아무런 고찰 없이 설명만 늘어놓는 것은 하나의 거짓이거나 잘못된 맥락에 놓인 수많은 진실처럼 거짓의 파편에 불과하다. 내가 비참함을 느꼈던 바로 그때 다른 많은 이도 비참함을 느꼈고, 내가 비참함을 느끼기 전에도 많은 이가 비참함을 느꼈으며, 내가 비참함을 느낀 이후에도 여전히 많은 이가 비참함을 느끼고 있다. 혹 병에 걸려 치료를 받는 동안 비참함을 느낀 사람이 우리 중 절반이나 된다면, 고독이 이토록 만연하고 흔하다는 사실이야말로 우리가 그간 우롱당해 왔다는 증거 아닐까?

내가 수시로 외로움을 느낀 건 사실이지만, 병에 걸린 환자가 되어 뛰어든 내 모험에 친구들이 번갈아 가며 동행해 준 것도, 어떻게 아플 것인지에 관한 내 종양 초현실주의적인 환상을 이들이 너그러이 받아 준 것도, 중고품 할인 매장에서 구입한 실크 잠옷 차림으로 영화를 보러 가게 허락해 준 것도, 병원 진공 청소기의 이미지와 정맥 주사를 통해 수액이 똑똑 떨어지는 소리를 기록으로 남기려던 나를 도와준 것도, 항암 화학 요법 치료의 마지막을 기념하며 준비한 케이크를 관행적으로 먹는 대신 던져 버리겠다는 내 뜻에 동참해 준 것도 사실이다. 내가 암 환자가 되는 게 불가피한 일이라면 여자들이 속옷 차림으로 누워 기다란 장식용 색종이를 불태워 버리는 1966년 작 무정부주의 페미니즘 영화 「데이지즈」Daisies에 구현된 것처럼 아모르파티를 표방하는 색종이 조각을 사방에 흩뿌리는 방식으로 겪어 내야 한다는 데 우리 중 누구도 이견이 없었다. 축하연의 존재 이유는 그걸 망쳐 버리는 데 있지, 라고 우리는 말했다.

카라는 내가 나락으로 떨어진 상태였을 때 가장 필요로 한 것이 분명—위로가 아니라—예술이었고, 그래서 암을 견디기 위해 주변 모든 것을 미적 극단으로 밀어붙이고 싶어 했던 것이라고 말했다. 나는 방부 처리용 꿀로 가득한 관에 대한 공상에 잠기고, 사색적인 종교를 발명하고, 반론을 작성하고, 복수를 하고, 최신식 장례식의 모습을 떠올리고, 우리의 영혼이 사후 세계에 갈 때 가져가야 할 모든 소형 전자 기기의 목록을 작성해 보는 따위의 일을 하지 않을 수가 없었고, 이 모든 걸 처음부터 다시 시도해 보기도 했다.

내가 치료를 받고 있던 기간에 어떤 친구는 다이앤 디 프리마가 입었던 요가 바지로 돌돌 감싼 대마 팝콘을 선물로 주었다. 내 곁에 나를 돌봐 줄 파트너는 없었지만, 친구들이 보내 준 선물은 내가 이 세상에서 그보다 더 좋은 동지들을 갖고 있음을 보여 주는 증거였다. 온갖 것을 박탈하는 이 세상의 구조가 초래한 불가피성을 둘러싸고 왈가왈부 논쟁이 벌어지기는 하지만, 세상이 박탈로만 가득 차 있는 건 아니다. 암은 완강했지만 내게는 그 완강함을 누그러뜨릴 창의적인 형태의 사랑이, 파트너나 가족으로 묶이지 않아 전적으로 법의 테두리 밖에 존재하는 비공식적인 유형의 사랑이라 할지라도, 그런 사랑이 있었다. 하지만 아픔이 찾아올 때면 내게 친구가 하나도 없었거나 어떤 이유에서건 내가 사랑받을 만한 사람이 아니었다면 어떤 일이 벌어졌을지를, 행여 나중에라도 그런 처지가 된다면 어떤 일이 벌어질지를 생각하며 차디찬 슬픔에 젖기도 했다. 어떤 친구들은 나를 떠났지만, 또 어떤 친구들은 얼마 있지도 않은 돈과 시간을 그러모아 나를 돌봐 주었다. 돈이 있는 친구들은 수표를 써 주었고, 그러면 세심한 돌봄을 베풀어 줄 수 있는 다른 친구들이 그 덕에 비행기를 타고 곧장 내게로 와서 내 몸에 달린 배액 주머니를 비워 주었다. 어떤 친구들은 책을, 어떤 친구들은 믹스테이프를 보내 주었다. 돌봄 문제에 대처한 우리의 해결책은 미흡한 임시 방편이었기에 하나의 척도로 측정할 수는 없지만, 어쨌든 내가 그 시기를 견뎌 낼 수 있게 해 주었다.

치료가 진행 중이던 시기의 어느 날 종양이 다시 커지는 듯한 통증이 느껴지는 통에 이러다 고통스럽고도 고독한 죽음을 맞이하게 되는 건 아닐지 겁에 질려 있었을 때, 나를 돌보러 와 주는 이들이 눈이라도 붙일 수 있도록 거실로 옮겨 둔 소파에 재스퍼가 앉아 있었다. 재스퍼는 조명을 켜고 끄는 일에 무관심해 보였는데, 나는 내가 나서서 조명을 켜고 끄는 식으로 재스퍼의 문병에 보답하려 한다면 그건 여자로서 갖고 있는 내면화된 억압을 행동화하는 것이나 다름없다면서 가만히 있으라고 나 자신을 설득했다. 결국 우리는 멀쩡한 조명 기기로 가득 찬 거실에 거의 완전한 암흑이 내려앉도록 내버려 둔 채, 그 소파에서 존엄한 죽음을 주제로 의견을 나누었다. 암 때문에 고통스럽고 치욕스러운 죽음을 맞이하게 될까 봐 두려워하는 내게 재스퍼는 이렇게 말했다. "음, 우리가 어떻게 해서든 그런 일은 벌어지지 않게 할 거야." 물론 나는 재스퍼의 말을 믿었고, 내 친구들은 내가 죽고 싶다고 말하면 이런저런 위험 부담이 따른다 해도 그렇게 하도록 도와줄 것이었다. 투병 기간 내내 거의 변함없이 믿음직스럽고 관대한 태도로 실질적인 도움을 준 사람들이었으니까. 하지만 막상 친구들을 뒤로한 채 영영 떠날 생각을 하니 눈물이 나기 시작했고 나는 내 방으로 자리를 피해 버렸다.

내가 울고 있다는 사실을 재스퍼가 몰랐으면 했다. 소리 없이 흐른 눈물이었고 사방이 어두컴컴했던 데다가, 재스퍼는 현명한 판단을 내리는 데 지나치게 몰두하다가 상대방의 표정 변화조차 감지하지 못할 때가 간혹 있었다. 하지만 내가 방으로 들어온 지 1분도 채 지나기 전에 재스퍼가 뒤따라 들어왔다. 나는 설득력이라곤 없는 새되고 긴장된 목소리로 "난 괜찮아!"라고 힘주어 말했지만 사실 그렇지 않았고, 재스퍼는 이제 텔레비전을 좀 보는 게 좋을 것 같다고 했다.

그래서 우리는 그렇게 했고, 드라마 「블랙 미러」 영상에서 나오는 어둑한 빛이 거실에서 희미하게 어른거리는 동안 나는 이미 요절한 여성 작가들과 지금도 살아 있었으면 하고 바라게 되는 모든 여성 작가에 대해 생각했다. 메리 울스턴크래프트는 메리 셸리를 낳은 후 서른여덟에 사망했다. 19세기 프랑스계 페루인 사회학자이자 철학자인 플로라 트리스탕은 프랑스 노동자 계급의 단결을 위해 분투하다가 소진돼 버린 후 마흔하나에 사망했다. 철학자 마거릿 풀러는 "머리칼을 흰 드레스에 축 늘어뜨린 채 미국을 마주보며" 파이어아일랜드 해안에서 마흔에 익사했다. 풀러가 남긴 마지막 말은 "지금 내 눈엔 죽음만 보여요"였다.[1]

사망한 여성 작가들의 작품은 내가 병에 걸리기 전부터 줄곧 나와 동행했다. 그들은 세상의 새로운 구조를, 그리고 그와 더불어 세상이 지닌 실제 가능성을 상상했다. 마흔하나에 접어들었을 때 나는 그 작가들을 다시 내 곁으로 소환한 다음, 살아 있는 것들로부터 나 자신을 조금씩 분리시켰다. 나는 늘 그랬듯 이 세상을 위한 새로운 구조를 상상해 보았고, 내 죽음을 시연해 보았으며, 옷을 벗듯 욕망도 서서히 벗어던졌다. 그러자 활동 영역이 좁아졌고 애착

1 John Matteson, *The Lives of Margaret Fuller: A Biography*, New York: W. W. Norton, 2013.

도 줄어들었으며, 그다음에는 야심이 추상화되었다. 즉 나는 거리를 두고 사랑할 수 있었고 그로써 더 커다란 형태의 사랑을 상상할 수 있었다.

필멸성은 하나의 매혹적인 구조다. 보호받지 않을 수 있다니, 내적 경험이 오로지 취향과 고상한 감정만으로 구성된 섬세한 또는 민감한 사람이 되지 않을 수 있다니 얼마나 다행인가. 자신을 제외한 세상 사람 모두가 늘, 정말로, 실제로 피 흘리는 와중에도 자그마한 상처들이 극심한 부상이라도 되는 양 일일이 헤아리고 있는 사람이 되지 않아도 된다니 얼마나 다행스러운 일인가. 사회적 보호를 받는 이들이 사회적 보호를 받지 못할 때가 있는 이들을 헤아릴 수 있고 피를 한 번도 흘려 보지 않은 사람이 아니라 피 흘리고 있는 사람이 약자라는 것도 또 하나의 인식적 오류다. 생존이 지닌 아름다움과 호화로움을 깎아내리는 이들은 죽음의 문턱에 선 경험을 해 본 경우가 무척이나 드문 탓에 그렇게 깎아내릴 수밖에 없다.

나는 생존했지만, 암이 통치하는 이데올로기적인 체제하에서 나 자신을 생존자라고 칭하는 것은 여전히 죽은 자들에 대한 배신처럼 느껴진다. 그러나 솔직하게 인정하자면 내가 아직 살아남아 있다는 사실에 황홀한 기쁨을 느끼지 않는 날은 단 하루도 없다. 이 책에 모든 걸 써낼 수 없었다는 게 유감스럽다. 끝내 하지 못한 말들이 여러 개의 커다란 덩어리 형태로 지금도 공기 중에 떠다니고 있다. 하지만 이제 새로운 문제가 찾아왔어, 라고 수평선이 수직선을 향해 말했다. 그러자 이지러지는 일에만 과몰입해 있던 달이 마침내 차올랐다.

감사의 말

이 책이 탄생할 수 있도록 제게 돌봄과 대화와 격려와 피드백을 아낌없이 베풀고 본보기가 되어 준 모든 분에게 감사드립니다. 특히 C. A. 콘래드, 루이-조르주 슈워츠, 조너선 키섬, 에린 모릴, 줄리아나 스파, 데이나 워드, 재스퍼 버네스, 대니얼 스폴딩, 샌드라 사이먼스, 막달레나 주라프스키, 데이비드 벅, 앤서니 아일스, 제니 디스키, 아리아나 레인스, 캐럴린 래저드, 댄 호이, 아말 두블론, 에마 히니, 에번 콜더 윌리엄스, 조나 크리스웰, 사이러스 콘솔-소이콘, 조던 스템플먼, 필리스 무어, 조너선 리딤, 조시 혼, 프랭크 셜록, 로런 레빈, 애런 큐닌, 하리 컨즈루, 내털리어 세시어, 제이스 클레이턴, 리사 로버트슨, 린 헤지니언, 조애너 헤드바, 샘프슨 스타크웨더, 콘스탄티나 재빗사노스, 맬컴 해리스, 에드 루커, 제이컵 바드-로젠버그, 멀리사 플래시먼, 제러미 M. 데이비스, L. E. 롱, 카라 르페브르, 커샌드라 길리그, 헤이즐 카슨에게 각별한 감사의 말을 전합니다. 또한 의료 기사, 간호사, 진료 보조, 의사, 사무 직원, 청소 노동자, 전자파 간섭 담당자를 비롯해 투병 기간에 저를 돌봐 준 모든 노동자와 이 가혹한 일을 겪는 동안 제 안전과 평온을 지켜 준 분들에게도 감사드리고 싶습니다.

이 책의 내용 일부는 『더 뉴 인쿼리』, 시 재단Poetry Foundation의 『해리엇』 블로그, 『리트머스』, 『스위머스』, 『게르니카』에 수록된 바 있습니다. 「허비한 삶」은 퍼트리샤 레녹스-보이드 전시회를 위해 실험 미디어 및 공연 예술 센터 EMPAC에서 의뢰한 프로젝트의 일환으로 작성한 글입니다. 돌봄과 관련된 글과 견해 가운데 일부는 제가 2015년 브리티시 컬럼비아 간호사 노동 조합 회의에서 한 강연에, 캐시 애커에 관한 글 중 일부는 크리스 크라우스의 『캐시 애커가 떠난 후』와 관련해 뉴욕 시립 대학교 대학원에서 개최된 행사에서 나눈 대담에 바탕을 두고 있습니다. 제 글을 세상에 내보낼 수 있도록 도와준 편집자와 행사 관계자 분들에게 이 자리를 빌려 감사의 마음을 전합니다.

여러 낭독회와 행사 후에 소셜 미디어나 이메일로 주고받은 대화도 제 생각에 상당한 영향을 주었습니다. 제가 이 세상을 이해할 수 있도록 계속해서 관대한 마음으로 저와 대화를 나누어 준—대부분 질병 및 장애와 관련해 비슷한 경험을 공유하고 있었던—모든 분에게도 감사드립니다. 또한 유방암 중심의 온라인 커뮤니티를 조직한 수천 명의 노고에도 감사를 표하고 싶습니다. 그분들의—전부 타인을 위해 아무 대가 없이 제공한—이메일과 페이스북 게시글, 트윗, 브이로그, 포럼 기고문이 없었다면 저는 제 경험을 이해할 수 없었을 것입니다. 특히 쿱디즐과 크리스티나 뉴먼처럼 자신의 삶을 영상으로 공유해 준 분들은 치료를 받는 동안은 물론이고 그 후에도 제게 중대한 영향을 미쳤습니다.

이 책은 캔자스시티 예술 학교 학부에서 진행한 모금과 시인을 위한 지원 기관Poets in Need의 필립 웨일런 보조금 Philip Whalen Grant 덕분에 탄생할 수 있었습니다. 덧붙여 제 글의 가치를 인정해 주고 이 책을 완성할 수 있도록 물적으로 지원해 준 와이팅 재단Whiting Foundation과 현대 미술 재단Foundation for Contemporary Arts, 케임브리지 대학교의 주디스 E. 윌슨 기금Judith E. Wilson fund 관계자분들에게도 감사드립니다.

참고 문헌

Acker, Kathy, “The Gift of Disease”, *The Guardian,* January 18, 1997, p.T14.

Arendt, Hannah, et al., *The Human Condition*, Chicago: University of Chicago Press, 2018[『인간의 조건』, 이진우·태정호 옮김, 한길사, 2015].

Aristides, Aelius, and Charles A. Behr, *Aelius Aristides and the Sacred Tales*, Amsterdam: Hakkert, 1969.

Avicenna, and Shams C. Inati, *Ibn Sina's Remarks and Admonitions: Physics and Metaphysics: An Analysis and Annotated Translation*, New York: Columbia University Press, 2014.

Bellamy, Dodie, *When the Sick Rule the World*, South Pasadena, Calif.: Semiotext(e), 2015.

Berkowitz, Amy, *Tender Points*, Oakland, Calif.: Timeless Infinite Light, 2015.

Biss, Eula, “The Pain Scale”, *Harper's Magazine*, 2005.

Brecht, Bertolt, Tom Kuhn, Steve Giles, and Laura J. R. Bradley, *Brecht on Art and Politics*, London: Methuen, 2003.

Burney, Fanny, Barbara G. Schrank, and David J. Supino, *The Famous Miss Burney: The Diaries and Letters of Fanny Burney*, New York: John Day, 1976.

Burnham, John C., *What Is Medical History?* Cambridge, U.K.: Polity, 2007.

Cage, John, *A Year from Monday: New Lectures and Writings*, Middletown, Conn.: Wesleyan University Press, 1969.

Cazdyn, Eric M., *The Already Dead: The New Time of Politics, Culture, and Illness*, Durham: Duke University Press, 2012.

Compton, D. G., and Jeff VanderMeer, *The Continuous Katherine*

Mortenhoe, New York: New York Review Books, 2016.
Compton, Michael T., "The Union of Religion and Health in Ancient Asklepieia", *Journal of Religion and Health*, vol.37, no.4, 1998.
Di Prima, Diane, *Revolutionary Letters*, San Francisco: City Lights Books, 1974.
Donne, John, and Herbert J. C. Grierson, *The Poems of John Donne*, Oxford, U.K.: Oxford University Press, 2011[『던 시선』, 김영남 옮김, 지만지, 2016].
Donne, John, and Izaak Walton, *Devotions upon Emergent Occasions: And, Death's Duel*, New York: Vintage Books, 1999[『인간은 섬이 아니다: 병의 단계마다 드리는 기도』, 김명복 옮김, 나남, 2009].
Dumas, Marlene, and Mariska Berg, *Sweet Nothings: Notes and Texts, 1982~2014*, London: Tate Publishing, 2015.
Fenton, James, Alphonse Daudet, and Julian Barnes, "In the Land of Pain", *The New York Review of Books*, vol.50, no.2, 2003.
Foucault, Michel, *The Birth of the Clinic*, 3rd ed, London: Routledge, 2017[『임상의학의 탄생』, 홍성민 옮김, 이매진, 2006].
Gilman, Charlotte Perkins, *The Living of Charlotte Perkins Gilman: An Autobiography*, Salem, N.H.: Ayer, 1987.
Ginzburg, Carlo, *Ecstasies: Deciphering the Witches' Sabbath*, Chicago: University of Chicago Press, 2004.
Ginzburg, Carlo, John Tedeschi, and Anne C. Tedeschi, *Clues, Myths, and the Historical Method*, Baltimore: Johns Hopkins University Press, 2013[『다시, 미시사란 무엇인가』(확대 개정판), 곽차섭 엮음, 푸른역사, 2017].
Goethe, Johann W., and Charles T. Brooks, *Faust: A Tragedy*, Boston: Houghton, Osgood and Co., 1880[『파우스트』, 김인순 옮김, 열린책들, 2009].
Israelowich, Ido, *Society, Medicine and Religion in the Sacred Tales of Aelius Aristides*, Leiden: Brill, 2012.
Jain, S. Lochlann, *Malignant: How Cancer Becomes Us*, Berkeley: University of California Press, 2013.
James, Alice, and Leon Edel, *The Diary of Alice James*, Boston:

Northeastern University Press, 1999.
King, Samantha, *Pink Ribbons, Inc: Breast Cancer and the Politics of Philanthropy*, Minneapolis: University of Minnesota Press, 2008.
Kraus, Chris, *After Kathy Acker: A Biography*, London: Penguin Books, 2018.
Leopold, Ellen, *A Darker Ribbon: Breast Cancer, Women, and Their Doctors in the Twentieth Century*, Boston: Beacon Press, 2000.
Levinas, Emmanuel, and Seán Hand, *The Levinas Reader*, Malden, Mass.: Blackwell, 2009.
Lispector, Clarice, Stefan Tobler, and Benjamin Moser, *Água Viva*, London: Penguin Classics, 2014.
Loraux, Nicole, *Tragic Ways of Killing a Woman*, Cambridge, Mass.: Harvard University Press, 1992.
Lord, Catherine, *The Summer of Her Baldness: A Cancer Improvisation*, Austin: University of Texas Press, 2004.
Lorde, Audre, *The Audre Lorde Compendium: Essays, Speeches, and Journals*, London: Pandora, 1996.
_____, *The Cancer Journals*, San Francisco: Aunt Lute Books, 2006.
Lorde, Audre, and Rudolph P. Byrd, *I Am Your Sister: Collected and Unpublished Writings of Audre Lorde*, Singapore: Oxford University Press, 2011.
Lucretius, and Rolfe Humphries, *The Way Things Are: The "De Rerum Natura" of Titus Lucretius Carus*, Bloomington: Indiana University Press, 1968[『사물의 본성에 관하여』, 강대진 옮김, 아카넷, 2012].
Martineau, Harriet, *Life in the Sick-Room: Essays, by an Invalid*, 3rd ed, London: Edward Moxon, 1849.
Matteson, John, *The Lives of Margaret Fuller: A Biography*, New York: W. W. Norton, 2013.
Mukherjee, Siddhartha, *The Emperor of All Maladies*, London: HarperCollins, 2017[『암: 만병의 황제의 역사』, 이한음 옮김, 까치, 2011].
Pearcy, Lee T., "Theme, Dream, and Narrative: Reading the Sacred

Tales of Aelius Aristides", *Transactions of the American Philological Association(1974~)*, vol.118, 1988.
Petsalēs-Diomēdēs, Alexia, *"Truly Beyond Wonders": Aelius Aristides and the Cult of Asklepios*, Oxford, U.K.: Oxford University Press, 2010.
Peyroux, Cathérine, "The Leper's Kiss", In *Monks & Nuns, Saints & Outcasts: Religion in Medieval Society: Essays in Honor of Lester K. Little*, edited by Sharon Farmer and Barbara H. Rosenwein, Ithaca, N.Y.: Cornell University Press, 2000.
Plutarchus and Christopher B. R. Pelling, *Life of Antony*, Cambridge, U.K.: Cambridge University Press, 2005.
Rettig, Richard A., *False Hope: Bone Marrow Transplantation for Breast Cancer*, Oxford, U.K.: Oxford University Press, 2007.
Rey, Roselyne, *The History of Pain*, Cambridge, Mass.: Harvard University Press, 1998.
Rousseau, Jean-Jacques et al., *The First and Second Discourses Together with the Replies to Critics; and, Essay on the Origin of Languages*, New York: Harper & Row, 1986[『인간 불평등 기원론』, 주경복·고봉만 옮김, 책세상, 2003].
Scarry, Elaine, *The Body in Pain: The Making and Unmaking of the World*, New York: Oxford University Press, 1985[『고통받는 몸: 세계를 창조하기와 파괴하기』, 메이 옮김, 오월의봄, 2018].
Schulman, Sarah, *Gentrification of the Mind: Witness to a Lost Imagination*, Berkeley: University of California Press, 2013.
Sedgwick, Eve Kosofsky, *A Dialogue on Love*, Boston: Beacon Press, 2006.
Sontag, Susan, *Illness As Metaphor*, New York: Farrar, Straus and Giroux, 1978[『은유로서의 질병』, 이재원 옮김, 이후, 2002].
Sontag, Susan, and David Rieff, *As Consciousness Is Harnessed to Flesh: Journals and Notebooks, 1964~1980*, New York: Picador, 2013[『의식은 육체의 굴레에 묶여: 수전 손택의 일기와 노트 1964~1980』, 김선형 옮김, 이후, 2018].
SPK(Socialist Patients' Collective), *Turn Illness into a Weapon: For Agitation*, Heidelberg: KRRIM, 1993.
Stephens, John, *The Dreams and Visions of Aelius Aristides: A*

Case-Study in the History of Religions, Piscataway, N.J.: Gorgias Press, 2013.

Susann, Jacqueline, *Valley of the Dolls: A Novel*, New York: Bantam Books, 1966.

Woolf, Virginia, Julia D. Stephen, Hermione Lee, Mark Hussey, and Rita Charon, *On Being Ill*, Ashfield, Mass.: Paris Press, 2012.

추천의 글

'아프다'는 것, 쓴다는 것

전희경 (생애문화연구소 옥희살롱 연구활동가)

이 책을 처음 읽기 시작할 때만 해도, 나는 으레 그렇듯 이 책이 커서가 무심히 반짝이는 컴퓨터 모니터 앞에서 쓰였을 거라고 막연히 생각했다. 고통과 투병에 대한 글조차 건강한 신체의 평온한 일상 속에서 쓰였으리라 가정하는 습관적 무심함. 그러나 아니었다. 이 책은 병상에서, 암 환자와 보호자로 가득 찬 약물 투여실에서, 소란한 대기실에서, 치료 직후 달려가야 했던 일터에서 쓰였다. 모아 둔 돈 없이 홀로 딸을 키우는 비혼모, 병가를 다 써 버린 노동자, 유방암 중에서도 예후가 특히 나쁜 '삼중 음성 유방암'을 겪으며 사는 40대 여성 시인의 책. 그래서일 것이다. 『언다잉』은 편안한 자세로 느긋하게 읽을 수 없는 책이다. 이 책은 독자에게 무언가를 요구한다. 어떤 다른 '읽기'를, 나아가 다른 사유를 말이다.

『언다잉』은 매우 긴 제목을 가진 책이다. 부제로 열거된 열한 개나 되는 단어를 가만히 바라보다 보면, 암을 겪으며 산다는 것에 대해 그동안 우리가 무엇을 알아 왔는지, 그리고 무엇을 알지 못했는지를 생각하게 된다. 고통, 취약성, 필멸성, 의학, 예술, 시간, 꿈, 데이터, 소진, 암, 그리고 돌봄. 이 단어들은 전혀 가지런하지 않다. 어쩌면 당연하다. 누구의 삶도 가지런하지 않으며, 건강 중심 사회에서 아프며 사는 삶, 성 차별 사회에서 '여성 암'을 겪는 삶은 더 그럴 것이다.

투병의 의미를 바꾸는 분투

투병은 흔히 질병과의 싸움으로 이해된다. '꼭 승리하세요!'라는 격려에서부터 '암 정복'이라는 현대 의학의 깃발에 이르기까지, 질병은 제거의 대상이자 정복의 대상으로 여겨진다. 인생의 한가운데서 느닷없이 '질병과의 싸움'을 시작하라는 말을 들은 사람은 어떻게 해야 할까. '씩씩하게 싸울게요!'라고 정답을 말해야 할까? 그러나 암일지도 모른다는 불길한 말을 들은 후 CT나 MRI 촬영을 위해 대형 병원의 기계 안에 누워 본 사람은 알 것이다. 삶이 얼마나 순식간에 '진단명'으로 축소될 수 있는지. 아프지 않은 다른 신체 부위가 얼마나 빨리 무의미해지는지. 최신 과학 기술이 몸속을 환히 들여다보는 동안 어떻게 삶의 고유함, 굴곡, 불가사의들이 숨겨지는지.

위중한 병의 환자가 된다는 것은 환자 외에 다른 어떤 것도 아니게 된다는 뜻이다. 그래서 '노동하는 환자'나 '타인을 돌보고 있는 환자' 같은 표현은 이상하게 들린다. 특히 유방암처럼 이미 의학적으로 확립되어 있는 질병은, 병을 겪기도 전에 이미 병자가 할 이야기를 정해 버린다. '병을 이겨 낸' 승리담이거나, 아니면 '병마에 시달리다 안타깝게 세상을 떠난' 안타까운 사연이거나 하는 식으로 말이다.

"다른 거 신경 쓰지 말고 지금은 나을 생각만 해." 이 말은 당연히 선의에서 나왔을 것이다. 그리고 이 '선의'는, 아픈 사람들로부터 듣고자 하는 이야기가 이미 정해져 있다는 것을 은연중에 드러낸다. 건강을 의무로 만드는 사회는 아픈 사람에게 삶의 중단을 판결한다. "니 몸만 생각해." 그러나 이 책은 '내 몸을 생각'하기 위해서는 역사를, 젠더와 계급을, 빈곤을, 인종 차별을, 의료와 돌봄을, 자본주의를 생각해야만 한다고 주장한다. 병이 내 몸의 일부일 때, 병과 싸우는 것은 어느 지점에선가 자기 자신과 싸우는 비문非文이 된다. 이 책은 '투병'의 의미를 바꾼다. 아픈 사람들은 '질병과' 싸운다기보다, 질병을 겪으며 살아가기 위해 싸운다.

외로운 곳,
나를 멈추게 하는 문장들로부터

"구글에 내 병을 검색해 본 나는 그 결과가 너무나 방대한 나머지 초현실적인 외로움을 느낀다"(35). 병원에 갈 때마다 진단명, 주사 이름, 약의 부작용을 검색하곤 하는 나는, 이 부분을 읽다가 멈춘다. 어쩌면…… 지은이가 쓴 '외로움'을 이해할 수 있을 것만 같다. 아픈 사람들은 각자의 외로운 장소, 자신의 몸을 살아간다. 그 삶은 쓰여야 하고, 이야기되어야 한다. 이 외로움, 이 '쓰기'의 필사적인 충동을 이해하는 이가 적지 않을 것이다. 『언다잉』. 암 환자를 '죽어 가는' 사람으로 간주하는 체제에 대한 경고다. '죽어 가는' 중이 아닌 사람은 없다. '살아가지' 않는 환자도 없다. 아프다고 쓰는 것. 진짜 아프다고 쓰는 것. 아프며 사는 경험을 가로지르는 젠더, 계급, 인종 차별, 의료 제도, 자본에 대해 쓰는 것. 병상을 바라보는 것과 병상에서 세상을 보는 것의 차이에 대해 쓰는 것. 그리고 돌봄과 사랑과 상심에 대해 쓰는 것. 이 책은 '쓰기'가 '살기'의 한 방법이라는 것을 잘 보여 준다.

쓸 수 없는 것을 쓰고자 할 때, 두 가지 방법이 있다. 이해 가능하도록 각색하고 번역하는 방법과 번역 불가능성을 감수하고 더 진실한 표현을 찾아 시적 언어를 벼려 내는 방법. 전자의 방법이 어떤 긴장을 포기할 때, 제약 회사의 이익, 시장화된 의료, 건강 식품의 판매량과 빠르게 만나 매끈한 '극복'의 미담이 된다. "환자분이 느끼는 통증에 1점부터 10점 사이의 점수를 매긴다면 몇 점인가요?"(68)라는 질문 앞에서 말문이 막힐 때, 우리는 시적 언어 쪽으로 좀 더 몸을 기울여야 한다.

유방암 경험자이기도 했던 흑인 페미니스트 시인 오드리 로드는 "시는 사치가 아니다"라고 썼다. 지은이는 오드리 로드를, 그리고 유방암을 겪은 또 다른 많은 여성 작가, 운동가, 비평가를 불러내 그들과 함께 쓴다. 누군가와 함께, 누군가를 위해 쓰고자 했던 분투의 결과물인 이 책을, 많은 독자가 읽으면 좋겠다. 그리고 만약 이 책의 어느 구절에서 멈추고 밑줄을 긋게 된다면, 바로 거기에서부터 또 자신의 이야기를 써 가면 좋겠다. 누군가와 함께, 누군가를 위해.

옮긴이 후기

『행복한 노동자들의 로맨스』*The Romance of Happy Workers*, 2008, 『여성에 반하는 의복』*Garments Against Women*, 2015, 『어긋난 운명 안내서』*A Handbook of Disappointed Fate*, 2018 등을 비롯한 시집과 산문집을 출간하면서 우리가 아는 언어를 재발명하고 우리가 아는 세상을 재상상해 이 세상을 규정하는 범주를 확장했다는 평을 받아 온 미국의 시인 앤 보이어는 얼핏 암 수기로 보이는 최근작 『언다잉』을 통해 '암 수기'라는 장르 또한 비틀고 허물고 재구축한다. 『언다잉』은 내용 면에서나 형식 면에서나 보통의 암 수기 같지 않은 글이지만 그럼에도 보이어가 암을 앓은 경험에 관한 이야기다. 다만 그는 이 책에서 암을 앓기 전과 후의 드라마틱한 변화나 깨달음을 전달하는 보여 주기showing 방식을 따르는 대신, 현재에 병든 사람이건 미래에 병들 사람이건 모든 사람의 몸속에 드나드는 공기를 온몸으로 감각하도록 만드는 말하기telling를 한다.

보통의 투병기에서 질병은 삶의 의미를 찾는 기회이자 삶의 속도를 늦추는 휴식으로 그려질 때가 많다. 의식적으로든 무의식적으로든 질병에서 그런 기회와 휴식의 의미를 읽어 내는 일은 어쩌면 생사의 기로를 끈질기게 눈앞에 들이대는 질병의 치명성에 저항하려는 불가피한 행위일지도 모른다. 그러나 이 일종의 투병기를 쓰는 동안 보이어는 삶의 의미를 찾는 대신 "계속 살아 있기 위해 진 빚을 이 세상에"(107) 갚고자 하며, 삶의 속도를 늦추기는커녕 "계속해서 쓰고, 가르치고, 말하고"(35) 치료받고 돌보며 숨 가쁜 일상을 살아간다. 가발과 화장의 힘을 빌려 건강을 가장한 다음 곧장 일터로 향해야 하는, 사회에서 내쳐지지 않고 생계를 지속해 나가기 위해 고통을 덮어두고 활력을 꾸며 내야 하는, 치명적인 암이 들이닥쳤지만 멈춰 서지도 속도를 늦추지도 못한 채 고통을 안고 계속 앞으로 나아가야 하는 그의 글에는 개인의 영웅적인 승리 혹은 비극의 서사가 없다.

여러 치명적인 질병 중에서도 유독 젠더화된 질병에 속하는 유방암을 앓은 보이어는 수전 손택, 레이철 카슨, 재클린 수전, 샬럿 퍼킨스 길먼, 오드리 로드, 패니 버니, 캐시 애커, 이브 코소프스키 세즈윅, 엘런 레오폴드 등 유방암을 앓은 여성 작가들의 죽음을 생각하며 서두를 연다. 유방암이 유방을 가진 사람이라면 누구나 걸릴 수 있는 병이라 할지라도 세즈윅이 유방암 진단을 받은 후 "이젠 정말 빼도 박도 못하게 여자네"(17)라는 생각이 들었다는 말에 허를 찔린 기분을 느끼지 않기가 쉽지 않은 만큼, 여자로서 유방암을 앓고 이 질병의 이데올로기적인 체제를 드러내고자 한 보이어가 '여자의 죽음', '자매의 죽음'을 떠올린 것은 어찌할 수 없는 일이었을 것이다.

그런데 보이어는 손택과도, 로드와도 다른 글을 쓴다. 손택이 '나'와 '암'을 한 문장에 병치하지 않은 글을, 로드가 이 두 단어를 한 문장에 병치한 글을 썼다면, 보이어는 "2014년 나는 마흔하나의 나이로 유방암 진단을 받았다"(18)라는 문장에서 출발해 손택이 의도적으로 삭제한 사적인 내용과 유방암이라는 젠더화된 질병에 결부된 공적인 내용을 결합한다. 그는 이 두 차원을 때론 철학적 사유를 통해, 때론 일기 같은 기록을 통해, 때론 통계 자료를 통해, 때론 영화와 그림 등 예술을 통해 전면에 드러내되, '나'와 '암'을 병치한 문장들을 순차적으로 잇는 대신 '나'와 '암'의 관계를 씨실과 날실을 엮듯 겹겹이 쌓아 올린다.

⁙

이렇게 직조한 글이 수기이기는 하지만 수기라고 하기는 어렵고, 시라고 하기는 어렵지만 시적인 특색을 지니게 된 데는 보이어의 전작에서와 마찬가지로 어느 모로 보나 관습적이지 않은 '형식'이 큰 몫을 한다. 『언다잉』 출간 후 여러 매체에서 형식과 관련된 질문을 받은 보이어는 「커먼플레이스」Commonplace 팟캐스트와의 인터뷰에서 "작가에게 주어진 과제는……형식을 만들어 냄으로써 새로운 가능성을 창조하고 이 세상과 세상의 다면성을 직시하는 것"이라고 답하고 시 재단Poetry Foundation과의 인터뷰에서는 "시인이 할 수 있는 일은 때때로 꼼짝없이 당할 수밖에 없겠다는 심정에 사로잡히게 만드는 '형식적 숙명론'formal fatalism에 맞서고자 안간힘을 쓰는 것"이라고 말한 바 있다. 숙명론적 속성을 지닌 형식 안에서는 새로운 말하기가 불가능하며, 새로운 가능성을 말하기 위해서는 새로운 형식이 필요하다는 의미다.

가야트리 차크라보르티 스피박이 "언어적·철학적

재현의 한계와 그 한계들로 인해 현대 세계의 사회적·정치적 불평등이 은폐될 가능성"에 주목하며 서구의 비평적 사고 관습을 거부하고자 했고 자신의 사상을 단순히 난해한 글로 비난하는 목소리에 '평이한 글에 속임수가 있다'고 응수했다면,[1] 마크 피셔가 "자본주의가 유일하게 존립 가능한 정치·경제 체계일 뿐 아니라 이제는 그에 대한 일관된 가능성을 상상하는 것조차 불가능하다는 널리 퍼져 있는 감각"을 설명하고자 '자본주의 리얼리즘'이라는 표현을 빚어냈다면,[2] 보이어는 묵살당한 고통을 언어로 표현하고 "암의 근원이 우리가 공유하는 이 세상 곳곳에 퍼져 있을 수도 있다는 다른 한쪽의 조용한 추정"(38)을 들려주기 위해 기존의 숙명론적 속성에 갇히지 않은 새로운 형식으로 "좆같은 백인 지상주의적 자본주의 가부장제의 파멸적인 발암권"(99)에 저항한다.

그런 형식을 택했기에 보이어는 유방암 환자로서만 말하지 않는다. 마르크스주의 페미니스트로서 암의 '이데올로기적 체제'를 드러내고자 하는 보이어는 암이라는 질병을 집단적·정치적 차원에서 집요하게 독해하며, 병든 자들이 각자만의 이야기를 발견하고 써 보도록 독려하는 대신 내 세계가 타인의 세계와 어떻게 얽혀 있는지를 보게 한다. 병든 자들을 동정하거나 연민하게 만드는 대신 "이런 식으로 지속될 수는 없는 노릇인데 이런 식으로 지속되고"(270) 있는 이 공유된 세상을 직시하게 한다. 로드가 유

1 스티븐 모튼, 『스피박 넘기』, 이운경 옮김, 앨피, 2005, 20쪽.
2 마크 피셔, 『자본주의 리얼리즘』, 박진철 옮김, 리시올, 2018, 10~11쪽.

방암을 둘러싼 침묵을 말하기로 변모하고자 했다면, 보이어는 침묵이 아닌 소음의 장벽을 세우는 이 세상의 시스템을 향해 고통의 근원을 되묻는다.

그런 되물음 속에서 보이어는 무엇보다 "아파요"라는 말을 정확하게 발화한다. 아프다는 말이 자신에게 아픔을 주는 사람에게 가닿지 않고 튕겨 나오면 "진짜 아프다니까요"라고 거듭 말한다. 그러면 보이어 옆에서 비슷한 고통을 받고 있던 또 다른 사람이 "당신 말이 맞아요"라고 동조하고, 곧이어 모두가 "정말 아파요"라고 입 모아 외친다. 그로써 정말 아프다는 말이 메아리처럼 울려 퍼지는 순간, 각자가 느낀 사적인 고통이 병든 자들은 물론이고 아직 병들지 않은 자들 사이에서까지 소통되는 순간, 보이어의 저항은 사적인 분투에 그치지 않고 고통을 통한 혁명으로 확대된다.

⁙

전작들 출간 때와 달리 『언다잉』을 펴낸 후 여러 형태의 인터뷰 요청에 응한 보이어는 이 책이 가급적 많은 이에게 닿기를 소망한다고 말했다. 비슷한 경험을 한 사람들이 덜 외롭기를, 비슷한 경험을 하게 될 수 있는 사람들이 우리가 공유하는 것들에 대해 생각해 볼 수 있기를 바라는 마음에서였다고 한다. 이런 소망은 불멸도 생존도 아닌, '죽지 않는' 상태 혹은 '죽지 않는' 존재들을 떠올리게 하는 제목 '언다잉'The Undying에도 깃들어 있다. 이 세상을 승자와 패자가 존재하는 일종의 스포츠 게임으로 만드는 듯한 생존과 생존자라는 용어를 답습하는 대신 '죽지 않는' 과정에 대해 말함으로써 보이어는 "살아 있는 사후 상태"(296)를 환기한다. 그리고 그로써 이 책이 "건강하고 온전한 이들"(293)은 염두에 두지 않았을지라도 암의 물리적·이데올로기적 조건을 형성하는 자본주의 세계 속 모두를 향하게 만든다.

보이어는 이 책을 써야 했던 이유가 두 가지라고 말한다. 하나는 인종 차별주의, 여성 혐오, (병든 자와 병든 자가 앓는 질병을 통해 이윤을 얻고는 병든 자에게 죽음에 대한 책임까지 묻는) 자본주의 세계를 비롯해 삶을 쪼그라뜨리는 모든 것을 향한 원한이며, 다른 하나는 그런 원한보다 훨씬 더 커다란, 암의 "완강함을 누그러뜨릴 창의적인 형태의 사랑"(302)을 보내 줌으로써 삶을 지속할 수 있게 해 주고 삶을 살아갈 가치가 있는 것으로 만들어 준 모든 존재와 이 세상을 향한 감사함이다.

⁙

이 책을 번역하고 교정하고 보이어의 글과 음성을 찾아보는 동안 번번이 마음속에 떠오른 사람들이 있었다. 내가 문자 위에서 헤맬 때마다 기꺼이 섬세한 고민을 나눠 주고 내가 불시에 아픔을 토로할 때마다 귀 기울여 들어 준 승경, 인휘, 현수 언니, 나를 믿음과 존중으로 대하며 그간 아무렇지 않게 박탈되곤 했던 내 권리를 아무렇지 않게 쥐여 준 것에 더해 보이어의 글을 조금이라도 더 마땅한 형태로 내보일 수 있도록 내 부족함을 메워 준 플레이타임 출판사 편집부, 그리고 여전히 죽지 않고 살아 있는 나를 실감할 때마다 감사하지 않을 수 없는 나의 엄마. 그래서

인지 헤아릴 수 없을 만큼 커다란 감사함의 빚을 글쓰기를 통해 갚고자 했다는 보이어의 말을 감히 이해할 수 있을 것 같기도 했다.

보이어가 고통과 저항과 혁명을 품고 직조해 낸 『언다잉』이 내게는 읽으면 읽을수록 "개별적이면서도 공통적인 슬픔이 물리적으로 표현되는 공간, 고통을 공유된 무언가로 마음 편히 드러낼 수 있는 동시에 슬픔에 적대적인 반발은 막아 주는 보호막이 제공되는 공간"(229), 즉 우리 모두를 위한 '눈물 사원'을 자처하는 듯했다. 책이라는 형태를 빌려 눈물 사원을 지어 준 보이어에게 감사하며, 나 아닌 다른 이들도 이 책을 통해 그런 공간을 만날 수 있기를 소망한다.

언다잉

고통, 취약성, 필멸성, 의학, 예술, 시간,
꿈, 데이터, 소진, 암, 돌봄

1판 1쇄 2021년 7월 25일 펴냄
1판 3쇄 2024년 11월 25일 펴냄

지은이 앤 보이어. 옮긴이 양미래.
펴낸곳 플레이타임. 펴낸이 김효진. 제작 상지사.

플레이타임. 출판등록 2016년 10월 4일 제2016-000050호.
주소 경기도 고양시 화신로 298, 802-1401.
전화 02-6085-1604. 팩스 02-6455-1604.
이메일 luciole.book@gmail.com.
블로그 playtime.blog.
플레이타임은 리시올 출판사의 문학/에세이 브랜드입니다.

ISBN 979-11-90292-11-5 03800